マホガニー

マホガニー

――私の最期の時

エドゥアール・グリッサン
塚本昌則訳

水声社

フィクションの楽しみ

バルバラへ

「だって、なぜなら」

「この善良な人々は狂人だ。」

ラネック教授がしばしば引き合いにだした、奇妙なフランス語文法の例。*

「何度もやって来るかつての時間こそ、本を書かせる〈苦悩《アゴニー》〉に他ならない。」

——サリム・ジョイ

＊　« Ces bonnes gens sont fous. » フランス語の名詞には通常一つの性が割りあてられているが、ここでは「人々」gens という同じ名詞に、「善良な」bonnes という女性形の形容詞、「狂っている」fous という男性形の形容詞という、性の異なる形容詞が付いている。言葉の意味ではなく、文法が奇妙に捩れているところが「奇妙」である。「人々」は、本来女性名詞 gent の複数であり、現在は男性形となっているが、いくつかの用法にこの言葉の古層が残されている。〔訳者〕

目次

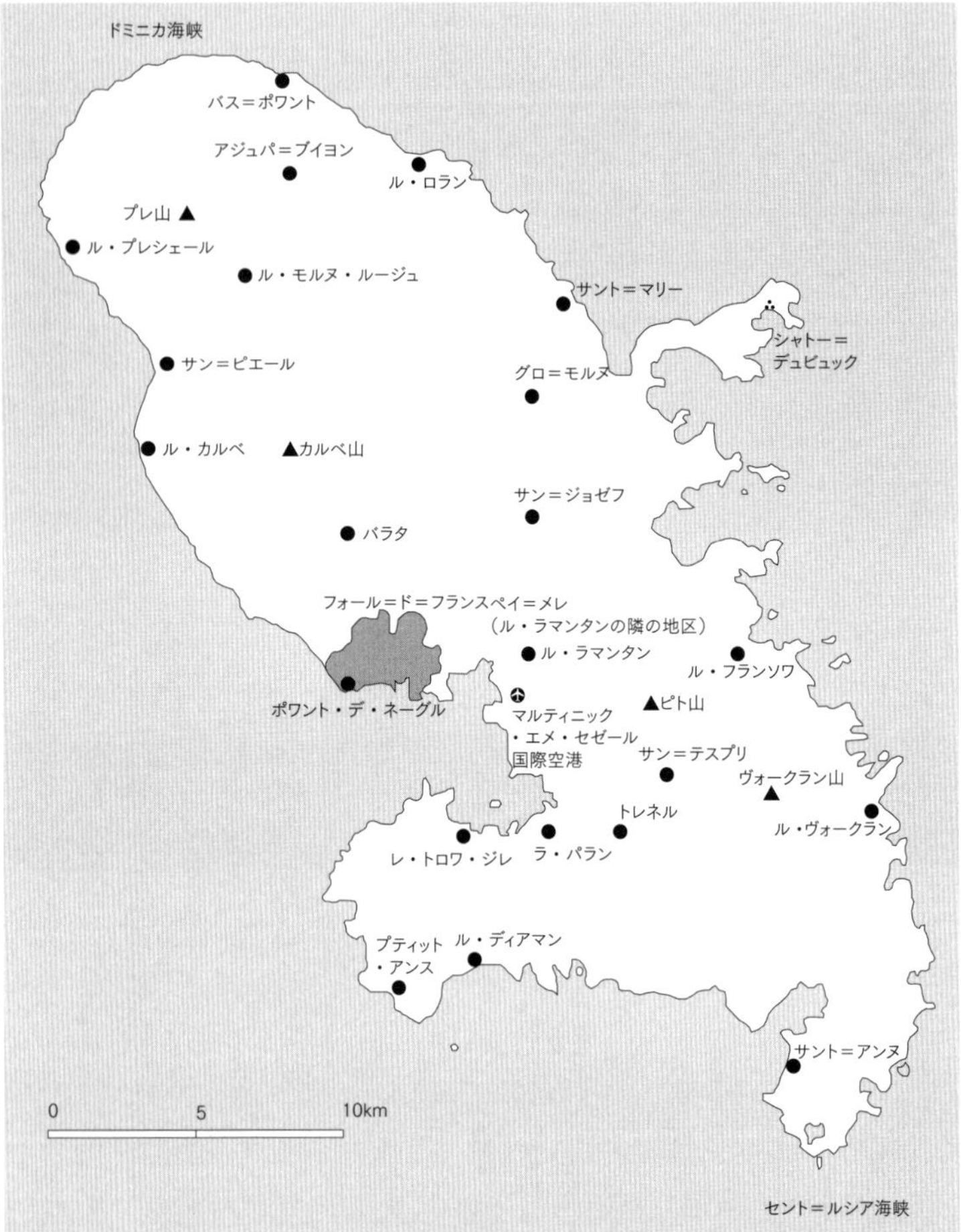
ドミニカ海峡
バス＝ポワント
アジュパ＝ブイヨン
ル・ロラン
プレ山
ル・プレシェール
ル・モルヌ・ルージュ
サント＝マリー
シャトー＝デュビュック
サン＝ピエール
グロ＝モルヌ
ル・カルベ
カルベ山
サン＝ジョゼフ
バラタ
フォール＝ド＝フランスペイ＝メレ
（ル・ラマンタンの隣の地区）
ル・ラマンタン
ル・フランソワ
ポワント・デ・ネーグル
ピト山
マルティニック・エメ・セゼール国際空港
サン＝テスプリ
ヴォークラン山
トレネル
ル・ヴォークラン
レ・トロワ・ジレ
ラ・パラン
プティット・アンス
ル・ディアマン
サント＝アンヌ
0
5
10km
セント＝ルシア海峡

〈岩＝の＝穴〉

マチウ

ながい時を生きてきた木は、神秘と魔力をにじませている。まるで木々が、その大いなる歳月のなかで、幸福といくつもの不運を深く絡みあわせ、空と獣の性《さが》を結びつけ、その混合によって私たちを見下ろし、私たちを助けているかのようだ。草の魔術は、とてもはかなく、健康のための水薬、愛の媚薬、他人を呪う秘薬の役にしか立たない。木にそのような効用はないが、私たちに何かを理解させてくれる。それは木が森をゆっくり読み解いているからで、いたる所で木は森の深みを増しているのだ。

一本の木は、そのままひとつの国である。それがどんな国なのかと尋ねれば、私たちはたちまち、取りのぞくことなどできない時の闇の奥へと降りてゆくことになる。枝で傷つき、足や腕に消えない傷痕を残しながら、私たちは苦労して時の闇を見通そうとする。

ながい間、最初は家具や分厚い台の形で見てきたために、私はマホガニーと黒檀《エベニエ》を区別してこなかった。いずれも角材にされ、時を経て摩耗することで、言うに言われぬ同じ状態となっていたのだ。その一方が、アカジュという名前を持っていることを、当時私は知っていただろうか。私たちが木のたどってきた歴史を理解し、木のほうでも私たちに人間の言葉で話しかけてくれるまで、私たちは木を見ることなどない。ぐるりとひとまわりし、どこかの樹皮の端から始めて、帆柱のように屹立するその全体を再構成しようと試みないかぎり、老木の存在そのものがそっと姿を消してしまうだろう。ここで私が試みたいのは、まさしくそのようなことだ。

匂いも私たちを当惑させる。かつて砂糖キビ工場の匂いがすみずみまで浸透していたこの町、編年史家がランブリアンヌと名づけ、ル・ラマンタンという名だと私が知っているこの町、今では道路が縦横に張りめぐらされ、集合住宅が整備され、空港の喧騒と、滅びゆく砂糖製造への郷愁をかきたてる香りに締めつけられているこの町の出口、ペイ＝メレに通じる上り坂のはじまるところに、一本のフロマジェの木が立っていた。この巨人は、その根を地面の外にほうりだし、力強く螺旋を渦巻かせ、まるでめまいを起こさせる一つの丸みのようだ。その出現は、言うことをきかない私たちの記憶と同じほど取り乱している。枯れた針葉と、まだ熟していないパンの実〔フロマジェの木の実は、調理をすると焼きたての穀物のパンのような触感があるためこの名で呼ばれる〕の匂いがして、そこに私はアカシア、黒檀、マホガニーの入り混じった芳香を感じとる。

時の香りが私たちを惑わす。風が吹くたびに、その香りは縄のように絞りこまれた布巾となって私たちにたたきつけてくる。私たちはそんな風の連打のいずれにも、名前をつけることはなかった。ちょうどながい間、年月が過ぎ去るままに、この物語の根底にあるマホガニーと、その劇場の境界に立つ三本の黒檀の木を、私が区別するのをためらっていたように。

かつて若者だった頃、私はこの場所に集められた雑然とした要素を結びつけたりはしなかった。それらの要素に、言葉への要求がふくまれているとは思わなかったのだ。おそらく当時、私はそのあたりに住む人びとの何人かの名前を知っていたが、その名前は表向きの名前のこともあれば、洗礼名であることさえあり、場合によっては町がつけたあだ名であることもあった。何人かの砂糖キビ生産者、店を開いたり、下着の繕いをしたりする女一、二名、雄ラバの世話をしていた蹄鉄工の名前を知っていたのだ。

だが、ロングエ家とベリューズ家のばらばらに入り組んだ家系、ラルガン家やスラ家の家系が私の心を動かすことはまだなかった。私はまだ大渦潮に飛びこんではいなかった。歴史、年代の推定、再編成の急降下——他の姓のなかを斜めに進む家族、——誰にとっても猛り狂った名前をもつ場所——乾期のうちに閉じこめられたラ・トゥファイユ、バルベス・ル・ムショワールとその薄汚れた酒場《ブリヴェ》——への急降下に身を投じてはいなかった。時と世代の流れのなかで、同等の価値をもつもの、隔たりをもつものを私はまだ区別していなかった。嘲弄される運命にある、さまざまな孤独の行為をはっきり見分けてはいなかった、やがて諦めのなかに溺れてゆく共通の行為、葉と枝のまわりの空気に濃淡をつけ、小屋の木をぴしっと音を立てて裂き、落胆と獰猛な夢想の調子を交互に繰り返しながら、結局は山《モルヌ》を屈服させるあらゆるものを見分けてはいなかった。そもそもその濃淡のある空気というのは、ここでは、おそらく近くのどこかの砂糖製造工場から発散される、あまい砂糖シロップの味がしていた。砂糖製造工場は、雄ラバのための谷間と、雄牛と若い雌牛のための草原のあいだに身を潜めていた。この飢餓の時代においてさえ、雄牛と若い雌牛を養い、ほとんど緑色の乳が雌牛からほとばしり、青みがかってみえる草のうえに鳥もちのように細長い跡をつける、そんなプランテーションがあったのだ。

黒檀がその苔の覆いの下に、アンヌ・ベリューズが探してもいないのに見つけた刃こぼれのした鉈《なた》を隠していたことを、私はすでに知っていた。そして、ベリューズがその鉈《なた》を、土砂降りの雨のなか、リベルテ・ロングエの騒がしい叫び声の伴奏として使い、ロングエの野生の熱気がそこでぴたりと止まったことを。だが、いまはマホガニーの話に戻ろう、この木への思いも私の想像力の舞台を占めていたのだから。つねに活発になってゆく過去の原子が、驚くほど騒がしい物音をたてながらぶつかりあっているかのように、過去から増大しながら押しよせてくるこの熱気は、人を欺くものではないだろう。私はこうしてただ一本の木にしがみつき、一点の曇りもないそのどっしりとした明証性によって落ち着きを得る。年代記作者の文章を自分なりにやり直してみるのだが、私自身もまた黒檀の木々のあいだの空間のなかをぐるぐるまわっているかのように、その文章はただ、最初に感じた苦痛と混乱に私を連れもどすだけだった。

年代記によって、歴史の導きの糸は得られたが、大筋をつくるには十分ではなかった。他の言葉が年代記に協力しなくてはならなかった。その言葉は時おり浮かびあがり、もっと密生しながら探索をつづけ、より緊密に織りあげられていく。同じ言葉が、語ったことそれ自体によって変化し、この同じ国の同じ場所に戻ってくるのだが、その時には場所もまた変わっていた。それは少し前、場所が感知していたものが変わったからであり、あるいはそこで起こった出来事のすでに確立された年代記が変わったからなのだ。長い時間を生きてきた木々は、同じ場所にとどまりながら、つねに変化している。

このマルティニックという国において、探す者は、語る者たちを引き継ぐのであり、語る者たちは探す者たちを知らないまま任命する。このようにして、私たちは世界の縁に進んでいくのだ。

そういうわけで、私がその場所を発見したとき、確かにそれは夢のなかではなかった――この一九四三年という年、時は夢みるような時代ではなかった。食べ物がほとんどないために、住民全員が肉と油という同じ妄想にいつも取り憑かれていた――、そうではなく、確かに私に先立ってそこにあった言葉あるいはテクストによって（というのもそれらの言葉、テクストは私が肉体的に存在することを保証していたからだ）、ただし私だけがもつことのできた予見の力によって決定された言葉あるいはテクストによってすでに描かれていたまったくそのままの形で、私はその場所を発見した。光に満ちた軽やかさのうちに、あるいはむしろ感じのよい凡庸さのもとで、私はこの場所を把握する難しさ、難解さを認め、それを報告しようという試みがすべてどれほど危険をともなうものであるかを感知した。

黒檀の木々は、森の周囲の至るところに枝と根を跳ねかけ、そのせいで森は完成されず、誰も踏みこんだことのないものとなり、雨のきらめきのなかで活気づく、赤褐色と紫色の閃光によってそれと知られる場所となっていた。もっと遠く、貧弱なベチベルソウのあいだに波打ちながら広がっているサヴァンナは、風が跳ねあがるたびに色を変えていた。サヴァンナは、黒檀によって生みだされるジャングルよりも人の手に汚されていないようにみえた。そのせいで、その下のほうに四、五軒の小屋が突如として見えてくると、ひとは驚いた。小屋の配置は、小舟の船首、あるいはずいぶん昔に放棄された要塞の広場を思わせた。谷がその奥底を走っていて、その低いところに予想外の地平線が広がっていた。黒檀の茂みの背後からは石炭窯の匂いがどこまでも広がっていた。濃厚で、はっきり場所の目印となるこの匂いの背後、谷の反対側の遠くには、バナナやカカオの木の輝きのなかに、突如としてそびえたつ一本のマホガニーの木が見分けられた。

同じ地点からは、黒檀の木々から生まれる巨大な茂み、マホガニーの孤独、古びた樹皮の入り組んだ網目のうえに、紫色のランと同じほどくっきりと炭の匂いさえ感じることができたし、また二度、三度と見るうちに、野道のはじまりが見分けられるようになり、それらの道がこの場所のある地点から別の地点へと導いていき、木々の下あるいは斜面の曲がり角で、ランよりも濃い、赤く黄色い泥をぎらぎらと輝かせているのを見通すことができたが、これらの木々、いまのところ見えない住民たち、そしてこの土地を通り過ぎていったようなるような時を、私は結びつけることができずにいた。それでも、私にはその関係について、前にも言ったとおり、ある種の予感のようなものがあった。物語の語り手——あの年代記作者——が、やがて彼の語る数々の物語の登場人物と、私を（彼が私についてもっているイメージを）取り違えることを、私はまだ知らなかった。私としてはその機械仕掛けの単純さを自分のものとするにはほど遠い状態だったのに、私に模範となる役割を託したのだ。ある本の一節に、自分が体験したことの明確に意味づけられた反響を見出すことは、どれほど困惑させる経験であることか。自分はただ、名づけることなどできないまま、ひたすらその震動を感じていただけだったというのに。

　書物のページ、それは特権的な人、幸運な人間である私たち数名のものにとって、夢のなかでももっとも濃密な、もっとも熱狂的なイメージだった。私たちはそのように教えこまれ、そのせいで私たちは時間をおしまず、財産家の古い衣裳戸棚の奥底、街のホテルに補完されたあやしげな書庫のなか、あるいは聖具納室の書棚のうえにさえ、印刷されたものならどんなものでも探し求めるのだった。聖具納室に入れたのは、卑しい、あり得ないお追従を山ほど言うことで、カナダ人の司祭の歓心を得たためだった。

　しかし実際には、風に吹かれて銀色にみえる草のすれすれのところに、あるいは黒檀の下で苔を囲っていた腐敗した切り株のあいだに漂っていたものは、押し殺された叫び、リベルテ・ロングエの大きくえぐられた喉と肩のなかに押しもどされただけでなく、この土地の隅々にまで、地中深くの住人である狂った蟻《フルミ＝フオル》をまきちらすまで、大地そのもののなかへさらに深々と押し込まれた叫びだった。それは小屋の闇に押し込められた叫びとささやきだった。人々の話す言葉が書かれたものにくわわり、伝説が出現することを私たちは待ち望んでいた。食卓に欠けている脂肪の付きまとうような匂い、あれほどまでに懐かしく思うヤマノイモとフリュイ＝ヤ＝パンの胸をえぐるような味わいをすっかり忘れさせてくれるような伝説の出現を。

　三本の黒檀の木が、自分たちの生みだした森の下に押さえつけようとしたもの、黒檀の木がずいぶん昔から切り株と棘を増やし、マンジェ＝クリの蔓を解きほぐせないほど繁茂させ、日光が少しでも射すとそれにしがみつく若い新芽のすぐそばにイラクサを押しだし、その脇腹に奇蹟のような寄生植物をはりつけた巨大なシダを編みあげながら、執拗に覆いかくそうとしたもの、そして今度はマホガニーが完全に孤独な空のもとで揺り動かしていたもの、それはあの同じ、ただし二つの肺から相次いで押しだされた叫び声だった。そう、二つの口から次々にしぼりだされる怖ろしい抗議の叫び。なぜなら、リベルテ・ロングエだけが森に通っていたわけではないからだ。だが、彼はガニを知らなかった、彼らの叫びはただひとつなのに、ふたつに分かれていった。そのため私は黒檀とマホガニーを関係づけることもなく、この場所がただひとつのものであることを理解することはなかった。それでも私はそこに固定された、混沌とした時を見抜いていた。結局のところ私に先立っていた人間——はっきりしない日付でいっぱいになった年代記作者——によって私は描かれていたのだが、おそらく今度はこの私が、自分の後につづく誰かの記憶に呼びかけることになるのだろう。

アンリ・ボルドーの小説の黄ばんだ本、どこかの整理ダンスの奥底でその束が私たちを待っている映画の見事な要約、ピエール・ロティの『ラマンチョオ』、ミシェル・ゼバコの『チコの恋』、こうした本は私たちをこの一種の宙吊り状態から、解放してはくれなかった。私たちは風景を継ぎ合わせることさえできずにいて、そこにははっきりしない不安が漂いつづけていた。それでも私は他の言葉を、さらには書かれた言葉を想像しはじめていた。ただし、ある日自分自身が主題のひとつとなるかもしれないなどと考えることはなかった。動かない動物の群れのようにこの地にふたたび集められた遠い祖先たちがこの叫びをたどたどしく口にするのを私は聞いていた。リベルテ・ロングエの胸のなかに押しもどされたその叫びを私は聞いていた。もう一人の幽霊、ひとつしか袖のないいつも同じシャツを着る癖のある(幽霊の左手の袖は明らかにもぎ取られていた)彼の叫びを、ずいぶんあとになってから知るように私は運命づけられていた。その人はロングエ家の歴史にずっと付きまとうのだが、ロングエ家の人というわけではなく、それでも彼らと同じほど語られ、恐れられ、彼の人生と呼ばざるをえないものを十七歳になる前に終えなければならなかった——まわりのすべての人びとは彼をガニと名づけていた。それが同じ叫びだったことを私は知っている。

話された言葉、そして書かれた記録が次々に生じ、たがいに交代しあい、ついにはもつれ、混ざりあう時の連なりに、私はしがみついた。この時のもつれへの情熱にとらわれたのは——私たちの未来の記憶に押しつぶされそうな作者が、私を題材として、私たちの過去の大渦潮を探査することになったからだけではない。私自身がここで——この地平線の上への上昇において、そしてこの雨の三角地帯においてーーこうした時を数えはじめ、ひとつずつ解読し、それもまた同じ叫び声なのか、同じ祈りの声なのかを考えようとしはじめたからでもあった。たとえば、ガニの物語を報告しようと決心した年老いたニグロが、引き裂かれた羊皮紙、ぼろきれ、樹皮に自分の言葉を刻みこみ（一八三〇年代、読み書きの知識などほとんどなかったし、その知識は——おそらく実際に刑は執行されなかっただろうが——死罪に値した）繰り返し話し、語った物語は一世紀ののち、若者だった私がマホガニーと黒檀を発見した時代、呪術師が語ってくれたのと同じ物語だったのではないだろうか。呪術師が私のために思い返してくれたのは、管理人ボータンの反逆の物語であり、呪術師は彼をマオと名づけていた（というのも、今度は彼が名づけ、引き継ぐ順番だったからだ）——そして呪術師が明らかにした物語は、一九七九年、マオの彷徨の四十三年後、一人の素人ジャーナリストが詳しく物語った、人殺しマニの壮烈な生、そして死と同じものだったのではないだろうか。

この大渦潮のなかに何かの規則、あるいは隠された秩序、少なくとも発見すべき秩序をもたらす法則のようなものがあるのではないか、私はそう考えるようになった。逃亡奴隷ガニ、管理人マオ、非行少年マニが、時代は遠く離れているものの、普通の時の流れの外に派生した、同じ力をもつ同じ人物を現していることを、私は示すべきではなかろうか。

私を探究の道案内に選んだ年代記作者が正しかったと認めつつ、それでも私は彼の探索から解放され、この土地の燃えるような混乱のなかに突進した。そこに光と透明さを——そうしたものがあると想定し

――探し求めた。私はレザルド河の水源地に建てられた家と、黒檀の下に押さえつけられている三角形の苔を関係づけ、ガニが自らの死を選んだ、泡を破裂させている柵、マリー・スラが父であるピタゴールから読み書きを習った山《モルヌ》、リベルテ・ロングエの娘がまったく身動きできなくなった〈小ギニア〉の小屋、そしてメデリュスがテット河沿いに「大地と仕事の集会」を構想した帯状の土地を関連づけた。私は糸なのだから、啓示する者ともなりえるだろう。そしてその仕事には、年代記作者はまったく不要である。いまや燃えあがる燐光を掲げて、言葉と明らかにされた事柄の積み重ねられた塊のなかを横断すべき時だった。私が小説の主人公のような者としてやがて死ぬことになるとしても、私は少なくとも日付に頑固にこだわり、風景を調査し、道具を記述する探求者でありつづけたい。

私は山を駆けのぼる黄色い風となり、呪術師パパ・ロングエが見つめていた、あの赤土の境界線にまで一挙にたどりついた。そこでは私たちの嵐のような過去と悲しげな未来が、酔ったラギア〔肉弾戦を模した二人の人間の舞う踊り〕を繰り広げていた。私は日曜日の浜辺に沿ってあちこち揺れる青い風であり、そこでは私たちの無頓着な人間性などすぐにちりぢりになった。私は泡を吹き飛ばす風でもあり、沖合を疾走し、よその人間たち、よその国に出会うことを求めていた。これほど数多くの歴史、言葉、頑固な女たち、言うことをきかない子どもたちが出会い、別れてゆく、時のこの熱狂的な塊を守るために、年代記作者が――何も知ろうとしないこれほどの敵対者、黙って何も聞こうとしない者たちを前にして――何とか見通しをつけなくてはならないのだから、どうしてこう考えずにいられるだろうか。一方でそれは、あらゆる人間の土地で恐ろしく空虚でありつづけているものの凝縮されたイメージであり、そこでは飢えのたてるすさまじい響きと黙示録のような沈黙のなか、少数の者があらゆる人びとにむかって企む破壊の陰謀を通して、無限に数多くの人びとが出会い、別れてゆく。その一方で、あらゆる土地で起こるこの無数の出会い、さまざまな偶然、情け容赦ない掟、哀れな愛から生まれるはかり知れない広がりを、ただ一人の人間が理解しきることなどとてもできないだろうとも思うのだ。この土地は、宇宙の最後の境界を想像しようと私たちが熱狂的に努める星々の空間よりさらに終わりなきものなのだから。

私はこのごく小さな国の中にある無限を立ち去り、私たちの地球という宇宙の中ではあまりに微少な無限へと向った。そこで大地が構成する関係の雑然とした堆積を、切れ目のない見通しにおいて調和させるという野望を抱き――そこには勝利も敗北も数多く積み重なっているが――、それができなくても少なくとも前代未聞のその義務を予感するというほぼ同じような意図を実現しようとする。私たちの自然の傾向、おそらくは私たちの天分に逆らって、どうしてこれほどまでに不揃いの風景が、同じ世界の容れ物の中に一挙に落ちかかってきたのかを吟味したいのだ。

しかし、ひとは自分自身の川の流れに逆らって歩くことはできないと言われている。私たち（いたる所からやって来た島の住民である私たち）には、あれほど多くの善良な人びとに取り付き、気が狂ったようにさせてしまう探検趣味など許されていなかった。よその場所を探査する技術は、ここでも完全な形で実行することができよう。世界の風景がすべてここに、突如として書きこまれているのだから。その風景を予言できるものが、もっとも巧みに風景を讃えることができるだろう。マホガニーと黒檀は、私にとっては遠くからその役に立った。私は年代記作者の作品で読んだものを、そのうちに認めていた。彼もまた、登場人物たちと同じほど、この場所にとらわれていたのだ。それらの人物から一度も離れたことはないものの、とにかく彼らにむかって私は戻っていった。

書かれたものには、叫びの痕跡がきざまれていることを、私はついに理解した。その痕跡を汲み尽くしがたい変化にむかわせ、私たちが陥っている混沌がめまいのうちに明らかになるような飽和状態にまで導きさえすれば良いのだということを理解したのだ。そこで、私はマホガニーと黒檀を結びつけたあの風の一撃（つまり一八三〇年代にガニとロングエを結びつけ、引き離したあの出会いと不在の入り混じった風の一吹き）をふたたび大気の中に巻き起こし、ガニがはるか昔の時代から、彼のように山《モルヌ》のなかに追放された男たちに何を託したのかをついに見積りはじめた。男たちとは一九三六年の管理人マオであり、一九七八年の逃亡者マニである。私は確信していた。結局のところ、私自身も逃亡者なのだ、ただし私の名が現れるよう懇願したわけでもない年代記、作者が私に知らせたり、許可を求めたりすることもないまま私を描いた年代記からの逃亡者なのであり、こんなふうに他人に、完全に公の場で自分が語られている、それもどのような状況で書かれたのかはっきりしないなかで、あやしげな肖像画として現れるという不利を負わされているのを発見するとき、おそらくひとが陥るある種の荒廃した気分、あるいは少なくとも精神不安定の状態に、私は陥ってはいなかった。――そこで私がこう考えるのももっともということになる――こうした日付を明確にし、これらの関係をしっかり打ちたてることができれば、全体の塊を解明し、生来ほとんど評価不能の試みへの理解を強化することに役立つだろう、それにその結果、日付を固定し、これらの関係を明らかにできれば、私は決定的な形で大渦潮から解放され、私の身体においても、私が次々に生きることになる生においても、そうした理解はもはや不要となるだろう――これは私の肖像画家が信じたことでもあった。

私の肖像画を描いた人物の試みを、私が受け継いだように思えるのは、どんな皮肉とも無縁のある急変によるものだ。歴史上の言い伝えが問題にもしない人物たちと私は連帯しているのだが、彼らが歴史に関わった部分は推測において、はっきり白状すれば、でっち上げられた話において復活した部分によってしか姿を現すことはないだろう。このような付き合いに自分がどれほど満足しているように見えようとも、だからといって私は自分を過去の湧出点と見なしているわけではなかった。私の人生、というより次々につづいていく私のいくつもの人生は、私自身その大筋を解きほぐすことに苦労するような難しい葛藤のなかで繰り広げられているからだ。たとえば、私のなかで、思いもかけない先祖が挙げた叫び声と、おそらくは教育によって規制された書き方で記したい、あるいは数多くの散らばった紙、偶然読んだ本をむさぼり読む熱情から生まれた書き方で記したいという欲望を区別することに、私は大いに苦労している。これまではそのような誘惑から、他人の仕事に批判的な眼差しをむけただけで、難なく逃れることができた。こうして本の登場人物、ただし以前に書かれたすべてのものから解放された登場人物として、ある日、自分もそのなかに巻きこまれた、あの取り乱した時間（あの大渦潮）の塊に対置できるような物語を、私は夢みはじめていた。その矛盾を強調するためではなく、それが最初から形をもたないものであることを明らかにし、こうして私が関わりあうことなど余計なこと、ひと言で言えば不要なことだとはっきりさせるためである。時間のなかに、時間の断末魔のなかに光が差しこめば、私は自分の人格から解放されるにちがいない。この抽象的な言葉においてさえ、私は伝達者になろうとは願っていなかった。

　私は心のなかで、この仲間たちと頻繁に会っていたが、本当を言えばそれは、過去を航海するという熱狂的な喜びからというわけではまったくなかった（そもそも過去は不透明で、反抗的だった）。それは彼らときっぱり手を切るため、私の実存を語るために、彼らがどのような点で必要不可欠と思われたのかを明確にするためだった。私たちをはるかに超えていて、これまで言葉にされてこなかったものを明らかにするためだったのだ。それゆえ、年代記作者の仕事を引き継ごうと試みることは、彼に感謝の気持ちを表明するひとつのやり方でもあった。彼の調査が私にとって長いあいだ曖昧だったことにも、十分な理由があったのである。

　おそらく今度は私が作者を自分の創りだした人物として、ただし私自身の探究ではなく、ある調書となるものの中心人物として選ぶことを、私は夢みていたのだろう。彼が手荒に扱いながら書いた素材と同じものを、適切に、十分に資料で裏づけた報告とすること。それはもはや引き継ぎではなく、実際にあったことに決然と立ち戻ることとなるだろう。そのような仕事の後で、彼と再会し、出会うたびに私の顔のうえに彼が読むことのできたのと同じ不安げな彷徨を彼の顔の上に判読することができたとすれば、おそらく何という喜びだろう。彼は私の物語にどのような現実を認めたのかを、まったく厳粛な寛大さで、私に知らせようと努めることになるのだ。

しかし年代記作者は、このような反撃を妨害するためにあらゆることをしてきた。その最初のものとして、彼が小説と称するもののなかで、私と人生をともにした、大切な人びとを彼は巻き添えにした。それも過去の英雄としてではなく、つまり力強く、決して服従しない亡霊ではあるが、努力すれば何とか注意をそらすことのできる英雄としてではなく、私のとりとめのない妄想の道連れ、私の夢の生きた証人として描いたのだ。彼らは知っていた、彼らこそ知っていたのだ。この作者のテクストをひっくり返したりすれば、私が彼らから離れたがっているという、あり得ない欲望を認めることになってしまうだろうということを。それも単に肉体的に、また肉体の不在によって、彼らから離れるというだけでない。肉体が不在になったとしても、決定的な消滅、つまり無関心という、忘却よりも荒涼とした消滅にいたることはけっしてないだろうと、私たちは好んで考えるものだ。彼らから離れてしまえば、年代記作者が私たちのさまざまな関係のうちに見破った真実の部分を放棄することになるのだ。たとえ年代記作者が、私たちの心と魂のほんのわずかな部分しか見て取ることができなかったと、私たちが一致して認めていたとしても。

こうして私は、自分なりにさまざまな日付の蒐集、錯綜した時のなかで削除された部分、さまざまな関係づけ、等価性を見出そうとする計画へと引き戻されることになった。最後には、私がそこから逃げだそうとした人物たちを素描することにもなった。もはや山《モルヌ》には逃亡奴隷などまったく残っていなかったが、それでも私がこの物語の最後の逃亡奴隷となることはないだろう。この作者とまったく同じように、私もまた完璧に〈世界に感染した者〉だった。このようにして、マホガニーは、雨の降る黒い空を背景に不動のまま動くこのマホガニーは、私をがっちりと捉えたのだ。

　自分の想像した人物たちを、驚くようなごつごつした粗さとともに上演することより、移り変わる植生の変化を捉えることに自分がむかいがちなことを私はよくわきまえていた。彼らがどのような人物たちだろうと、私たちにとっては、アカシアの木の下をすり抜けてゆく風ほど重要ではない。私たちにどこまでも呼びかけるあのはっきりしない叫びから、どのような対話を引き出すことができるのだろうか。何本かの木々が集まって、私たちをあの暗く、燃え上がる全体のうちに投げこむとき、どのような描写を試みることができるのだろうか。私はこんな人間だろうと人々が空想するものがどれほどもろいものなのか、その空想が未解決のまま保っているもの、かなり大胆に無視するものがどれほど不確かなものであるのかが、私にはわかりすぎるほどわかっている。

　この新しい状況において、本によって作られたイメージから逃れ（そのイメージは他人に押しつけられたものだが、それでも結局それは私の現実の姿を定義していた）、自分を回復させてくれる副次的なテーマに後ろ向きに進んでいこうとする人間を最初に安心させてくれたのは、この更新を進める私のやり方がゆったりとした側対歩〔馬などの四足獣が同じ側の二本の足を同時に上げて進む歩き方〕であり――プランテーションの雄ラバにはこのような歩き方を実践する習慣がないのだから、この技術的な語句は私にとってまったく神秘的なものだったのだが――、それによって私の年代記作者の、混沌とした、うずくような断片の積み重ねる書き方から解放されたということだった。

　彼の仕事を訂正し、厳密に検討された年表を作成することによって、私がついに赤土の境界線と、叫びと文字との錯綜した関係を再び見出すことができるかどうか、確かめてみようと思う。その錯綜した関係について、私はすでに長々と話しすぎた。年代記の見習いとしての関心事は、黒檀の木に突風とともに降りそそぐ雨によって一掃されたが、この雨はそもそもこの島では果てしないものとなったと言われはじめていて、観光客が時にはホテルの部屋の奥から、彼らが滞在する間中ずっとその息苦しい、陰鬱な襲撃を堪えしのばなければならないという、取り返しのつかない不運に見舞われることもあった。

年代記作者がしっかり調べていないと私が非難していたあらゆる不明瞭な点に、私自身が帰ってきた最初の瞬間から責めたてられることになった。土地の様子は変わっていたが、あの厄介払いできない過去の匂いはそのままだった。現在の問題が厳密に執拗に問われないかぎり、というよりむしろ、その問いをしっかり保つために必要なものを手にいれないかぎり、その匂いを振りはらうことなどできないだろう。さまざまな世代の騒がしい物音、気のめいる不幸から来る狂気、薄暗いランプからランプへとつづくぽっかり開いた空間、まるで火を逃れるコブウシのように、頭の中を転がってゆく歳月が、ふたたび私のもとに戻ってきた。それらはあらゆる物事のもつ楽しい凡庸さの下に姿を隠しているだけに、ますます――心をさいなむものでありながら――人目を引かないものとなっていた。

バラタからル・プレシェールまで、森の木々は見たところ同じように静かで、雲からにじみだしたふわふわした光の染みにふるえていたが、その光はいつも不意をつき、ときに悲劇的なものとなった。少なくとも、そこに整備された歩行者用の小道に触れるやいなや、その様相を帯びるのだ。沈黙の重みは、何ものによっても軽くなることはなかった。サン＝テスプリ付近で、深緑色のバナナ畑は、盆地に段上にならび、町の埃にまみれた麻痺状態と対をなしていて、以前は数少ないプランテーションと接していた砂糖キビの金属的な緑色に慣れた眼をなごませていた。砂糖キビ畑は、ル・ラマンタン平原の小さな空間に面したいくつかのプランテーションを結びつけていた。この平原ではレザルド川の狭い水路の水が腐敗していたが、この川は見せかけだけは広大にみえた。ル・ヴォークランからサリーヌの浜辺まで、ピクニックをする人が道の外にさまよいでて、地中海クラブという浜辺のゲットーから遠く離れ――その建物を知らずにいることがまだ可能だった。飛び跳ねるような精神性にみたされたまったく潜在的な砂漠がそこからはじまると想像することさえできた。破滅するのは自由だったし、それは魂にとって甘美な誘惑であり、誰もが屈服せずにはいられなかった。もう一方の斜面、大西洋に、海はいつも、サント＝マリーの近辺で、動かない大潮を打ちつけていたが、その大潮は砂漠よりも深く、動く沼よりさらに輝かしくも禁じられ、荒廃したものだった。

こうしたすべては、明らかに、私を闇ですっかりみたした。かつて年代記作者が私を生きさせた、物語の書かれたページに、まるで私は戻ってきたかのようだった。私が儀式の馬の弓なりになった側対歩の歩みで進むのは、これが初めてではなかった。自分の日付の蓄え（一八三一年、一九三九年、一九八七年）に私はしがみついていた。それらの日付は、黒檀の枝に咲く、かん高く響くようなランよりも密生していて、その連続する言葉に私はふたたび巻きこまれ、なんとか自分で解明しようと願っていた。私はたくさんいる話し手の一人であり、自分ではその含有量を測定できない分泌液でいっぱいになっていた。

あたりの土地は、燃えあがる茂みとなって横たわっていたが、ここから解放されなければならない。あの二つの海――オパール色のカリブ海と岩の色をした大西洋――から噴出する、溶岩の花束のような波からも解放されなければならない。そこからはうめき声と高い熱が発散され、それが私たちの幸福の甘ったるい顔の背後で猛威をふるっていた。私は――人間であると同時に作者であり、描かれた寓話でもあるこの私は――これほどまでに不確かで、対照的な幾人かの人間として体験しなければならなかったこの物語の三つの単位が深く結びついていることを感じていた。この場所の住民として、私はできることならその物語を遠ざけておきたかった。架空の話の登場人物として、私にいまなお課され、私を自分から排除しようとするある力の命じるままに、私はその物語のなかをさまよった。語り手となりえるかもしれない人間として、私はまずその物語に夢中になりながら、それによって私のはるか以前に生きていた何人かに執拗に追いつこうとし、二重のものとなってゆく現実にたどりつこうとした。

秩序の探究が、したがって感染に取って替わったのだ。そして参加しない者にとってはそれが喜びであり、気まぐれな熱狂であったことを認めざるを得ない。つまり、不安にみちた満足のうちに閉じこもり、自分のまわりの大部分の人びとが――突如として覚えた確信のせいで、幾分過剰に――自分たちの快適さと安定性を声高に叫ぶとき、病気であるふりをする者の喜びだったのだ。プティット・アンスの漁師たちの重々しい沈黙、あるいはこの島のブルジョワたちのしゃれた夜会の苦悩にみちた騒ぎを遠く離れて、知ろうとする夢はどのようなものだったのか、そのぼう然とさせるどよめきは何だったのか。この物語の原則に身を投じ、他の場所ならば小説と呼ばれるこの刻み目に記された大混乱の上空を飛び、私の存在のさまざまな化身があまりに数多く関わっている時の流れをさかのぼらなくてはならない。

たとえば――自分たちの人生に思いをめぐらせようともしないまま単に生きている人びとの、日常的に用いるありふれた策略と欲望に、どれほどわずかであっても接近するために――私はこの物語の、もしこういう言い方ができるとすれば、まだ語られていない三つの裏側を発見しなくてはならなかった。源泉で命が尽きた子どもであるガニと、姪と同じ名前をもつリベルテ・ロングエは、一八三一年、黒檀の周辺で相次いで倒れたが、年代記作者はその後、自らの家系をもつ男ロングエだけに言及し――この男だけを選択した。それから管理人ボータンは、一九三五年かいずれにせよその頃、逃亡奴隷となり、相変わらずあだ名であるマオを名乗ったが、年代記作者はこのような瞠目すべき事実を無視していた。最後に殺人者マニは一九七八年、ミセアの息子、そしておそらく私の息子であったかもしれないオドノ・スラと知り合ったが、この土地の聖人伝によってかつて物語られた歴史のどこにもそのことは言われていなかった。この歴史は、住民たち、その子孫たちと、隣人たちを進んでいつまでも混同し、同じようなはっきりしない、あまりに強力な同一性のうちに閉じこめるのだった。

私がかつてそうだったこの人物は、私を通して何を考えていたのだろうか。もっとも、友人たちが心地よい註釈をしてくれたとしても、その人物に似たいと私はもはや願ってはいなかった。確実に言えることは、その人物の成長を語る物語の序文を書くこと、抑制された文体で——あらゆる作品の冒頭に介入しながら——騒がしい暗闇を補うことを考えていたということだ。その暗闇から(成熟の年齢に必要な数々の不幸を知るまでの青年の素朴さとして)慣習にかなった言葉、あるいは文学の言葉、あまりに青い人の明晰さが芽生えていった。作品の冒頭とは、自分が作中人物となった企ての根底ということであり、その企てにおいて、今度は彼自身が全能の創造者となったことになる。私もそのような作中人物だったのであり、同時に創造者となったのだ。

これほどまでに入念に準備された(確かに書かれた文字という決まり事によって)巨大な荒波、起伏の多い、眼に見えない周囲のねじれのもとでとても激しく感じられた荒波によって、私はひっくり返されるがままになった。アカシアの木々の下を吹き抜ける風は、その遠慮がちな言葉によって私の心を動かした。あまりに長い沈黙が私のなかに侵入していたが、その沈黙のうちに私はあらゆる激怒の声、雄牛の太鼓、犬たちの冷笑、語り部たちの周囲を旋回する炎のぶんぶんうなる音を聞いた。マホガニーと黒檀は、いま一度血縁関係を取り結んだ。そして私は言葉の別の岸辺をさまよい歩くマリー・スラ、ただ単に表現可能なあらゆる感情とは無縁の岸辺をゆくマリー・スラと再会した。

ペイ＝メレの境界の守護者であるフロマジェの木を、私は忘れていない。神秘の力などない空間の狭苦しい今という時間において、この木は幾分老けているように私には思えたが、それでもその樹皮がかつてと同じように輝いていて、しかも日の光の微妙な移り変わりを反映し、時計のように、太陽の停滞するさまを記録していることに私は気がついた。自分の足下を疾走する車の一団にすっかり囲まれて、フロマジェの木はもはや子どもたちを脅えさせたりはしなかった。その木は私がやがてそうなろうとしている年老いた男に、郷愁にみちた忍耐心をあたえてくれた。

フロマジェの木は私をマホガニーに、ごまかしのない、強情なその素朴さに連れ戻した。彼らの孤独は私の孤独と同じようなもので、黙した、いこじな群れとなって燃えあがっていた。私はマホガニーと黒檀とのあいだで、儀礼的な闘争のように、戦いが行われていたことを理解した。少なくとも、私はその戦いについて劇的な直観をいだき、そのおかげで私はこの大混乱のはるか彼方へと運ばれ、年代記作者のかつての難解さに、光の圧力によって反駁することができた。結局、日付は何かの役に立ったのだ。風の香りは朝のなかに舞っていた。私はこの場所をもう一度組み立てなおした。マホガニーの実は地面のうえでつぶれていた。かつてその実のひとつのうえに、鍬でたがやす年老いた男がおそらく自分の名前を刻んだ。ながい時間生きてきた木々は、見つめる者を遠くへ送りこむ力をもっている。まるで永遠をせき立てるためであるかのように、そうした木々は火山や海のうえを走ることができるのだ。世界の縁はそこにある、手を一枚の葉っぱのように伸ばし、そこに触れさえすればいいのだ。

夫の役目をはたす者

今日、一八一五年八月三十番目の日、マホガニーの野原に角笛が鳴りひびく。

雨期が、入植者を嘆かせる雨期が始まっている。あまりに乾燥しすぎると、喉がカラカラになる。雨が強すぎると、歩くことができなくなる。

土曜日から翌日三十一日まで、ひとりの語り部、どの仕事場でも小屋でも知られていない語り部が、ほとんど焼きつけるような正午の頃、目につくアノリ・トカゲや、目に見えないマブヤ・トカゲさえふるわせる知らせを歌いあげる。

伐採用の鉈《なた》を数え、整理する役目のトレミーズは、この語り部がどんな話をするのかを知っていると主張する。真っ赤な嘘だ。

自分の名はラヌエ、と鍛冶屋は言った、またしても嘘つきでずる賢い罪人だ。鍛冶屋は、謙虚さを見せ、這ったり跳んだりする動物、ヴォンヴォンバチやスズメバチを追い払わなくてはならない。労働者が畑にいるとき、ひどく苦しんでいる者たちにしつこくつきまとう虫や動物たちだ。ラヌエの心は彷徨っている。徒歩の行商人《マルシエ＝マルシャン》、つまりあちこち飛びまわり、食べ物の端っこをかすめとり、飢えた者たちと分けあう者は、こう言った。この語り部は、声の岩を、書かれた紙の砂に混ぜ込んでしまうと。どうしてそんなことが信じられるだろうか。身体が疲労困憊し、心は苦痛にさいなまれているものの、おれがたった一人で取りかかろうとしているのは、この神秘だ。おれは書かれた記号を解読し、自分でぶつぶつ言ってみる。おれの他には誰もいないのに。

理解されないことすべてを、おれは取りあげる。

小屋に住む若者が、召使いの黒人女を誘惑した。こんな普通の欲情のために、ただし場所をわきまえない欲情のために、若者は首つりの刑に処された。

コンゴ人の奴隷が読み書きできるということは、良心にとってひとつの罰であり、全能の神の過ちである。そのように信仰教育の書は語る。だが、おれはそんなことを言わない。

九月最初の日曜日、宣教師さまが、神へのミサの言葉でつまずいた。それについて、列席者の一人がささやいたが、誰もが聞こえるように言ったのだ。「ラタン・ラベ＝ア、デバレ・ラタン＝ア（神父サマガらてん語デ立チ往生シタ）。」――神父さまはそこで、回復不能なほど絶望なさったと思われた。みんな笑いを腹で押し殺したが、それは慈悲にみちたおとりなしのように思えた。おれたちは「雛鶏の＝腿《ピエ＝プール》」と言っているのに、神父たちときたら「私たちの＝ために＝お祈りください《プリエ・プール・ヌ》」と理解するのだ。

うわさによれば、晩課の時、おれたちは礼拝堂のなかで眠る代わりに、畑で砂糖キビを刈り取ることになるだろう。入植者は悪天候を恐れ、収穫がまだ残されていることを嫌い、できるだけ早く釜をいっぱいにしたいと願っている。おれたちがすぐに考えたのは、新生児もマホガニーもおれたちの役には立たないということだった。だが、それは不確かなうわさで、すぐに消えていった。それでみな晩課の時は眠りこけた。

同じ日、野原は青く金色に染められて目覚め、誰も心配などしなかった。例外は木々が闇のなかではぜた音で目覚めた者たちだ。夜の音を聞く術を知っている者なら、空の青さが奥深い山《モルヌ》の緑を浸しているのを見る術も知っている。

同じ日の夕方、神父様は木の苗を植えるとき、一緒に胎盤を植えた。ということは、この瞬間まで、風景には名前がなかったということだ。それは他の場所から来た人びとの土地だったのだ。子どもと木は一緒に大きくなり、あたりに光をまき散らした。その時以来今にいたるまで、みなはこの土地を、マホガニーの野原と呼んでいる。それゆえおれたちはあらゆる植物、あらゆる言葉の最後にいつも、ガニ坊やの名を口にしていた。

おれはユードクシーの夫の役目を果たしているが、その夜彼女がため息をもらしながら動いたので、おれは物語を語る自分の話し方が、祝福されておらず、正確でもないことを理解した。おれの話し方は、あまりに綺麗すぎると思えるらしい。子どもと木を植えたその日のことを言うために、言葉を飾ろうと、嘘をついてはいけない。ユードクシーは身動きし、奴隷制度を大声で罵る。

捨てられていた雑誌を何冊かくすねたが、これは大変な宝物だ。言葉を読み解くのは、大いなる罪だと言われている。だが、おれは秘密を漏らしたりはしない。貨物船だろうとリゾート船だろうと、おれは船のリストを書き記す。帆の端に文字を記すことには大きな満足がある。

フォール＝サン＝ピエールには、ラ・ロシェル港からプランセス＝ド＝リーニュ号、船長モルヴェール、二月十五日出航、四月十日到着。ボルドー港から、ジュピター号、船長ルムネステル、二月十七日出航、四月九日到着。

フォール＝ロワイヤルには、サン・ナゼール港からボナンファァン号、船長フォカレード、三月十五日出航、五月二十日到着。

リゾート船――

ルイジアナ号、船長モルガン、マラカイボからやって来て、ボストンに行く。五月二十二日出航、六月五日出発予定。

船はおれの夜を横切ってゆく。

積み荷に上り、商品を思い描くことは、何と楽しいことか！　あらゆる雑誌に、到着する品々を見つけることができる。

短く切ったアカジュの木
輸入コーヒー
土をかけた砂糖
結晶化した砂糖
ラム酒一ガロン
大樽入りのタフィア
バターの塊
ふたまたに分かれたアカジュの木
大陸の植物エキス
新しい小麦粉
古い小麦粉
籠に入れた油
地下貯蔵の油
太った豚
痩せた豚

山積みの牛の皮
細工されたクルミの殻
白布につつんだカカオ
樽入りの煙草
大樽入りの塩漬け豚肉
ばら売りの米
塩漬け鱈
大砲の形をしたアカジュの木
コナラの樽板千枚
レンガ型の石けん
フランスの石けん
バケツ入りの獣脂
鯨油《げいゆ》
ボルドーワイン
マルセイユのワイン

おれは値段を見たりはしない。何の役にも立たないからだ。おれはただ、名前のことだけを考える。

カコは太ったニグロだが、白布につつんだカカオは健康維持の王様だ。バターの塊はラードではない。マルセイユのワインは、とても甘いタフィア酒だ。

口にうっとりする味が広がり、胃袋が恍惚とするさまを想像してごらん。

フランス小麦は、喉のビロードだ。

船について、ニグロを運ぶ船の名前は決して書かないこと。波止場や市場で彼らが売られるときが、ニグロを記録すべき時だ。彼らを名づける行を、おれは線で覆いつくす。ニグロをここに運んできた海を、おれは抹消する。

雑誌の話し手は、プランテーションのヴァイオリン弾きではない。彼らは音楽を演奏することさえなく、人びとを踊らせることさえない。

九月第二週の月曜日は、まるで始まったばかりの新年のようだ。

そんな時、みんなのことを考える。自分に強く叫びかける、とても遠くにいる人びとのことを。九月は憐れみの月だ、十一月の慈悲と一緒に、畑を荒らす台風を運んでくる。人びとは黄色い水のなか、色あせた藍色のなかを泳ぐ。九月は休息の祖父だ。

三ダースほどの者たちが、鞭で処罰された。サン＝ロランを嘲笑した一人は、監視していた白人の契約労働者に盗み聞きされ、鞭打ちの刑に処された。唇をもぎとられず、舌も切られなかったのだから、しあわせ者だ。それは代父のオロだった。ロランをばかにしたのだから、オロはロランの血を受けているのだと、みな言っていた。夜がやってきて、彼は葉っぱで覆われ、熱は下がり、叫びも収まった。呪術師の先生は手慣れたものだった、作業監督は拷問された者たちを、いつも彼に預けていた。呪術師は、精霊を呼ぶふりさえしなかった。

タニという名のプランテーションの女が、三人の子どもを産んだのだが、一人はバラ色、もう一人は黒、三番目はその中間の灰色だった。〈三つの色の母親〉と呼ばれた。少なくとも、あたりではそんなふうに言われた。タニは人間という寓話が繰りひろげられるがままにしたのだ。自分の果実のなかで、彼女はそのうち三つの方向を集めた、四番目の方向は知られていない。

ユードクシーがおれに言う、そんなに体力を浪費していると、しまいにはゾンビになるよ、と。彼女には想像することができない、おれが近くの平原で起こるすべてのことを言葉で記録しているということを、つまり無知な奴隷のニグロが、昼も夜も苦しんでばかりいるのを止めたということを。乾期の暴風雨のように、それは単なる偶然の出来事だ。おれがただ、彼女を遠ざけておくために、そんなにあくせくしているのだと彼女は考えていた。入植者が無理矢理決めたこの組合せを、おれが認めておらず、彼女のキャッサバをおれのガラガラ《グラーガ》にはあまりにふさわしくないと思っている、そう考えていた。二人の人間のあいだに、それほどまでに闇はすばやく広がり、それほどまでに深い隙間が広がるのだ。

同じ月の火曜日、一人が森のなかを駆けたために、腕を切り落とされた。逃亡奴隷は、乗りかかってくる悪魔より危険だ。市民生活の心地よさを拒絶したのだから、自分にはもはや名前をもつ権利はない、と彼は叫んだ。彼はその宣言を自分の首のまわりに下げていた。おれだけが、その言葉を読み解くことができた。ただし、誰もおれの力に気がつかぬよう、彼を見つめる素振りは見せなかった。畑にでかける前の、夜の終わりのことだった。人びとが彼から引きだした言葉といえば、自分の切断された腕を、埋めさせてくれと求めたことだけだった。その後、男は自分の身体と魂を一気に捨て去った。おれたちの秘密のリストには、〈腕を切断された男Ⅳ〉という名で記されている。

オッタントとかいう人物が、言葉となり得るあらゆるものを見出すために、出発を試みる。それは夜の魔法。

生きている間ずっと、おれは主人の家から紙を盗み、羊皮紙の記録簿、製作所から出るパピルスの山も言うまでもなく手にいれ、石炭の粉をヒマシ油と混ぜあわせる。ユードクシーが自分の夫は精霊との交信を実践しているとその身体のなかで叫ぶほどだ。彼女には想像し、見抜き、見積もることができない。この黒い水は、呪いの血、ベルゼブブの唾だとつぶやく。しかしそれは血ではない、それはインクだ。いまやおれは彼女のかたわらに眠る。ユードクシーは、身を縮め、体のなかでふるえている。

同じ日、おれは夜話が歌われる、来たるべき日のことを思う。読み゠書きというものがまったく存在しないために、印刷された紙の行と行のあいだに死を見た者がいるなどと、誰も理解できないだろう。あれほど多くの赤い人、ニグロ、黄色い人が時の大渦潮のなかでまざりあってきたというのに、彼らは死の始まりに近づくことはなかった。

九月三日水曜日、おれの眼は揺れ、かすんでゆく。ガニが生まれ、木の苗が植えられた後、これほど早くこうなるとは思わなかった。おれは何かを完成するためではなく、告げるように運命づけられていたのだ。おれは両眼を閉じてみる。とにかくおれのまわりで夜が踊りだす時にそうなるだろうように。どれほどの歳月が経てばそうなるのか。小屋のよく掃除された地面のうえに、さまざまなものが命から落ちてくるのを感じ、それに触れる。ある日、目が見えなくなったとき、どのように見るのかを訓練しているのだ。おれにはその能力があると思う。おれは闇の中を歩くだろう。

奴らは一本の鉈《なた》を隠した。責任者トレミーズは六ダース分のむち打ち刑に処された。しかし、おれたちみんなが集まって見ていると、最初の首への一撃で、鉈《なた》が魔法にかかったように現れた。最初の一ダースの最初の一撃が、一番効果的だとトレミーズは歌った。

フォール＝ロワイヤルやサン＝ピエールの場末では、雑誌を読める解放奴隷がいるといううわさだ。フォワイヤルはとても遠い。山の引きこもった場所では、読み解けるのはおれだけだ。

エゲレス人が海辺に、新鮮な食べ物をたくさん置いていくといたる所で噂されている。奴らは食べにこいと、苦しんでいる奴隷を招いている。それが本当なら、徒歩の行商人《マルシエ＝マルシャン》たちが自分たちの商品を売りつづけることはできないだろう。誰もが、満月の夜、砂浜のうえでたっぷり手に入れられるからだ。奴はもう、牛の腸をひよこ豆半ポンドと引き換えにはできないだろう、タフィア酒やシャンパンならば別の話だが。エゲレス人は生まれつき狡猾で、もっている奴らから横領するために、住民たちの関心をまず買っているのだ。旦那たちが悠々と散歩しているとき、惨めな者たちは砂を噛むばかりだということをみな知っている。ブルボン人、エゲレス人、スペイン人、おれたちはいつも相場以上に支払うことになっている。

おれたちが〈タマネギ＝の＝皮〉と呼ぶナポレオン王が、海の彼方で敗れたことを、嘆いても無駄というものだ。今度はイギリス人が上陸するだろう。あいつらは奴隷制度を再開し、自分たちが皇帝となるだろう。

フランス王妃《スルタン》はジョゼフィーヌという名前だ。入植者のお気に入りの女はアドニーだ。

ユードクシーがおれに言う。頭のなかでそんなに考えてばかりいると、五ダースのむち打ちを受けることになるよ、と。すでにおれの背中に何筋も亀裂が走っているものと彼女は想像している。あいつの黄色い目をおれがますます見えなくなっていることに、あいつは気づいていない。だれもが自分の闇のなかをぐるぐるまわっている。おれはもはやオロではない、ユードクシーはおれが〈ヨタカ《アングルヴァン》〉〔文字通りには風を呑みこむ者。夜、嘴を大きく開いたまま飛んで獲物をつかまえることからそう呼ばれる〕になったと嘆いている。

両眼をつぶった一人の見者が、彼女の炉端の三つの岩のかたわらに、その奴隷の身体を横たえている——そんな話をいったい誰が信じるというのか。

おれが言葉を結び合わせるたびに、夜の風が吹きつける。おれは風の音に耳を澄ませる。だが、記号を見ると、記号はちがったものになっている。おれは風に尋ねる、どうしておれの両眼は物語を解読するようにできていないのか。おれの手は不毛だ。月の旦那よ、おまえの召使いに言ってほしい、誰が骨を推し量りもせず、皮膚を引き裂く力を彼にあたえたのかを。

入植者のバナナ農園で、二房をくすねる。おれのためではなく、タニの子どもたちのためだ。入植者は調査をした。雨が国を水浸しにし、調査も一緒に水浸しにした。

おれの言葉の塊を発見したなら、あなたが誰であろうと、我慢づよく、物語が語ることを聞きとってほしい。自分は質問するばかりで、答えを聞くように約束されていないことを、おれは知っている。とにかくおれは、最初のコンゴ人だ。

ユードクシーは言う、来たるべき物事は、時の泥のなかで眠っているにちがいない、と。あらかじめ運命づけられた子どもは、おれたちのうえに、その生誕の眼差しと、死の眼差しをむける。ユードクシーは気を失った。

盗んだ雑誌はすべて焼いた。雨の水で灰は流れた。

クリスマスが正月にやって来たとやつらは叫ぶ。どんな時代にあっても、ニグロがこれほど幸福そうに行ったり来たりすることはない。ルイ十八世は国外追放を、惨めさを経験した。彼を擁護すれば、おそらく大変なことになるだろう。不幸の船は永遠に武装を解いた。奴らは大いなる風の中で叫んでいる。

ユードクシー

自分の小屋に横たわり、私は耳を澄ませ、見つめている。エジェジップは苦しみながら書いている。あたりは完全な闇だ。森のなかの星々がその軌道から外れてしまったかのようだ。小屋のかたわらに、光があるが、それは動いている。それが闇を運んできた。方向を変えた。それは風にセレナーデを奏でているマンゴーの木だ。あらゆる風はひとつの風だ。あらゆる女性は一人の女性だ。

耐えに耐えてきた亭主のために、私たちが耐えてきたとひとは言うかもしれない。あらゆる女性は泥のなか、埃のなかに押しつけられている。人生の何でもないささいな部分が、人生を照らしだしてくれる。女たちは鉈《なた》を求めず、砂糖キビをくくりつける。あらゆる声はひとつの声だ。

ジェザベルは堕胎の草《クッシュクッシュ》を食べた。子どもが出てこないかと期待しながら。胎児を中絶するために、土を食べなくてはならないのかと尋ねた。みんなが答えた。「土を食べてはいけない。その子どもは世話好きになり、奴隷気質《かたぎ》にならないだろう。」私は言った。「土を食べると、未来の苦しみのなかに何があるのか、わからなくなってしまうよ。」ジェザベルは土を食べなかった。

ああ、主よ。彼女は土を食べなかった。彼女の深いところで、子どもは大きくなった。風とともに、声とともに、成長した。それが男の子だと私たちは確信している。雄の、粗暴な、嫌われ者。ジェザベルのお腹は前にとんがっていった。奴隷の身分を逃れる雄だ、とひとは言う。彼女のお腹は苦痛の惑星のように丸くはない。はっきり目に見える鉈《なた》のように前に突き出している。

命の乳が乳房に上がってくる。子どもが生まれる前に、ジェザベルはいっぱいになっている。乳房のうえの停泊地には、乳がいっぱいになっている。砂糖キビのうえにかがむと、乳は葉のうえに滴のように落ちてゆく。私は言った。「土を食べなさい。私たちはあまりにマホガニーに近づきすぎた。」子どものための乳をつぶさないように、彼女は仰向けに横たわった。

ある真夜中のこと、その匂いが蛇を呼びだした。蛇は女と男のあいだに滑りこみ、女と子どものあいだに身を落ち着けた。蛇は男の子のためのものである乳をすすった。蛇はジェザベルの身体にそって身を横たえる。その尻尾は、巻きつかれたものの踝《くるぶし》を撫でる。自分の乳房に、蛇の口が吸いついていることをジェザベルは知っている。子どものための乳が出てゆくのを彼女は感じた。やがて子どもが生まれ、もう一方の乳首から吸う時と同じほど穏やかに乳がでてゆく。そこでジェザベルは彫像のように動かないことにした。全力で、叫ばないように、動かないようにしたのだ。永遠を超える時間がすぎてゆく。朝になると蛇は去っていった。女の乳のなかに重たいとぐろがのこった。男は走っていき、蛇を殺した。ジェザベルは髪がすっかり白くなった。彼女の頭は、草のなかの洗剤のようだ。子どもは生まれた。

ああ、主よ、子どもは生まれた。男は蛇の皮をはぎ、胎盤に巻きつけ、土に埋めた。皮と樹皮をしっかり絡みつけて、胎盤をマホガニーと一緒に植えた。どんな男でも女でも、自分の胎盤とまざりあった樹《しょくぶつ》をもっている。フリュイ＝ヤ＝パン、ナツメ、桜桃、インドのタマリンド、マホガニー。マホガニーは、敵《ヘビ》と共有するものだ。

エメラントは畑の中でひとりきりだった。同棲相手は逃亡した、といううわさだった。その男はヴォークランの森をのぼっていった。追跡隊全員がその山周辺を歩きまわった。エメラントは腕を切られた男を待っている。砂糖キビを刈る男たちの列に混ざって、彼女は一人で歩いた。同棲相手の仕事を引き継いだのだ。彼女は自分の仕事に責任をもった。

誰もが目を向けないまま、見ていた。エメラントが立ちどまり、額を布でぬぐい、山の方に眼をむけると、みな顔を下にむけた。エメラントが水くみにヒョウタンの水を求めると、水くみは彼女を見ないまま、まるでミサの奉挙のように、水をあたえた。みな顔を下にむけた。

エメラントが一日を始めるとき、まず仕事場で鉈《なた》を受け取るのだが、砂糖キビ刈りの男たちのあいだに紅一点でありながら、その手は震えもしていない。砂糖キビを束ねる女たちは頭を下げた。彼女は一ダースの伐採を六回から十二回、周りの男たちと同様にこなす。エメラントが夕方戻るとき、赤く黄色い畑の道にそって鉈《なた》を引きずっていく。同じ太陽の光が彼女のうえに降りそそぐ。列のなかを、彼女はただ一人歩いている。彼女の隣にいても、同棲相手が仕返しをするのではないかと恐れて、何かささやきかける輩《やから》はいない。

彼女は腕を切られた男を待っている。彼女が叫ぶのをみな耳にする。「たった一本の腕の男の世話なんか、私はやきはしないよ。私はエメラント、砂糖キビ刈りの統率者。どんなニグロでも、一本しか腕がなかったら、マタドール女を満足させることはできない。切られた腕が自分の背中を押すのを私は感じている。でも、ヴォークランの森に、私はのぼったりはしない。私は行かない、絶対に行かない。」

苦痛のせいで、彼女が威勢の良い様子をしているのではなさそうだった。エメラントは野生の女だ。アドニーは花の香りを吸いこむ。彼女の人生の真実も、知っている者は一人もいない。彼女には、十三の人生があり、地獄行きの罪も同じほどあった。だが、ココメルロと同じほどあまく、優しい。それに肌は白くなっている。彼女の子ども時代についてはお伽噺ができている。信仰を失ったカトリックの助祭と、夫婦のように過ごした混血女《ミュラートレス》から生まれたというのだ。助祭が死ぬと、彼女は売られた。混血女《ミュラートレス》は別の男たちの手に渡った。萎れるのではなく、もっと飾り立てられたとひとは言う。

　別の話もあった。彼女はオルレアンで生まれた。入植者たちに売りつけるため、優しく育てられた。大きな旅籠屋に陳列されたが、それは娼家だった。天井には薄暗いランプが吊されていたが、それは酒瓶のガラスより輝いていた。シャンパンが、クリスタルのなかでパチパチはぜていた。アドニーはクリスタルがどのようにして手に入るのかを知っていた。手袋をはめた手で持っているあいだに、彼女の値段は上がっていった。最後に彼女を射止めたのは、この島の入植者だった。考えられない金額で買い、艶のあるビロードのパンプスを履かせ、帆船のサテンの船室に乗せた。彼女をこの客間に連れてきて、自分の伴侶だと宣言した。入植者の妻は言った。「あなたがオルレアンのあばずれを連れてくるだろうと思っていました。オルレアンでは何もすることがないのですから。」煙草を巻きながら男は言った。「アメリカとの交易は、絶対に儲けられる投資なのさ。」

　主よ、なぜ私はこのような言葉を記憶しているのでしょうか。アメリカとは何なのでしょう。シャンパンとは？

　アドニーは、昼は妻の正面に座り、刺繍をすることに熱中し、頭の中でも糸から糸へたどっていき、彼女が日中のあいだに言う言葉を数えていく。微笑みながら、あるいは言葉を中断しながら、それぞれの糸を注意深く見守ることに熱中する。若い女は眼を伏せ、老女は眼をじっと固定している。この島のサン＝ピエール出身であろうと、かなたのニューオリンズ出身であろうと、とにかくアドニーという女はそうしていた。入植者が動くのを待っている。彼はおそらく従兄弟か、家をまわっている参事会員と一緒に喫煙所に入っていく。するとアドニーは立ち上がり、挨拶をし、仕事場の背後にある小部屋で準備をする。その小部屋に、人びとはたくさんの綿織物で、まさに愛人のためのものであるがっしりとした寝台のある彼女の部屋をしつらえたのだ。アドニーは愛人だ。妻は眼を上げず、まるで心を静めるかのようにその場にとどまっている。自分のランプをもって階段をのぼり、上階にある闇の中に入ってゆくときまで。

とても穏やかなアドニー、ひどく苦しむアドニー。大地を見ていても、彼女はそれを見ていない。働き手を見ていても、彼らを見ていない。彼女のうえにはヴェールがかかっている。アドニーは、大きな家のレースのなかを歩いている。エメラントとまったく同じように、彼女には夜のざわめきが聞こえない。彼女は切り離されたのだ。アドニーという樹《しょくぶつ》は、場所をもたない土地に植えられた。あらゆる女性はひとりの女性である。

タニも同様だ。彼女のことは、誰も理解できない。彼女はつねに祝福されている。彼女はため息をつき、歌を口ずさみ、走る。誰に予測できるだろうか。十二、三年のあいだに、二人、三人、四人の男が彼女と交わった。毎回、相手を変えた。おそらく目にする兵隊全員をのみこもうとしているようだった。入植者も現場監督も彼女に腕力をふるう必要はなかった。畑のなかの露、小屋のまわりの雉鳩なのだ。彼女は根をもたない美、説明しようのない美だ。まるで彼女は誰かを待っているかのようだ。彼女が、蛇の乳兄弟を待っていることを、私は知っている。ただ左側の乳房だけを吸っていた蛇だ。というのも、右側の乳房は、蛇の出現以来枯れてしまったからだ。

ああ、主よ、私は未来を見ることができる。未来を見ることができるのに、過去を見ることができない。タニは虹の色をもつ三人の子どもを産んだ。女をどれほど並べても、無意味というものだ。

その山《モルヌ》を通れば、サングリ・アビタシオンに出るだろう。存在するもののなかで、もっとも精彩を欠くものだ。あたりの生活は止まっている。でもそれこそ、ひとが人生と呼ぶものだ。谷をたどってゆくと、サングリと戦った、ラ・ロッシュの川に出る。土はすっかり赤く、黄色も黒もなく、白い埃もない。吹き荒れている憎悪。でもさらに降りていけば、いろいろな物が乱雑に置かれたラ・トゥファイユに行き当たるだろう。煙草の葉っぱより、もっと乾燥している土地だ。ツグミがその上を、一番早い風の速度で通り過ぎてゆく。

私たちは、ラ・デヴィレで働いている。誰がこの名前を決めたのだろう。それは入植者の名前ではなく、労働者たちの錯乱を意味する言葉だ。孤独のさなか、規則にがんじがらめになり、私たちだけが受ける罰によって生まれる錯乱。自分の身体がここに釘付けになっているというのに、どうして私は、自分の精神とともに土地のいたるところを駆けめぐっているのだろう？

物事がどんな順序で起こったのかを語る必要などない。すべてのことが一挙に起こったなら、もっと簡単なことだっただろう。何週間も土を取り替え、何世紀ものあいだ鍬を入れ、土地から切り株をすっかり引き抜くのを待つ我慢強さは、私にはない。このいまいましい砂糖キビは夜生え、どんなふうに高くなるのか人びとが見ることはけっしてない。夜を通して自問するだけだ。「砂糖キビはいま生えているのだろうか？」片づけなくてはならない雑草の山、ムカデががさごそいっている、敵《ヘビ》の家にほかならない雑草の山を前にすれば、膝までゲートルをしっかり巻いても無駄というものだ。刈る人びとの際限のない列、男たちに入り混じったエメラント、彼らの後ろで、腰を痛めている砂糖キビ括りの女たち、通り路にはもはや荷車の音を聞くことができない。ああ主よ、私にはもはや我慢する気力はない。

私はあなたに呼びかけるが、あなたがどこにいるのかを知らない。すべてが一挙に砂糖樽のなかに、タフィアの大樽のなかに、私たちの身体を超えて一挙におさまってくれたなら、それでいて呪われた土地の痕跡を、腕にも頭にも手にもまったく残さないということになれば、どんなに良いことか。あなたがどんな場所にいるのか、どんな聖体顕示台のうえにいるのかさえ、私にはわからない。あなたの身体は苦しんでいるのか、おそらく、魂は海のもう一方の側にしかないのか？

あなたはわたしに、夫の役目を果たす男をあたえたと言われているが、私に子孫を授けはしなかった。奴隷制のために何かを生みださなかったのは、あなたの加護というものだ。入植者はこの男が私の同棲相手と決めた。彼は私の交尾から生じる特典を待っている。でも決めるのはあなただ。

私の夫の役目を果たす男を、私はエジェジップと名づけた。この名前は何も考えないうちに思いうかんだ。彼はいま、〈製造所の記録簿〉にもエジェジップと記されている。管理係はおそらく彼が自分で名前を決めたのだと信じている。でもそれは私だ。

私には過去は見えない。でも過去が存在していることはわかる。彼は放蕩者の聖具納室係と一緒に、祈祷書をつかって、書かれた言葉を読む術を学んでいる。すでにすっかり節だらけの両手で書く術を学んでいる。鍬を突きさすたびに、知識を自分のものにしていった。入植者がこの男を選んだとき、ユードクシーはその秘密をすでに知っていた。私は知らないふりをした。

男には、何か軽々としたものが住みついている。自分はあの力にまでのぼっていくただ一人の人間だと信じている。入植者は、私たちみんなが馬鹿だと空想しているのだから、星が動いているあいだも私が熟考しているなどと、どうして気づくことなどできるだろうか。マホガニーからくる色が、夜を横切って私の顔を染める。エジェジップは自分が偉大な呪術師であると考えている。エジェジップが紙にひっかくように文字を書くとき、彼は岩のようになってゆく。背中をまるめ、私がのぞきこむのをさまたげるのだ。彼は大いなる秘密のうちに閉じこもっている。悪魔が彼の体に入り込んだと私は叫ぶ。彼もそう思っているにちがいない。彼の楽しみは、子孫がやってこないことを埋め合わせるためなのだと考えることにしよう。

エジェジップは隠し事をしている、私はエジェジップの秘密を知っている。彼は自分の書く文章のなかを飛びまわっているのだ。しかし彼はいったい何をしているのか。〈記録簿〉のまねごとだ。どんな言葉でもひとつの言葉なのだ。

主よ、それは流産した子孫たちの償いだ。私は過去のなかを覗いたりはしないが、自分の存在がどんなものだったのかを知っている。これまで生きてきたすべてのユードクシーが私の頭のなかに集まっていて、そのなかを自由に行き来する。嘆きのユードクシー、彼女は自分と一緒に上陸した香りを辺りにさがすのだが、彼女の言っていることを理解するひとは誰もいない。新しい国の新生児ユードクシー、彼女は自分の祖先が食べなかった野菜を食べることで、人生を始めることをすっかり怖がって、自分の身体をマニオクとサトイモのなかで絞め殺した。プランテーションと街場のあいだをさまようユードクシー、彼女は二つの境界に自分の小屋を建てるかどうかためらっている。彼女は入植者からその許可をもらうのだが、旦那方が必要とするだけ彼らを受け入れることが条件だ。奴隷小屋通りの新居に、エジェジップと身を落ちつけたユードクシー、彼女は誰も聞かない言葉を話す紙の山に埋もれている。

あの男は寝る間も惜しんだと言えるだろう。私は壊れた身体が痛むなかで起き上がり、二つに割ったヒョウタンに、タラの水にひたしたカサヴ〔キャッサバの粉で作るビスケット〕を詰め、ケチな男が道具を配っている仕事場の人だかりに出かけ、作業監督が決めた場所に集団で行く。砂糖キビを取り集めるのでも、伐採するのでもいずれでもよく、「歌え!」の命令で一緒に歌い、その歌も疲れてくると声が低くなり、水も食べ物もあまりなく、そこでお日様が照るなか、カサヴを食べる。何人かの恵まれた者たちは塩漬け豚肉のかけらを入れていて、それは大きな家の下男がもってきた残り物なのだった。朝の六時、夕方六時には角笛が吹かれ、それは製造工場のチームのためのもので、日が暮れてくると、涼しさのなかで皮膚の上に汗がゆっくり流れるのが感じられ、その日のやけどのような苦痛が少しずつ身体のなかにはいってきて、何かおだやかなものが胸にあらわれ、それは背中に頭にのぼっていき、「歌え」のかけ声で冷たくなりはじめた汗をもう一度あたためるために歌いだし、最後の瞬間は難しく、並んでいる他の者たちに遅れはじめ、作業監督が決めた調子に追いつかなければならないが、実際には自分が思っている以上の力があるのだ。一番つらいのは、帰り道の第一歩を歩きだしたときで、まるで鍬や鉈《なた》が生きている動物のようで、後ろのほうに引っ張られ、そんな調子で小屋まで歩いていかなければならず、道具を預けるために仕事場に寄り、自分の小屋まで戻って、闇の中を見つめ、自問する。いったいどれほどの昼を、いったいどれほどの夜をこうしなければならないのか、と。

　私はアドニーのことが心配だ。あちらでは、ひとつのプランテーションにつき一人の妻が、物置のなかに一人の女を閉じこめられているとみなが言っている。雇われた作業監督が妻の手助けをしたのだ。何日もその身体を切り刻み、むち打ち、唾を吐きかける。そういう話だが、そんなことがありえるだろうか、主よ、ああ、そんなことはありえない、夫はその叫び声を聞いていたのだ。見に来て、慰みものにし、参加する。そんなことはありえない。妄想のせいでいろいろ作り事をしている。貧しいせいで、妄想への扉が開かれるのだ。少しずつ殺していった。ラム酒を飲み、クレオール語で歌った。森のなかに投げ捨てた。住民たちは力を合わせ、憲兵たちが来て、検事が告発者たちを檻に入れた。公開処罰で、一ダースのむち打ちをそれぞれに六回ずつ。主人の家で大きな宴会が催された。そんなことがありえるだろうか。いいや、ありえない。私はアドニーのことが心配だ、彼女は誰かが出てゆくと、誰かは残ることを知らないのだから。彼女は森の中を、目を凝らして見ているわけではない。彼女はすでに穴の中にいる、バラ色の手袋、タフタ織りのドレスと一緒に。おそらく未来のなかに降りてゆくには、多分そうしたすべてが必要なのだ。

　幾日もの昼と夜を過ごす必要はない。誰にもできないようにフランス語をつづるのに、自分は十分な頭をもっていると、エジェジップは思っている。私が夜、気も動転せんばかりにしていることを、紙の上にひっかくように書いている。それは私たちのあいだの遊びで、彼は彼の謎をもち、私は彼の謎を謎としてもっている。両眼をつぶるさまを見ていると、私が知らないと考えていることがわかる。女たちの行列は知っている。あの大いなる旅以来、女たちの行列は知っている。

　光が森の中で動いたようだ。小屋の中に横になっている私の身体は、森の中に運ばれていく。それは同棲している男と女のあいだの遊びだ。子どもの代わりに、文字をひっかいている。フリュイ＝ヤ＝パンの甘い実が、草むらの中に落ちていった。エジェジップは、自分の言葉の工房を片づけた。またひとつの夜が世界の上を通り過ぎていく。あらゆる遊びは、ひとつの遊びなのだ。

エジェジップ

その日は、日付がはっきりしないものの、すべてを要約する一日だ。ずいぶん昔のことなので、紙のうえにも布のうえにも、私は言葉を刻まなかった。力を結集させ、一挙に不毛な子どもに命を得させること。日付は苦悩とは関係ないのだから、書かれた痕跡を正当化したり、飾りつけたりする必要はないし、何日であるのかを申し立てる必要さえない。私が顧みないただひとつのものは日付だ、私たちを捉えているのは、あらゆる方向に震えている時なのだから。私に理解できないもうひとつのもの、それは命令法だ。起きろ、歩け、働け。起きろ、苦しめ、死ね。命令法は、労働者の賛美歌である。

全能の神、そしてアフリカという故郷のあらゆる聖人たちに、私は告白する、自分の身を危険に曝して、製造所の記録簿をこっそり盗んだと。それは私の学んだ言葉によって、まもなく視力を失うこの眼で、ガニの生涯、そもそもガニが何をしようとしたのかを、書き記すためだった。

始めに、子どもの頃、二本の足で立てるようになると、ガニは山《モルヌ》や谷をぐるぐるまわりはじめた。語り部ラヌエと必然的に出会ったが、この名前は鍛冶屋＝に＝あたえられた＝呼び名だった。あの子はラヌエに言った。「おまえにひとつ物語を教えよう、おまえは他処でわが物顔にその物語を語るがいい。さあ！……おまえは一人の労働者を生み、チボワと名づけ、その子を死のトラにくれてしまう。死は乱暴者で、呼びもしないのにやって来る。」

ラヌエは答えた。「私は至るところにゆく者だ。左の足指は私を引っ張り、右の足指は私を止める。」――子どもは彼に言う。「至るところにゆく者は、ただ逃亡奴隷だけだ、彼らは森の至るところにいく。」――ラヌエが答えた。「私はお告げのために来た。私は光のもとでは見えない者だ。」――子どもは彼に言った。「知らされなければならない人は自分自身で自らを知らせる。そして永遠に、見えないもののうちに帰ってゆく。」一昼夜、おたがいに向きあいながら身動きもせず、じっとしていた。明らかなことは、ラヌエが地平線の彼方に消えたことだ。だがいったいどこへ向かったのか。町も、プランテーションも、彼の行く先を知らず、森にしても同じことだった。誰が逃亡したのか、誰もが知っている。そこで嘘をまき散らしたといって、子どもは物語を罰したと言われている。

同じようにして、〈腕を切断された男Ⅳ〉に、出会いたいと思ったときに出会った。二月の埃、赤くて黄色い粉が、二人の頭の上でぱちぱちいっていた。「あなたの欠けた腕に敬意を表するために来ました」と彼は言った。背中をおおっていたぼろ切れから、左の袖を引き抜いた。「これは、あなたの偉大さを証言するものです」と〈腕を切断された男〉は言った。

「いま、あなたはまだ逃亡していると思われています」と子どもは言った。「カルベの山々はもっとも逃亡に適しているのです。」――「このことは、あなたの勇敢さを証言するものです」と〈腕を切断された男〉は言った。「私の片腕はあなたの父親が、あなたの臍の緒を埋めた場所から遠くない所に埋葬されました。でも、私はあまりに走りすぎました、走る犬に追いまわされることに、疲れ果てています。」――「しかし」と子どもは言った。「あなたはいったん手放したあなたの魂を、もう一度取り戻しました。あなたが再び立ち上がったとき、誰もが、おお！　と叫びました。記憶にとどめておくために、〈腕を切断された男Ⅳ〉とあなたのことを呼びました。」――「それはあなたの慈悲の心を証言するものです」と〈腕を切断された男〉は言った。「でも、左腕の後には、右膝を切断する機会だけを待っている現場監督が、夢のなかまでも私を監視し、生ぬるい水のはいったヒョウタンを運ぶ荷車を私に引かせ、夜になると私を連れ戻し、そして私の小屋の扉の前で、眼を光らせてその機会を窺っているのです。」――「そうです」と彼は言った。「あなたは〈腕を切断された男Ⅴ〉になることも、〈右足を切断された男Ⅰ〉になることもないでしょう。あなたは瓶を手に取り、滝に行き、粗末なものを食べ、わずかなものを飲む。私はもはや自分の左腕に、布や麻をかけることはけっしてないでしょう。」男は十年と生きることはなかった。周辺の男たちはだれも、彼の眼をじっと見つめることはなかった。女たちは、彼が遠くを通り過ぎるのをこっそり見ながら泣いていた。彼の前で泣くひとはいなかった。

同じようにして、ある日、徒歩の行商人《マルシエ＝マルシャン》と出くわしたので、彼に言った。「イギリス人たちは不正な取引をしているが、あなたは深夜になると、砂浜のうえで、悪魔も触らないようなものを略奪する。あなたは悲惨なものを売って悲惨さを得ている。」商人は答えた。「どんな噂が広がろうと、否定しようとは思わない。それは雀蜂が花にむかうようなもの、上流でピト山の馬に乗った川が、下流のラ・パランのロバのほうへと降りてゆくようなものさ。」――ガニは彼に言った。「確かにその通り。ところで、ユードクシーにも、彼女の夫の役を果たしている者にも、近づけばあなたに命はない。二人は守られながら生きている。彼らのもっているわずかなものを盗みにいかないように。」――商人は答えた。「いたるところで、あなたという樹《しょくぶつ》がどれほど大きく育ったのかを伝えることにしよう。すでに十年ではなく、三十年はあるその大きさを、私は描いてみせよう。海の青よりもっと緑色に広がったその葉っぱ、誰も近づこうとしないその葉っぱを見せることにしよう。私を通して、住民たちはあなたの成長を推しはかるだろう。そうでなければ、彼らがいったい何を知るだろうか？」――ガニは彼に言った。「住民たちは知るだろう、森は知るだろう、海は知るだろう。」

閉じた掌を差しだし、開き、そこに真ん中に穴の開いた、検証付印を押された八枚の銀貨を示し、商人に言った。「これはあなたがこの世で得る財産となるだろう。もし、ある日、人びとがあなたを泥棒と呼ばず、あなたの首を吊ったりしないまま、あなたがここに持っているレアル銀貨を使ったら、あなたは七日後に死ぬだろう。」

商人はその宝物を掌につつみ、もはやけっして開けることはなかった。スペインのピアストル銀貨と呼ばれた死の硬貨をもっていると人びとが叫ぶことを恐れたのだ。この不幸な人々は誰も、その硬貨を一度も見たことがなかった。商人が手を開かなかったのは、忠告にもかかわらず硬貨を賭けようと願い、その七日後に吊される、聖なる日がやってくるまでのことだった。闇取引はあらゆる危険にみちた商売なのだ。

同じようにして、オロと一緒に笑いながら叫んだ。その頃、樹《しょくぶつ》は天に届かんとするほど成長し、夜の闇の中にあってさえ影をつくりだす、大きな木となっていた。同じ頃、私は書くための大きな箱を作り、そこに私のパピルス、私のさや、私の樹皮、私の木の皿を、つまりはたくさんの言葉をそのなかに入れた。そんなふうにしてオロと一緒に埃のなかを転げまわりながら、彼に言った。「オロ、あなたは年老いた私そのものだ。私の影が消え去ったときには、あなたが私の代わりに、私の場所で笑うように指名されるだろう。」オロは何も答えず、彼の前でただ一人泣いたが、それはまるで笑いの発作に襲われたようだったと言われている。その後泣くことはなかったが、しかし日の出から日の入りまで、笑いの発作をおこした。そこで人びとは、ほほと笑う人となって、オロは涙を失ったのだ、と言った。

同じようにして、鍛冶屋と一緒に、聖体拝領のパンとして、カサヴを割った。日々は長くなり、老いた年月はより苦々しいものとなった。それでも私は自分の足下に、切断され身をよじるミミズを見てはいなかった。昼の後に延々と夜が続いた。朝の四時、日の光が樹脂と一緒に人を焼き焦がし、真夜中、眠りに就く頃、樹脂はかすみ、人は息切れする。小屋中が一個の墓となった。

とにかく彼はマニオクで作ったパンを、純然たる精霊である鍛冶屋と一緒に割った。鍛冶屋に言った。「あなたは砂糖キビを刈る者、たばねる者の前で、蛇と一緒にススメバチを追い払います。不幸な者たちの足のために、大地を整えるのです。苦痛の母は、あなたの眼を通して、露の涙を流しました。あなたは月の明かりを煌々とさせ、太陽のあふれんばかりの光を入念に仕上げます。」——鍛冶屋が言った。「いったいどのような奇蹟によって、あなたは私の仕事から、それほど月の光を引きだせるのでしょうか？　私はあまりに弱い年寄りの住民にすぎず、刈ることも、雑草を除くことも、括ることもできません。入植者は私のほうを見たりせず、管理人の手が私をたたくこともももはやありません。私は動物たちの庇護者である大天使の世話を焼きます、ノアが私の連れ合いだからです。」——彼に言った。「真実こそがあなたの連れ合いです。私は説教師ではなく、来るべき未来を予見することもありません。あなたが鍛えた月の美しさで、あなたの身を飾りなさい。」

彼が何かを話すと、かならずおののきが走った。

同じようにして、トレミーズに鉈《なた》を取るように命じ、リストを作成する仕事をあたえた。朝から晩まで、現場監督は作業場で三十二本の鉈《なた》を数えたが、実際には三十一本しかなかった。数えるたびに、われわれは心底ため息をついた。私は見えない鉈《なた》を持つようにと指名された。私は自分の両手を鍬にして雑草を取りのぞき、自分の精神で砂糖キビを刈った。禁じられたもののお気に入りとなり、存在しない軍隊の鉈《なた》を運ぶ者となった。トレミーズに言った。「親族たちの道具を数えないように気をつけなさい。絶望が書きこまれたお伽噺を信じないように気をつけなさい。」

拷問された人びとの魂に私は告白する、自分の言葉一式をいたる所に投げ捨て、それが小屋の窓格子の下に、そのままの形で整然と並んでいるのを見出したことを。そのすべてをこの文書とともに、自分の文箱のなかにしまった。ユードクシーは子どもの手がそこにあることを見抜いた。その子がプランテーションの境界をはるかに越え、地上をくまなく駆けめぐったことは本当だ。プランテーションの主人たちは、そんな子は存在しないと考えているように見える。管理人が報告しなかったのかもしれない。あの子は私たちのあいだで歓喜する逃亡奴隷だ。子どもが何をしているのかを予測できる、私の読み＝書きの力はただ、あの子の行為を讃えることに役立つだけだ、そんな考えが思いうかぶ。それからイギリス人たちが、大戦闘のあった場所に、本気で上陸を試みる。彼らは砲火の最前線に立たされ、ひどく苦しむ者たちとなる。ダミエ〔武術〕の親方ペリクレス、パルトの旦那のいとこ全員、グラン・コンゴの半分が亡くなった。ドゥドゥ・マドロン、大いに笑う軽業師たち、女の尻を追いまわす奴ら、二月を祝う人びとが死んだ。子どもが守った人は死ななかったし、トレミーズも、オロも鍛冶屋も死ななかった。森は、

同じようにして、あの子は私たちの苦しみ、私たちの無知を守護することが明らかになった。

砂糖の製造所よりたくさんの人であふれかえっている。まるで枝の上を荷車が行き交っているようで、子どもの頭は空中で、まるでヴォークラン山のように丸かった。ガニが三つの色の母親であるタニのもとに通うようになった。ガニは、十三歳になっても、畑を歩きまわる女たちを知らなかった。だが、タニを追いかけるようになり、何度も犯し、タニのほうはなされるがままだった。静かに働く者たちは顔をそむけた。二人の間には、アルファベットの異なる文字以上の違いがあることをみな知っていた。タニはあの猛り狂い、腐敗した作業監督マニュエル氏に抵抗していたが、そいつは労働者に血を流させ、女たちの腹を自由にすることで自分の境遇への恨みを晴らしていたのだ。だが、彼女を屈服させることはけっしてできなかった。彼女が受け入れることを選んだ力が、彼女を脅かしていることを皆知っていた。彼は言った。「おまえたちのプランテーションは四月に終わり、茂みが広がる、そうだ！　雨が日中、おまえたちの小屋となる。私の砂糖、私のラム酒はどこにある、煙草は、ココアはどこにある、私の収穫は見知らぬ方向にむかって枯れはてた。」ふたたび彼女を犯した。

彼はさいきん、私たちを朝早く起こす仕事に終止符を打った。見えない鉈《なた》をもっていることさえできないオッタントとかいう人物が、ことの最初の始まりは、恩恵をもたらす時間の贈り物だと語りだす。物語では十分ではないことを私は理解する。チボワは想像上の人物だ。私たちの記憶のなかを虎が飛んでいる。ガニは予言した、全＝世界を守り、それを追い求めなくてはならないと。二本の足で、狂ったように速く走る人のようにではなく、考えを束ね、心に浮かぶ憐れみに浸りながら駆けるのだ。これが私のパピルスから引き抜かれた最後の言葉だ。ただ一人だけが読み＝書きの術を知っていても、いったい何の役に立つというのか。子どもは、はるかに先のほうに時の開口部があると教えてくれる。私たちは、まるで畑に行くように、ひしめき合う群衆となってその道をゆく。管理人も作業監督もいないまま。

ひどい天気のさなかの晴れ間のようなものが、私たちすべての上を過ぎていった。それが彼の使命だった。その日、植物の苗はマホガニーとなった。私はぼろ切れのような自分の言葉を集め、樹脂の炎を消す。ユードクシーが身動きして言う。「また今日も神さまがお慈悲をくださいますように。そうでなければ、私の腰はすぐに折れてしまいそうです。」外では、引きずるような足音がする。それは私の隣人ユーカリプトゥス、最初に眠り、最初に起きる人だ。その身体は一個の機械だ。オロはすでに笑いながら、雨を前にしたキジバトのように駆けまわっている。神の慈悲の日がまた一日やって来た。すべてが言われる日が来るだろう。

今日、ガニは、一ダースの砂糖キビの束四つを、まるで山《モルヌ》の上の月のように、頭の上に載せて運んでいる。この後につづくのは、もはや私の物語ではない。私はただちに地面を掘り、発見されるときまで、この記録を私の失われる視力とともに闇の中に埋めておこう。私の作品は、みすぼらしい者たちの聖なるマリア様の名のもとに終わる。私はそれを見出すだろう幸運な人のために、偶然、つまり時の開口部に送りだす。私の眼はついに閉じようとしている。私にとって、ユードクシーは通り過ぎた一個の影となる。

「私の母の母、さらにその母が、とても良い物語をしてちょうだいと言い、葉が風から守ってくれる頃、みんなで聞きにいくと言ってくれた。でも葉の下にはたくさんのとげが生えていて、私の母たちの母よ、あなたにはそれが見抜けなかった。」

「彼女は私に言った。「とげなんか、その場に放っておきなさい。住民たちにとってキラキラ輝いているることをお話しなさい。みんなに説明し、細かく述べ、紹介するのです。人生を生き、時を美しくするために。」でも人生なんてあまりにたくさんありすぎて、時の母よ、あと何度生きればいいのだろう。」

「大農園主が、砂粒のような雨に運ばれるカカオの木の葉を私たちの身体から引き離し、穴を掘り、小さな切り株の周辺に風を連れ戻しながら、こんなふうに叫んだ。「四つの生の主人である私は、おまえたちに息をさせ、風の四つの方向を補うのだ！」――その日から、ねばねばしている血のなかの青みがかった黒い色のうちに、私たちの親たちの苦しむ身体に新しい身体がくわわるたびに、死の森は毎日どんどん分厚くなっていっていった。」

「子どもから引き離された最初のコンゴは、真夜中の最中、小石を敷きつめた片隅を探して自分の怒りをまき散らし、気持ちを鎮めた。」

「すると風が〈岩＝の＝穴〉をはらませた。〈岩＝の＝穴〉は希望、苦痛、使命のない死という三匹の虎を生んだ。」

「希望の虎は、すっかり消え去り、死と呼ばれる虎は眠りに落ち、苦痛の虎は、月のなかで太っていった。その光が、あたりで一番罵られた労働者であるチボワの上に降りていった。」

「チボワは叫んだ。「ああ、神の左足の上に、私の九人の孫娘たち、二十七人の孫たちが花咲いているではないか！」」

「神がその足を動かすと、孫たちはこの地上の川のほうへなだれこんできた。彼らは大地にひっかき傷をつけていた希望の虎を起こした。するとそこから、人間をくくりつけた木が出てきた。」

「チボワを見つけたら、話の続きを聞けるだろう。でもそれは、尻尾の激しい一振りで、私をあなたたのもとへ遣わした、死の虎を目覚めさせないかぎりのこと。」

「人間の子どもたちよ、死の虎を起こしてはならない！」

ラヌエは至るところをさまよいながら、奇怪なおとぎ話の概要を話したが、もはや聞く者はなかった。彼は遠くから雄ラバと栗色の犬を呼び、彼らに狂ったように話しかけた。

マチウ

私がひどく落胆したのは、虚構の道連れとした者たちが――少なくとも、その人物たちが私のためにしてくれたただ一回限りの上演において――このような非現実的な報告をすることにこだわることだった。私が話しているのは自分に親しいわけではなく、私の関心事を共有する理由をほとんどもたないが、私が他人の気まぐれによって織りあげられる絆を手放そうとしないせいで、自分の話に確信を持っている人物たちのことだ。私たちがこの本のなかで明らかに近い関係にあることを、人物たちは納得しておらず、私たちに共通する語り手の努力も、その言葉の適切さについても何も記憶にとどめていなかったが、それでもこの人物たちは私を、虚構世界における共犯者以外のものとみなすことを拒んでいた。私は誰かによってここにいる人物として造形されたのだが、彼らはこの人物の名前で私を呼び、私の本当の名前では呼んでくれず、普段、私に割りふられているあだ名でさえ呼んでくれなかった。誰が最初に、私をそのあだ名で呼びはじめたのかはまったくわからなかったが。創造者であることを止めるのは難しい。新しい方向で創造を企てることは、それよりはるかに難しい。

私は彼らの論理をその果てまで突きつめ、彼らと私を結びつけている過去の英雄たちと、彼らがどのように付き合ったのかを見抜くところまで追いつめようとした。しかし、不透明な物語、予言の断片、知恵の痕跡を支離滅裂に言うことになるのではないかと考えて、彼らは理解しがたい恐怖のようなものにとらわれた。知恵の痕跡といっても、田舎の老人たちが自分たちのまわりに、ぶつぶつつぶやきながら引きずっている類のものなのだ。そんなふうに狼狽した彼らが、私が覚えるかもしれない恐怖——未来に対する苦悩——に付けいって、自分の恐怖を正当化することもあった。「これからやって来ることをあなたは怖がっている。だから、いつも過去に呼びかけるのだ。」至るところからやって来て、私たちの苦悩がもたらす恩恵を私たちより良く知っている人びとの判断によって、彼らはますますそう思うようになっていた。私が一本のマホガニーについて、あるいは三本の黒檀の木について話したとき、誰もが間抜けな、計算された微笑みを浮かべ、私に答えたものだった。そんな木なら田舎に、森の中に、何百本、おそらく何千本と数えられるだろうと。

「でも、まさしくあの木を、いったい誰が一八一五年に植えたのでしょうか。」

「それが一八一五年のことだと、どうしてあなたにわかるんですか。」

「四番目の方向をけっして理解しなかった、ガニという子どもの物語によってです。」

「しかし方向を見失ったのは、あなたのほうでしょう。生活にひどく困っている人たちが関心を寄せるのは、月末の支払、住居手当、スーパーのモノプリで何を買うかということです。」

「確かに、それは当然だし、もっともなことです。でも、あなたは物語を聞いたでしょう。私たちが風に吹かれる灰と焼き畑でしかなかった時代に、一人の子どもにそんな力があったただなんて、ありえることでしょうか。」

「風に吹かれる灰と焼き畑とは、どういう意味なのですか。言葉の調子を良くするのはやめてください。子どもは大人のことなんか考えませんよ。」

まだベランダのハンモックや、大きなマンゴーの木の下の涼しい場所にひっかかっているいくつかの思い出を、私は懸命にかき集めた。この時代、かすかな風が舞いあがることに私のように捉えられ、しがみつく場所を求めようとする人に、私は一人も出会ったことがなかった。

記憶のなかに降りていきながら、私は年老いた農夫の冒険を見出し、もっとも奥まった山《モルヌ》で時代を超えて伝達されてきたその産物のいくつかを収穫した。確かにそれは伝説にすぎなかったが、人びとはそこに説得力のある引用をあたえていた。まるで何人かがひそかに、事件の数十年後に、文字箱を土から掘り起こし、書かれた内容を見て、無知だが魅了された聴衆を前に夜を徹して朗唱していたかのようだ。この年老いた農夫が、自分の感情をクレオール語で告白することを生まれつき好んでいたのかどうか、確かめることはできなかった――いずれにせよ、私にその話を教えてくれた人びとが、私も身に覚えのある脚色をほどこしていたはずだと思われるが、フィールドワークをしている民族学者のように、私はその文字を尊重しようと努めた、時には想像も交えた――それともその老人が別種の天分に恵まれていて、自分を語り部とみなす人びとの言葉を長々と述べたてて、その言葉を奇跡のように作りなおし、ガニの幼年時代の慈悲深い物語として通用させたのだろうか。いずれの場合においても、老人は私たちの声、私たちの精神のなかで絶え間なく大きくなってゆくもの――私たちが使っていた言葉を変奏し、その言葉を適切な言語に変換するという目も眩むこと――に、予言的な寓話の形をあたえることを、自分の視力を失うことを顧みずに試みたのだ。その悲痛な孤独によって、子どもが実際にもっていた力以上に、こうした考察をさらに押し進めたところまで、私は時に運ばれることがあった。私は、少しずつかき集められた記憶のなかだけでなく、主に自分の記憶のなかを探しまわった。

束ねる人が一歩ずつ、砂糖キビを刈る人の後についていき、刈り取られたものの端っこを、青い葉っぱの混ざった乾燥した葉で結んでいくように、私はこの年老いた農夫の話を引き継ぎながら、物語の終わりにわきおこった喧噪とざわめきを十分なほどの量拾い集め、そこに没頭した。騒がしい私の作者が、私が制御できずに急降下していくのを、荒々しい声でばかにするさまを思いえがいて、時に不快感を感じることもあった。彼に明晰さを教えようと息巻いていた私なのに。こうして私は過去を閉じこめた時のさやの目録を作成しながら、あらゆる可能な語り手に対して真に自由をたもつことを保証してくれると私には思われた、ごく穏やかな書き方を実践した。客観的でありたいという願いのために、この大騒動のなかで私は大変な努力を強いられた。

最初のきっかけとなったのは、マホガニーが自分の作りだす闇のなか、ある図案化された顔を素描していることを発見したことで、私はそこに、かつて逃亡奴隷の顔を大まかに表していた樹皮、アフリカの仮面を下手くそなやり方で真似たように思える、彫り込まれた樹皮を認めたと思った。身分証明をもたない私たちの証明書。中央の枝は、長い鼻を描きだし、幹から分かれる場所で平らになり、戦士の力強い首となった。側面の枝は、異論の余地なく、空の闇に開かれた眼窩の洞穴となっている二つの空間のまわりにもたれかかっていた。高所では、若枝が飾冠のように羽根飾りとなってすらりと伸びていた。おそらく口の発端となるものが欠けていたし、眼窩はあまりにも未知のものに大きく見開かれていた。ずいぶん後になってから、私はセメントでできたキリスト像の平らで固定された両眼を見て、リオ湾の空気をかきみだすコルバードの彫像の足下で身動きできなくなるのだが、その陰気な眼差しの強度がそこにはあった。マホガニーは、ひとを見つめることもなく、話しかけることもないまま、こちらをじっと見つめていたのだ。

木と、身分証明となる樹皮との比較は、この場所、この時刻においては、美的快楽というより恐怖を吹きこむものだったが、私をもうひとつの噂へと強く推しだしてくれた。その噂によれば、子どもが最後に駆けだしたとき、周囲の土地に世界の顔を再現し、ぐるぐる逃げながら彼が制作した作品を、預言者の言葉によって註釈したというのである。

彼が成し遂げたのは、ただひとつのことだった。つまり立ち去ることだ。それだけで入植者と作業監督たちが騒ぎはじめるには十分で、そんな子どもが存在するなどと、その時までは考えられたこともなかっただけに、その騒ぎはますます大変なものとなった。どのプランテーションで生まれたのかを調べられず、そこに預けられることもないまま、その子は何ごともなかったかのようにさまざまなプランテーションをうろつきまわった。まるでカーニバルの時のように自由にふるまっていた。このような放浪の責任を、どうして生みの親が問われないのか、誰も疑問に思うことはなかった。いまや近く森の中で叫びが行き交い、砂糖キビ刈り、草刈り人、束ねる人、ラバ引き、たばこ巻き屋、釜焚きを徴用して追いかけたが、それも無駄だった。憤った作業監督たちは、銃で武装し、気持ちが高ぶって拷問にかけてやると威嚇し、夜はあたりを松明でいっぱいにし、昼は鉈《なた》の光でいっぱいにした。

子どもは森の中を走っていた。野生の豚に出会い、その豚が背中の毛を逆立たせて、起伏の多い坂道で脇腹をぼろぼろにしながら、自分に挑みかかるのを見た。子どもは野生豚のうえを跨《また》いだ、すると豚はゆっくり頭を谷間のほうにむけた。獣は長いあいだ息をぜいぜいいわせ、ル・ヴォークランへの道の始まりに駆け下りていった。ガニの失踪から二日目のことで、誰もが彼がどこにいるのか、どうすれば彼に会えるのかを知っていたが、彼が必要とする食べ物をどの隠れ家にもっていくべきかを彼は言わなかったし、知らせなかった。女たちは、管理人も会計係も行かないと確実にわかっている場所に、豚の脂で煮たキャッサバとヤマノイモを置いた。その後で、女たちは穴を開けて中を刳りぬいた竹を使い、端に脂肪を置いて火を点け、その後ろに食糧を置いた。どのような獣もこの捧げ物を食い荒らしたりはしなかったように思われる。住民たちは、小屋のひび割れを通して、森の塊のうえに突き刺さったようなこの光の星々を見つめたが、それは時おり老いた蛍のように消えていった。まるで空が布となって、黒々とした大地のうえに広がっているかのようだった。女たちはみな、薄明かりと食べ物の場所を、毎晩変えた。彼女たちは、食べ物を確かに食べたかと、確かめに戻ったりはしなかった。星々の場所はこうして、夜ごとに変わっていった。この時代——つまり、ガニが駆けめぐっていたあいだ中ずっと——女たちは、近くを通りかかる男たちを挑発するようにじろじろ見つめた。なかでもタニはあらゆる女をしのいでいた。ただ一人小屋を離れ、夜、ガニを求めて走りまわったが、ゾンビもヨタカもおそれはしなかった。畑は放棄され、住民たちは座ってする小さな仕事しかせず、特に目的もないまま楽器を鳴らすだけだった。あらゆる者が、追跡される者が意図的に残していく痕跡と、気がつかないままタニが残した痕跡を見つけた。こうして人びとは、二人がいつ、どこで出会うかを予見することができた。それは野生の豚のおかげでさまよう子どもが発見した、最初の隠れ家を整備した後のことだった。野生豚は沼地のなかに呑みこまれ、ガニはその後を追った。地崩れした右側のほうの地面に穴があり、巨大なイラクサに隠されていたが、子どもが易々と押し開くと、豚が沼地で大きな音を立てているあいだに、イラクサは彼の背後で閉じられた。そのことをユードクシーに話したのはタニだった。今後は私だけが彼に食べ物を渡すことにするわ、とタニは宣言したが、そのことは問題なく受け入れられた。

　周囲の土地に彼が最初に記した痕跡は、〈アフリカ〉の小道だった。彼は言った。「アフリカという無限の国で、サヴァンナが森の中に消える場所、ベチベルソウが至るところに生える山《モルヌ》のうえで、一人の戦士が自分の最愛の人を危険にさらしたために、自分を罰した。」（彼はそう言ったが、誰も確証することはできないだろう。ここに記すテクストは、長いあいだ時の草が生い茂る場所を引きずられてきた鎖の最後の輪でしかない。）彼は言った。「戦士は自分の階級を示す装飾、銅の腕輪、聖なる鳥の羽、武器をみずからはぎ取った。自分の顔に、儀礼的なしるしをなぐり書きし、刻みこみ、実際には自分が死んでいることを隠した。日の光に自分をさらし、もはや動かなかった。」——タニが答えた。「あなたがどうしてここまで自分の孤独のなかに引きこもろうとするのか、自分の人生をすべての人から守ろうとするのか、私にはわかりません。他人を手荒に扱っているつもりかもしれませんが、実際には自分自身を傷つけているだけです。」彼らは夢のなかで、周囲の日常とはまったく関わりのない言葉で話し合った。彼は言った。「食べ物のために、三つの隠れ家を、道具のためにひとつの隠れ家を作りました。私たちに必要な時間を、私はここで増やしたいのです。」

　こうして彼は、周囲の土地で世界の顔を本当に作りはじめた。ル・ヴォークランへの道の下方にある〈アフリカ〉から、五つの隠れ家の最後のもの、道具の隠し場所がある〈中国〉へ行き、それから黒檀の木のあいだに潜んでいる〈インド〉へ（それは食糧の二番目の隠し場所だった）、そして〈インド〉から、最後の蓄えである〈ペルーのピラミッド〉へむかった。タニはひとつずつ、こうした避難所を見つけていった。どう考えればいいのだろうか、自分の周囲に広がる戦いの動き、管理人たちの呪いの言葉、首つりの刑に処されるという確信、こうしたものがありながら、彼が自分の野営地を作り、これほど狭い空間、自分自身の植物の影におさまるような場所に自分の隠れ家をしつらえようとしたことを。それこそ人びとが彼の痕跡を突きとめるためにまずやって来るだろう場所であり、周囲の広さはほぼ六キロ程度と算定される場所だというのに。

〈中国〉は、五つの避難所のなかでも、もっとも前方に位置する、扶壁《ふへき》とも言うべきものだった。それは攻撃の前に力をたくわえようとして退却した、二つの軍隊から放棄された方形堡《ほう》のようなものだった。隠れ家の集落は、近くに池はなかったものの、〈池の小屋《カーズ・レタン》〉と呼ばれた。黒檀のむこうの谷間にらっぱ型に広がっている泉の水は、とても池とはみなせないものだった。子どもたちが小さな群れとなって、その泉まで雄ラバを曳いていき、わら束でこすり、その後で自分たちの作業着を洗った。彼は言った。「雄ラバの道は、この国に通じている。」

〈池の小屋〉《カーズ・レタン》には、ずいぶん前から人が住んでおらず、そこに暮らしていた五組の男女、子どもたちの集団は、理由がわからないまま、二日間で姿を消した。

どれほど熱心に追跡していても、雄ラバさえも通らないこの〈道〉に、作業監督たちが入ることはなかった。誰もがこの扶壁《ふへき》を迂回するか、黒檀の方へ別の側からまわりこんでいき、池の深みをあえてのぞき込もうとする者はいなかった。

当時マホガニーは、もはや人間の形をしていなかった。闇の中で、沸騰する火山の姿を現していた。根本には、幹にそって降りてきた蛍が大量にあつまり、所々銀色となっていたが、大抵は薄暗かった。梢は風に吹かれて平らになり、月明かりが盛りあがった溶岩のようにそこから出現した。ガニは、自分で道具と呼んでいたものの隠し場所を示し、それを数え上げた。鉄と大きなねじ釘を使い、自分自身で作った柄付きの大鉋《かんな》――ねじ釘はタニがもってきてくれた――、取っ手のないシャベル、すでにもっていた鉈《なた》。眼に見えない鉈《なた》。彼は言った。「何千年も、何千年も昔、〈真ん中の国〉に、容赦ない地震が襲いかかってきた。大都市のただなかで、花咲く田園で、深部の深みが爆発した。女たち男たちが、家の木材と彩色されたもののかたわらに積み上げられた。子どもたちはのみこまれてしまった。ただ死だけが震動せず、あたりを荒廃させた。だが、米のプランテーションは大惨事のなかで軽やかなままでありつづけ、川にその姿を映しだしていた。一本の枝も折れなかった。住民たちは神々の収穫を崇め、その時代から作柄はつねに見事なままであった。そのせいで、そのプランテーションの人びとが私たちにあたえてくれるわずかな米を、私たちはいまに至るまで食べていられるのだ。この揺れうごく稲の畑が消滅すれば、この世のすべての米が消えてしまうことだろう。」

彼はまた、自分で〈デカンの国〉と名づけた〈インド〉を示したが、そこで根の片隅にはえた苔をかき削り、黒檀の木が完璧な三角形をなしていることに注意を促した。そして、この国の住民たちは、やがて近隣に国外追放されるだろうと付けくわえた。ココヤシの畑の端、〈雄ラバの道〉の外のはるか遠くに、果樹の垣根に囲まれた、ヤマノイモを掘った穴があり、彼はそれを〈ペルーのピラミッド〉と呼んでいた。「かつてここに、プランテーションの主人たちに反抗したペルーの王子が暮らしていた。彼のもっとも偉大な戦士は、アフリカのとある国の出身で、彼とともに公開処刑された。こうしてアフリカの国が、アンデス山脈をのぼったのだ。」――タニは答えた。「私はあなたの偉大な戦士ではありませんが、あなたと一緒に公開処刑されて死んでいくとは思いません。私はあなたの死を見たくないし、それを告げ知らせることも望んではいません。」――彼は言った。「国々の痕跡、さまざまな声の反復が、あなたの子孫に受け継がれるように、私は夢のなかで全＝世界をあなたにお目にかけよう。」――タニは答えた。「毎日夜明け時、畑に出かける前に、私は自分の子どもの髪のもつれを獣脂で解きほぐします。引っぱり分けへだて、頭が目覚めているように、幾分か引き抜きます。」すると彼は彼女の胸に頭を置き、彼女のほうは黄色に変色した髪の房にまざった土を取りのぞいた。

　私は自分がその子孫だとは言わない（その末裔はこの三人の少年たちから始まったわけで、ほとんどガニと同じ年頃だったが、まるで子どもの状態にとどまっていたかのようだった）。たとえ、記憶が突如として私をそのか弱いモデルにすることで、私をそのように呼んだとしても――だが、言うことをきかない髪の毛を梳く櫛《くし》のきしみが聞こえてくるたびに、私は黒檀の木の下にいるこの二人に再会する。三人の子どもたちが並び、一日の仕事の序曲となる、この拷問に等しい儀式を待つ姿を私は思いえがく。子どもたちはやがて、一日の最初の熱が線状に差してくる小屋の暗がりのなかで、タニが最初の子の頭に強張った手を置く前に、すでに泣きはじめている。また私は、〈ペルーのピラミッド〉の高い所で、何とも言いようのない対話を耳にする。私はこの状況の哀れさを感じる。

　彼がしたのは、ただ立ち去ることだけだった。見得を切って、軽蔑しながら、自分の置かれた境遇を拒絶し――その楽しみを彼と競い合おうと考えるものなど誰もいなかった――、誰もが小屋と四角い畑の囚われ人となるしかなく、そこでくたくたに疲れ果て、とにかく可能なわずかなもので暮らすしかなかった時代に、制限のない自由を意のままにしていた。この宿命から逃れることができるのだと示すだけで、彼は満足しなかった。彼はさらに逃亡奴隷の道、つまりほんのすぐ近くにある、彼が自分で選んだ空間を駆けまわることで、すべての人びとの眼に自分という例を認めさせようと願ったのだ。

　主人の権威を笠に着る者たちも、会計係も、プランテーションの主人たちも、腕を切断された者たちに投げつけた苦痛のめまいを、彼にあたえようとはしなかった。腕を切断された者たちのリストは、数多くの小屋に及んだというのに。だが、周囲に住む者たちはみな知っていた、彼の栄光の時代がつかの間のものであり、そこから抜けだす第四の方向を彼が見出すことはないだろうということを。

　それは自分自身の力に打ちひしがれた、ひとりの子どもだった。彼は自分の周囲のものごとを変え、人びとの言葉遣いまで変えた。鍬で耕す老人の言葉の塊を、彼は散乱した状態から元に戻したが、おそらくはまず老人自身をその気にさせたのだろう。彼の哀れな威厳は、泥の轍《わだち》の寂しさ、女たちの果てしない眼差し、小屋の背後の竹の樋に引っかかった埃と調和していた。プランテーションを離れ、〈雄ラバの道〉を上って〈池の小屋《カーズ・レタン》〉とル・ヴォークランへの道を行くとき、あるいは反対にマホガニーと黒檀の木のほうへ向かうとき、空気は強烈な青にそまっていて、石炭の匂いがひっくり返りそうなほど強かった。その煙が永遠にたなびいているこの窯のような土地、誰にとっても、地震に揺すられる、永遠の米の栽培地にすぎないこの土地を、いったい誰が掘り返そうというのか。

　徒歩の行商人《マルシエ＝マルシャン》の運命と同じほど予測可能な死が彼に宣告されたのは、旅に出たからだった。タニはといえば、隠れ家を発見するにつれ、まるで人が変わったかのように、闇がなかに入ったかのように、彼女は静かになった。供物を手渡していたが、彼女はもはや彼に、みんなが作った食べ物を食べるように強いなくなった。彼が自分の好きなように、どこか分からない場所にむけて歩くことを、彼女はただ単に受け入れたのだ。

遠い昔のこの時代から戻ってくると、私は彼らを自分の責任で引き受け、有益な「私たち」という言葉のなかに自分も溶けいりたいという誘惑を覚え、そうすればそのなかに自分を抹消することも可能に思えてくる。しかし、私の伝記作者の例があるせいで、これほどまでに自然でまったく論理的な傾向に身を委ねることが私にはできなかった。この道において、伝記作者がどれほど深く、確信にみちたやり方で、私に先行しているのかを思い出したからだ。その踊り《サラバンド》を再開し、物語を引き伸ばしたりしようと私は思わない。そこで私は新たに距離をとって引き下がり、これほどまでに散漫に自分に明かされた事柄を保全しようと試みた。潜水状態から浮上し、喜びと自慢話を後まわしにする漁師の鋭い眼をもって、自分の獲物をきびしく評価しようとした。結局のところ、それはこの場所のありふれた逸話にすぎず、自分の境遇への苦く、陰鬱な絶望ではないものなら、何でも受け入れるニグロが逃亡したというだけの話なのだ。私が時に口にして、体験したいと願う「私たち」という言葉のうちに、見たところほとんど痕跡を残さなかった逸話にすぎなかった。

――彼は言った。「私は自分とともに、人間のあらゆる種族を終わらせたいのだ。私の後に生きる者は、もはや人類に属さないだろう。」

――タニは言った。「日々、いつまでも永遠につづく苦悩を、突然、岩のように自分にのしかかってくる苦痛と交換しなくてはならないのかしら。」

――「それこそ」と彼は言った。「最初になすべき交換なのだ。あなたは手挽きノコギリ、鍬、鉈《なた》を学ぶだろう。私の物語が終わったとき、それがあなたのかすり傷を負った足となるだろう。」

――タニは言った。「ご覧なさい、私はあなたよりましな状態です。あなたが上り、私たちが下に残っている理由などありません。」

彼女はやさしく彼を連れ戻そうとした。しかし、彼の眼はどこまでも細くなって顔のなかに消えそうになり、彼の頭は他の場所に傾いていった。彼はいま、彼女と深く、ふくみのある口論を繰り広げることを選んでいたが、それは暴力よりもたちの悪いものだった。だが、彼女は彼とおなじほど巧みだった。彼女はそっと姿を消す術を心得ていた。

彼らは恋が生まれ、成長し、どのような叫びにも動じない宙吊り状態にとどまる、そんな恋愛の歴史を短く要約された形で体験した。そもそも彼らが恋あるいは愛情だと思ったであろうことを意味する言葉は存在しなかった。あたりの誰も試みないような言葉の神秘の中で、彼ら自身が制御できない行為のうちに、彼らは混ざりあった。彼らは自分たちの末裔の子どもたちを見た。ガニが落ちこんだと思われる大きな穴も見た。彼らの命は、これほどまでに小さな空間において、これほどまでに近接した時間のなかで、永遠となった。

管理人たちはついに、自分たちの混沌とした山狩りに、ちゃんとした形をあたえようと試みた。いくつかの狩りの空間の境界を定め、〈池の小屋《カーズ・レタン》〉とその周辺が最後の空間となった。彼らは五軒の小屋のあたりで堂々と向きを変えた後、自分たちの部隊を、谷を通って上らせ、銀色に光るサヴァンナに繰りひろげた。小屋の荒壁土と藁葺き屋根のあいだに通っている雑草と破片の無残な小径は、袋小路になっていた。ある日、駆けめぐり、騒々しい物音を立てる猟犬の群れに彼らはタフィア酒をふるまい、この仕事のために犬たちを昂奮させた。彼らは黒檀の木のあいだの苔の空間を発見し、マホガニーがいかに大きいかを見て、その根をあえて引き抜く気にはなれなかった。彼らはまず、二人の準備が整う前に、ヤマノイモの穴を掘らせ、障害物であるかのように、〈ペルーのピラミッド〉の次第に小さくなってゆく段の上に積みあげた。隠れ家を、いまにも発見しそうに思えるものは一人もいなかった。部隊はぐるぐるまわりながら、子どもにむけて時には鼻歌を歌い、時にはガニとタニを守ろうとするあの石炭の匂いを空気の中で捉えようとするかのように、つっかかるような動きをした。犬たちも管理人たちもそこにはいなかった。今回は、どのような報酬の約束も、追跡者や密告者を駆りたてることはなかった。もうずいぶん前から密告は消滅していた。

警告するために彼らは心揺すぶる歌を声をふりしぼって歌い、その歌が世界の表情を変えつつあった。管理人たち、会計係たちは、〈中国〉や〈アフリカ〉、〈インド〉や〈ペルー〉などへの言及に大笑いしたが、彼らにしてもそれらの国あるいは夢がどこにあるのか言えなかっただろうし、どんなところかを言うこともできなかっただろう。「聖なるガンジー河の近く、デカンの土地で、一人の聖者が天啓を受け、自分の子孫たちの行列を見ている。どこからあなたがたは来たのか、と彼は問いかける。私たちは自分たちが人生を過ごしたラ・パランから来た、自分たちが住んでいるアジュパから来た。私たちは解放された者たちと手を取り合った。自分たちの神を鎮めるために、私たちは巡礼しているのだ。」作業監督は笑いだした。このニグロたちは、狂気と子どもっぽい振る舞いをずいぶんながい間追跡した。滑稽だったのは、タニが捜索に参加し、近くの枝を大きく腕を振ってはらいのけ、全＝世界の物語を連祷のように暗唱したときだった。あの子どもとの逢い引きから戻ってきたとき、彼女は秘めやかに穏やかだったように見えたが、この踊りにおいてはそれと同じほど、機械仕掛けの常軌を逸した爆発に身を委ねていた。それゆえ彼女に付いていき、誰かが突きとめた痕跡をたどっているかのように、大声で叫ぶことには価値があった。作業監督たちは、その発見にどれほどの価値があるのかを見極め、他の叫びのほうへ駆け足で戻っていった。お祭り騒ぎで頭がくらくらし、夜の休息は再検討のうちに過ぎていった。

ガニは至るところに、まるで太陽によって隠された雲のように存在していた。彼が何をくわだて、あるいは何を夢み、何を示唆し、何をなそうとしているのか、誰にもわからなかった。彼はただ、助けをさしのべる力だった。彼は言った。「私の時が来た。自分が主人であり、まったく同様に奴隷でもあることを私は認める。私は実体変化した者だ。」――タニが尋ねた。「実体変化した者とはどういうこと」――彼は言った。「わからない。でも美しい言葉じゃないか。」

彼はさらに言った。「私は自分が、みずから進んで自分に有罪を宣告した戦士であることも知っている。」タニが答えた。「あなたの意志が実現されますように。それは私の意志でもあるのですから。」そこで彼は、黒檀の木の根元の苔に、少し前に見えないものとなった鉈《なた》を埋めた。その鉈《なた》を、アンヌ・ベリューズがほどなくして、掘り起こすことになる（だがすでに刃こぼれし、錆びついていて、その鉈《なた》は三カ月もたたないのに、何世紀もかびのなかで過ごしてきたかのようだった）。そしてリベルテ・ロングエの野性的で嘲るような突進をきっぱり止めるために、彼はその鉈《なた》を投げつけた。言うまでもなく、苔の覆いの下に二本の鉈《なた》が埋められていたという知らせは語り継がれた。それが、それ自体が見えない軍隊、砂糖キビを刈ったり、カカオ《カコ》の実を剥いたり、煙草の葉っぱを転がしたり、永遠にシナモンを乾燥したりすることを願わなかった者たちの軍隊用の、鉈《なた》の墓場であることさえ伝えられた。

一八三一年のことだった。それは呪術師パパ・ロングエの誕生の日からそれほど時が経っていない頃であり、奴隷解放令と呼ばれる出来事も、それほど遠い出来事ではない頃だった。年表を作成しようという意図をもっていたので、私はなるべく日付を伝えるように気をつけている。日付によって、ひとは自分の生まれた、知られざる時にまでさかのぼることができる。まさしくこの年、埃が赤と黄色ではなくなり、砂糖キビのあいだの細長い筋のうえで白と黒になった。ガニを追跡するために、仕事の速度は落ちていたものの、砂糖キビの汁の香りが、かつてなかったほど濃厚に、小屋に突風のように吹きつけていた。使節団の神父が、カナンにかけられた呪いと、その子孫の彷徨について話していた。森は永遠の罰がくだされる呪われた場所だった。住民たちにとっては、この子のためにずいぶん前から準備されていた、慈悲深い避難所だった。

この避けられない一日が暮れたとき、誰もが受け容れる気持ちになっていた。今回の事件は、この世で起こるだろうと予測できる偶然の出来事のひとつだと、タニは理解した。あらゆる言葉で思いをめぐらせ、反対側から考えた結果、この子はただ楽しみのためだけに逃亡しようとした——まるで行き当たりばったりであるかのように逃げだそうとした——のであり、この場合逃亡奴隷が細々と用心することをまったく気にかけなかったことは明らかだ。それはただ単に、腕を切断された者たちのリストに次の数字を刻むことにはならない子どもだったからだ。彼は身を隠したのではなく、自分の選んだ輪のなかを移動しただけであり、やがて愚鈍な現場監督や、自分を滅ぼそうと懸命になっている悪辣な管理係をあざ笑うことさえした。この子が、自分の精神の優しさと虚弱さから漠然と生じてくる考えとは異なった考えを育んでいることを、この出来事を目の当たりにした誰も推測できなかった。不幸によって性格をねじまげられた住民も、無知と悪意で醜悪な顔となった入植者も、明らかに推測できていなかった。彼らの子孫についても、すべてを忘却することになるのだから、同様である。竹林のなか、星が点々と光っている夜にゆるやかに続いていくもののなかから不意にあらわれる事実だけが残ったが、そのことを嘆かずに受け容れなくてはならない。誰もが二つの真実に思いをめぐらせた。まず、子どもは絶対に入植者たちのことを気にかけなかったということだ。ただの一度も、子どもは主人の家のほうへ顔をむけることはなく、その子の世話をするという途方もない特権を得た人びとに、一度も声をかけることがなかった。まるで入植者という亡霊が彼のうえを飛びまわることが一度もなかったかのようだ。次に、結局、その子は自分の作った道具を一度も使うことがなかった。それはおそらくタニが拾ったゾンビの道具——つまり、ずいぶん前から見えないものとなっていた鉈《なた》ではなく——、まるで岩のように一挙に襲いかかる苦痛から護るため、おそらくタニが子どもたちに渡した道具だ。

　こうしてタニがひと言ずつじっくりと報告し、ユードクシーがまとめたすべての言葉は、人びとの記憶に忘れられない形で刻まれ、誰もそれを追い払ったり、消し去ったりすることができなかった。だが、それが何を意味するのかを考えようとする者はいなかった。また、タニを除けば彼の隠れ家を見つけた者は誰もいなかったのだから、世界の顔に残された痕跡という以外、その隠れ家には確かに何の意味もなかった。タニ、おそらくユードクシー、そして隠れ家の少なくとも最初のものについて、水たまりに転げ落ちていった野生豚は確かに知っていたのだが、それを除けば誰も知らなかった。

　言葉を繰りひろげ、細部を次々に積みあげていく必要はない。私は自分が改めたいと思っていたことをまねていて、見なくてはならないものを隠すために自分の下着を覆い、言わなければならないことを言うのを遅らせるために、自分の言葉を繰りひろげている。まるで、住民たちが、ガニを追いつめようとする振りをしたとき、彼らが輪舞のなかに押しだした歌い手たちの技術を、同じ動きによって実践しているかのようだ。

　ガニは黒檀の木々の真ん中に、まっすぐ立っていた。あまりに生き生きしていたために、枝の中を引っかきまわしていた怠惰な部隊は、取り乱したスズメバチの巣のようにちりぢりになり、少なくとも百歩行ったところで止まった。何もかも覚悟していたタニ、後になって、腰が折れていて走ることができなかったと言い張ったユードクシー、この朝の始まりにすでに酔いすぎていて、みなと同じように反応できなかった管理人だけは別だった。ガニはまるでただ一瞥するだけで、彼らを結集させることができるかのように、身動きもせず彼らを見つめた。管理人が、逆上して、銃の撃鉄を起こし、狙いを付けているあいだ、彼は言った。「ユードクシーは、ユードクシーの子孫である。」それから、泣いている子どもの鋭い、無頓着な叫び声をあげて倒れた。

その後には、静寂があった。ありふれたことだ。亡骸は、親元に運ばれた。そして誰もが畑に戻った。作業監督と働き手たちは、仕事が混乱をきわめているというのに、仕事をしていないかのようだった。決まった仕事がいたる所であふれかえっており、そのおかげで何も考えずにいられた。タニは生きつづけ、どのようなものであれ何か特権的な運命に選ばれたという眼に見える印を示すことはなかった。おそらく集落の青さが、開墾された大地の頑固な赤についに屈服したのだ。風に舞いあがった一筋の埃が葉に触れたが、どこにもとどまらなかった。顔の前でおもいきり方向を変え、製糖工場のボイラーの紫色の煙のほうへ斜めにすすんでいくのが感じられた。川の岩が、埋もれた——あるいは暴露された——切り傷の模様をあらわにし——、その大理石模様が水を輝かせていた。雄ラバが、盆地にむかう斜面をすべり、そのせいで泥の中にあった洞穴が姿をあらわしたが、それは治すことのできない傷のようだった。やがて洞穴は乾燥し、深みも反映もない水、真ん中が黄色で、端のほうは赤みを帯びている水にみたされ——完璧な、裏切りものの泥となった。

同じ水しぶきが、私の前にぶあつく集まった人の群れに跳ねかかっていた。その間、私はユードクシーの顔を——この一九七九年という年の迷走は、あらゆる歴史の終わりを思わせるものがあるのだが、その年のどこかで——思いえがこうと全力を尽くしていた。というのも、どのような目印によっても、その顔の特徴を素描することができなかったからだ。それでも彼女の存在は、〈雄ラバの道〉を通って降りてくる石炭の匂いよりはっきり感知できた。彼女は、彼女の夫に役立ったものの手を取って先導したが、その眼はガニの叫び声だけにみたされていた。雲を見て風を読みとり、その生気のない眼差しを上げ、マホガニーの場所のほうを見た。

その時、私は初めて本当の意味で、呪術師パパ・ロングエがかつて、植林地と黒檀の木の間でこの話を私に語ったとき、大声でつぶやいたひとり言を理解した。自分の小屋のさまざまなもの、つまりはパイプ、ひげそり、ヒョウタン、カナリアが、一致団結して彼に挑んでくるのを相手にもがきながら、言葉のまわりをうろつきまわっていた彼の姿、私が彼の言葉から遠く切り離して覚えていた姿を、私はありありと思い浮かべていた。その時彼は、管理人ボータンのことを——おそらくこの島で最初の黒人管理人の一人——、あだ名の秘密に包みこまれていた男のことを話していた。ヒョウタンと煙草で身動きの取れなくなったパパ・ロングエは、自分の伝えようとしていたことを、いつかは私たちが知るだろうと信じているふりをしていた。それは確か彼の死の一年前、したがって一九四四年のことで、話を聞いているのは二人——この本の作者と私——だった。ラファエル・タルガンと呼ばれていた者とあわせて、私たちは三人だった。ロングエがこれほど若く、あざけるようで、すばしこく、なみはずれた強さを示したことはなかった。煙草をふかし、たっぷり散歩をした一日の始まりに、彼は私たちに彼の得意な三つの話をしてくれた。彼が私たちにいだいてくれた友情を私は思い出すのだが、それはいまもなお空のなか、アカシアとタマリンドの木々のまわりに漂っていた。三人だった私たちにとって、強いられたり、ゆがめられたりして中断することはあっても、友情が一本の枝にとどまっていることはなく、干からびることもけっしてなかった。中断されたときには、私たちは自分たちの頼りない知識に、書かれた言葉の形をあたえることで確かなものにしようと努めた。そこで私が覚えていたのは、考えに耽っている老人ではなく、猛烈ですばやく皮肉を飛ばす狡猾な男だった。確かに、私は彼の話を聞いた。だが、いまや私の夢想の友と呼ぶことができる者によって報告された地層の下を、私はかき削らなくてはなかった。私たちは本当に同じ流儀、ほとんど同じスタイルをもっている。彼があまりに滔々と話すものだから、当時私はロングエあるいはベリリューズ以外には何も存在しないと説得されるほどだった。私はついに忘れ、きれいさっぱりと忘れるよう自分を納得させた。というのも、それは際限のない植生のひとつの枝分かれにすぎない、〈岩＝の＝穴〉のはっきりしない近辺で、自らに驚いている枝分かれにすぎないのだから。

ガニが埋葬され、彼とともにその言葉の儀式ばった秘密が埋められるやいなや、島は運命によって強化された防御態勢に戻った。その防御のなかでは、あらゆるものが忘却され、あらゆるものが再創造された。報告を受けるやいなや、子どもがマホガニーの木の根元の土におりてゆく前に、タニはシャツのもう一方の袖を引き抜いた。その身振りの秘密を誰も見破ることはできなかったが、鍬を耕す老人だけは別だった。こうしてロングエの朗朗たる物語の言葉が、ひとが石につまずくようにして、私にむかって発せられたのだ。そんな瞬間を、どうして私は忘れていたのだろう？　作者の意図があまりに強かったために、私の記憶から完璧に、呪術師の声の一部をすっかり削除してしまったのだろうか？　この作者は私たちが一緒に聞いていたもののうちから自分の物語を気ままに選んだのだから、私自身をもまたロングエの物語の一片から遠ざけるように導いたのだろう。ロングエがこの一九四四年という年に復元したもの、そして三十五年後、偶然から生まれた出会いがもつあの滑稽な力とともに、私が思い出したもの、それは一九三六年における管理人ボータンの叙事詩だけでなく、マホガニーの存在――その影響力――である。

マホガニーは、私の前で、午後の目も眩むような光のなかで燃えあがっている。

その葉むらは松明のように、巨大なロウソクの炎のように、燃えている。日の光にどの面を見せるかで、深い黒色にも、鮮やかな銀色にも見える葉っぱはざわめきながら翻っていて、猛り狂った大気と火をみずからのまわりに引きこみ、その煙は竜巻となって立ちのぼっていた。ピエモンテの平野にただ一本たっていた糸杉から、同じほとばしりを見たことがあった。冷たい霧が地面を覆っていた。その靄《もや》からは、自らを焼き尽くす悲しみのうちに閉じこもった炎のようなものが出ていた。おなじように、マホガニーはカカオとバナナの木のうえに、その楕円形の燃えあがる孤独を屹立させていた。私が結局手にいれたものは、いったいなんだったのか。あの子どもの素朴で単調な死を確認しただけではないか。木が穂の形に解き放つこの熱の一斉射撃こそ、太陽のねじれと時の頑固なひと続きの流れに、子どもが粘りづよく挑戦することを可能にしたものだった。

マランデュール

下り坂

蚊はこのあたりの森では途切れることがない。蚊の群れは葉っぱすれすれの所を凧のように飛びまわるので、灰色の花の茂みが、風にひらひら舞っているようだ。野生の大きなダリヤのまわりで絶えずぶんぶんうなっていて、冗談ではなく、錯乱した蚊帳となってダリヤを囲んでいた。そのはるか上空で、あらゆる種類の木々が混ざりあい、影のなかに影を作り、日の光が挑発しているところまで上ってゆく、いくつもの層を作っていた。岩には紫色の根が張っていて、その間に赤土の大きな塊がたくわえられている。この急激な下り坂では、木々があまりに絡み合い、突如として目もくらむほどの険しさとなるので、危険をおかしてそこに行った者は、すべてのとげに引っかかるのではないかと恐れるようになる。痛みは感じない。樹皮と岩のうえに自分の残した痕跡が、彼には見えない。まるで密売人の船がギニアのニグロ、オランダのスモーク・チーズ、フランスのレース飾りなど自分たちの商品をあたりにぶちまけたようだ。二本の枝のあいだに海を見つけて、降りてきた男はぼう然となる。彼は虚空のなか、音が聞こえてこない、ほっそりとした泡のうえで揺れうごいているのだ。風にはどんな香りもなく、海は動いていないようにみえる。今日もなお、沖合では秘密の不正取引がなされ、山頂から湾のもう一方の縁のうえに見える木造の家が、夜、合図を送る役目を担っていて、その家には幽霊が出るという評判である。しかし、森のこの部分に入りこむと、海は遠ざかるように思われ、非現実のものとなり、世界は海のない、永遠の赤土となる。インド人たちはこの海に身投げをしにやって来たと言われている。枝の茂みにはばまれてしまうのだから、どうしたらそんなことができるだろうか。巨大なシダが、まるで山の頭《モルヌ》であるかのように、落ちかかってくる。その葉はざらざらした、壊れやすい沈殿物で銀色に輝いているが、それは塩でもなく波しぶきでもない。高い丘と風とが秘められた結婚をして、ここでとらわれの身となってぐるぐる回っている。男は虚空のなかで揺れうごいている。海と山とのあいだでためらっている。影の執拗な重さが低いほうへ追い立てる。彼が押しわけようとしているこの乱雑な集まりは、ちょうどサント＝アンヌの沖合、二、三メートルの深さで、雌のウニの上をただよう海藻の端のように、髪の中にしるしを残す。男は突如として波の中に落ちていて、ここから出ていこうという考えを静かに育んでゆく。黒く、緑色の幹がはなつ錯乱した熱狂は息を詰まらせるので、とにかくここから離れ、漁師と会う約束をするのがいいだろう。森の力のすべてが、人を沖合に押しだすのだ。一挙に地平線に跳びかかり、離陸を可能にした木々のブランコを後に残すのがいいだろう。岩と棘、泥と焼かれた土、月によって冷え冷えとなった牧草地を去るのだ。漁師の舟が近づいてくるかもしれない、それは最良の漁場なのだろう。ひとたび沖合に出れば、自分を攻めようとする漁師など一人もいないだろう。海の上に立っていると、漁師はセント＝ルシア島であれ、ドミニカ島であれ、とにかく別の岸辺に上陸することを思いえがく。彼らは思うだろう、この男はレジスタンスに志願した、戦争をやりに来たのだ、と。

「お前はまったく極悪人だ」と、海を愛おしみながら、男は海に向かって言う。

それから方向を変え——何にでもしがみついて、彼は坂を上ろうとする。波にみがかれた、石灰質の黄色い岩に、自分がもう一度足を踏みいれることを彼は知っている。自分が決して出発しないこと、海の中に踊るように歩み入っても、どこにも行けないこともおそらく彼は知っている。この地面の奥底はよく滑り、最初の根は自分の頭のずいぶん遠い所にある。「これが下り坂だとどうして言えるのか」と彼は考える。どのような痕跡もなく、どのような小道もなく、マニクーでさえここを進むことはできないだろう。だが、宿り木の巣のおかげで、よじ登ることができる、あまりに大きいので、そこに全身の体重をかけることができるからだ。上り坂はしだいに容易になり、掴まる場所を選び、邪魔になるものを遠ざけることができる。分け入ることのできない密な木陰が、慣れ親しんだ土地となり、枝の隙間が上空の光にむかって、透明で脆い光の円柱、そこに捉まることのできそうな円柱を作りだしている。光がのぼってくる。空気が変わる。潮の香りが、まるで色鮮やかなヴェールのように、突如としてあらわれる。息苦しくなる暑さが、まるで電子レンジのなかにいるかのように、高まってゆく。男の体からは汗の煙がにじみでて、手の中でその煙が凝縮されてゆく。汗が、耳から、鼻からしたたってきて、彼は引き裂かれたシャツのなかに頭をくるみこむ。つるに引っかけた足を揺すりながら、彼は地面の上で平衡を保っている。「足りないのは、敵《ヘビ》だけだな」と彼は考える。山頂の光が嵐のように吹き荒れるが、時おり中断され、それがなぜだかわからないために、彼は不安になる。赤いヒナゲシが、斑点のある塊となって、手の届くところに垂れさがっている。大きなマルハナバチが、蚊の飛翔を引き連れ、護衛し、時おり離れていき、枝のあいだに掘られた底知れぬ縁のなかにある洞窟の不条理な深みへ向かってゆく。マルハナバチはこうして姿を消し、黒い稲妻となって再びあらわれるのだが、蚊の群れは道がはじまるまで微細なトリルを止めることがなく、それが目をいらだたせ、貫いてくる。

ロングエ

オディベールの奴め、このひょうたんから、わしがどくどくのみほすことは絶対にないだろう……このひょうたんを見てごらん。空っぽなら、落ちてきて、いっぱいなら転がりだす……半分満たされているると、上下がひっくりかえる…… 笑いだしても無駄で、ただひとつのやり方は、そこに、ぶらさがったまま飲むことだ。ちょうど口の高さに穴を空け、その下に頭を置くがいい。どうだ、うまく行くだろう！……

どうすれば、いったいどうすれば水の中で服を着ることができるのか。わしは水の中で服を着たわけじゃない。わしが中にいれたのはココナッツの果汁さ。わしはココナッツ水をまとっている。あたりのマングースはみなロングエを熱心に追いかけ、あまいシロップをすすろうとする……

ソーセージをかじりながら、好きなだけ笑っているがいい。このひょうたんを従順な信奉者として使う手立てを見つけようとしても、絶対に見つからないだろう。ひょうたんは役に立とうとしないだけじゃない、従順な召使いとなることを認めようとさえしないだろう……

知識のある男が、しっかり置かれたひょうたんからココナッツの果汁を飲もうとするとき、いったいどうするのか……　同棲相手が入植者の主人とよろしくやっている管理人はいったいどうするのか……三本のアカジュのあまりに近くに植えられたマホガニーは、いったいどうやって育つことができるのか……

ロングエは尋ね、ロングエが答える。でこぼこしたひょうたんは、精糖所の帳簿ではなく、ミサの祈祷者でもないと、たとえおまえたちが叫んだとしても……。

しかし、もちろんおまえたちは知っている、〈池の小屋《カーズ・レタン》〉が〈岩＝の＝穴〉の生気のない一部であることを。ちょうどあの記憶のやぶに覆われた管理人に、あなたがたの知識が名前をあたえたように……。名前をあたえた、どんな名前を？　ボーという奴だったか、あるいはボーソレイユ、ボーセジュール、ボールギャール、ボータン……　美《ボテ》が花咲き、萎れ、美への好みは花のなかにあらわれる。花は木につながれている。森はマホガニーという名前だ……。それゆえ、この管理人のあだ名は、森の始まりとなった。ちょうどあの子が森の終わりにいたように……。こんな冗談をひねりだせるのは住民たちではない。運命の厳格さが、人間たちの名前と戯れるのであって、そうしながら歴史の論理を高々と朗唱するのだ……。

ホ、ホ、おまえたち三人……こんなことを理解するために、一人の人間が捉えどころのない時間を山ほど必要としたとでもいうのかね。頑固に忍耐をかさね、真夜中に起きて諸力に話しかけ、朝四時に歩きまわって、自分の治療薬にはない未開拓の力をもった葉を摘みとり、この奥まった場所の主となり、真実を運ぶ人となり、しかも四次元に行くことできる人となる、そんなことを必要だったとでも……。夢の女性のために、同じ人間がため息をついたり、うめいたりする。いいか、それはロングエのことではない。そんな値踏みをしてはならない。そんなのは同業の同僚のことだ……。

床屋フェリックスのところで、われわれはみなその管理人に出会った。フェリックスをご存じだろう、あの狂ったような鋏さばきで、頭のほんの一ミリのところをさばいている人物だ……。店の周りは、きちんと片づけられている——つまり三人の子どもたちがひっきりなしに無茶苦茶に扱うバンジョー一台、マンドリン二台があり、それはドゥラン＝メデリュス＝シラシエが一緒に立てる物音以上に騒々しい——この人物は、鋏で頭を刈ってもらうよう、命の危険はあるものの、とにかく頭を差しだすようにさかんに勧めるのだ……。うわさはこのようにして、フェリックスのところからはじまり、鋏の一斉射撃、二台のマンドリンの優美でかわいい銃撃にささえられたバンジョーの連続砲撃と戦いながら広がっていった……。持ちこたえるうわさは良い知らせ、純然たる真実の知らせで、たとえわしらにはおなじみの、悲惨さ、呪いを告げていても、わしらは慣れっこになっているのだ。嘘の知らせはと言えば、店の騒々しさのなかで切り刻まれ、機銃掃射され、そのずたずたにされた死骸は、夕方になるとフェリックスの助手によって、大人の大量の髪の毛、小さな子どもの柔らかい毛と一緒に掃き捨てられる……。

とてつもなく常軌を逸したうわさが、ある日山《モルヌ》から落ちてきて、床屋のなかを荒らした……。それはある午後のこと、どんな言葉を言っても誰もが眠りに落ちそうな時刻、言葉には生暖かい、昼寝《シエスタ》の香りがかすかにただよっていた……。そのうわさが髪の散乱した場所を駆けめぐった……。フェリックスは鋏でざっくりそのうわさにせめて切り傷をつけようとし、バンジョーはマズルカを爆発させ、マンドリンはやさしくポルカの罠を仕掛けたが、うわさは持ちこたえ、駆け抜け、フェリックスの縁がぼろぼろの鏡のなかで美しく研かれた……。それは悪い知らせ、嘘の知らせで、わしはその証人なのだ……。どんなふうにしてそのうわさが破壊を逃れ、脚の長さがふぞろいの椅子のあいだで成長し、バンジョーが部屋中に連続射撃する弾丸のあいだをすべり抜けていったのか？……　うわさというのは、マオの内縁の妻が、入植者の主人と付き合っているというものだった……。もちろんこのうわさは、管理人がその場にいて、大騒ぎをすることがない時分を選んでいた……。最後にうわさは、おまえたちもよく知っている腰掛けに座った。そこにはヒナゲシの花が永遠になければならないのだが、何一つあったためしがなく、いまやうわさがわしをまっすぐ見据えているのだ……。

わしはそこに、アルパゴンのように身を強張らせて座っていた。わしはそのうわさを正面から見つめていた……。わしはある女性に思いを寄せている同僚、そのうわさで語られている女性と同じ女性を思っている同僚のことを考え、体が動かなくなる。もちろんわしはただ一本の指で、そのうわさを広げることができるのだが、友情に敬意を表して、じっと見つめてそのうわさと戦うほうを好む……。おまえたちも知っているように、自分に力があるのでわしは黙っているのだが、口を開いて自分の見解をまさに表明しようとしたとき管理人マオが店に入ってきた。ただちにうわさは下着を身につけてはっきりしない方角に飛びだしていき、窓から消えていった……。

わしは心底ほっとした、すでに太りはじめているこのマオを立派な人だと思っていたからだ。それはおまえたちも知っている、あの有名な三五年のこと、わしだってまあまあの状態だった……。フェリックスは穏やかに、破壊行為の戦略を練り直し、あらゆることが再開され、悪いうわさは投げ飛ばされ、良いうわさは讃えられ、バンジョーと二人の助手があまりに騒がしいので、まるで三匹の象がいるようで、わし自身、自分の友人を護るため、あるいはこのマンドリンの雄々しさのため、かくも愛されながら、ひどいうわさをたてられているこの女性に話しに行くことを決意した。彼女の名前はアドリーヌと言った……。

人は夢の釜を前にして、現場監督をしていることをおまえたちは知っているか……。例えば、眠る楽しみに落ちるほんの少し前、あらゆるヤマノイモのなかでも最高のヤマノイモを心のなかに思いえがき、それから頭の中でヤマノイモに斜線を引くと、ヤマノイモは釜のなかに入らない……。小さな死、あるいは小さな永遠である夢の彷徨のうちに何が参加しないのかを、自分で決めることができる。夜の出入り口で、その対象を心のなかでふくらませ、それから消滅させるだけで十分なのだ……。夢中にさせるのは、新鮮な食べ物の誘惑から自分の身を守っているあいだ、例えば、愛がするりと滑りこんでくることで、ひとは雲のなかにいて、愛とは何なのか、愛とはいったい何なのかと自問していることだ……。あるいはヨタカのように山《モルヌ》から飛びたって、悪魔に取り憑かれた犬たちの前を走っているのだが、それというのも眠る前にこう宣言したからだ。「自分の夜のなかに、愛はいらない」……。結局、闇の世界で何がやってくるのか、ひとは予測することがどうしてもできない……。人間は、夢の中を、解読のためのコードをもたないまま、さまよう者なのだ……。

眠りの中でアドリーヌ夫人の閨房に足繁く通う同僚に、わしは言った。「彼女のところに行って、尋ねてみよう。」彼はわしに言った。「真実は女の見開かれた眼のなかにあり、男のしっかり閉じられた口のなかにある……。」それでもわしは決心をつけた、必要な勇気はそのうちやって来るだろう……。わしは苦労してサヴァンナを越え、〈池の小屋《カーズ・レタン》〉を突き抜けて、夫人の前に出た。

彼女に言った。「アドリーヌ夫人、ご無礼をお許しください。私には、あなたのことを大変良く思っている一人の同僚がいます。彼は、正午、道にたちどまり、あなたの名前を呼ぶでしょう。彼は夢をいろいろ修理する人間で、あなたをあだ名で呼ぶでしょう。」

ちくしょう、あの腹黒いオディベールのやつ！……　今日はついていない日だ、ひょうたん細工の仕上げを終えて、ココヤシの風呂に入ることさえできないありさまだ、カミソリがちっとも言うことを聞いてくれない。カミソリが生まれつきどれほど意地の悪いものだか、おまえたちにわかるか？……切れ味が悪いほど、ひとを切ってしまうのだ……。わしのなめし革はどこにあるのだ、天井の支配者たちよ。あなたは自らに仕える僕に、集まった友人たちの前でとんでもない侮辱を言わせようとなさっている……。このカミソリは、フェリックス氏のハサミのように、羽ばたこうとしている……。ご覧なさい、カミソリさん、ここには悪いうわさなどありません、ここでご苦労などなさらないでください、怒りをお鎮めください。嘘はロングエの家の扉を開きはしないのです……。

——そこで彼女は答える。「ロングエさん、お仕事仲間にしっかりお伝えください。アドリーヌは称賛に値する女だと！　不道徳の匂いなど、彼女の体を覆ってはいません。新聞で恥ずべき女だなどと言う者に、彼女は答えません。」

——わしは言った。「ああ、アドリーヌ夫人、ひどい言葉を恥じる気持ちなど、私の心にはまったくありません。あなたが入植者の主人たちの気取った様子のほうが気に入っていると、私の友人に言わなくてはならないのでしょうか。貧しいニグロの肌は、あなたの柔らかい肌をすりつぶすと、私は友人に報告すべきでしょうか？……」

——彼女は答える。「ロングエさん、そのような質問を考えるのは良くないことだと、友人にお伝えください。ボータンさんと私は、戸籍にも、教会にも記されてないとしても、神の前で結ばれました。中傷の風が嵐になろうと、忠実な草をなびかせることはできないのです。」

こいつは真実だ。オディベールは呪われろ……　もはやわしはサヴァンナを引き返すしかない、〈池の小屋《カーズ・レタン》〉の最後の残骸のなかに入っていき、謎と対決したいという欲望でいっぱいになりながら……。

この女性がどんなふうだったか、おまえたちも知っているだろう……　田舎の奇跡、石けんから出てきた女、浄化されたカナリア……。饗宴に招くような様子をして、狂乱におちいるすれすれの所に人の心をとどめ置く……。混血女《カプレス》より腰を反らせ、道端にいる黒人女より情熱的で、通りかかるクーリー女より流れるようだ……。


これは真理だ、どんな入植者の旦那でも、二人の根を引き抜くことはできなかった。入植者は管理人をプランテーションのもう一方の端に使わして、ベランダの下に身をすべりこませたと言われている。このご婦人の評判を失わせるために、力を使いはたしたとも言われている。彼女は管理人を守るために、名声を失った、そうみな言っている……。

この入植者がどんなふうに歩いていたのか、おまえに述べるまでもないだろう……。眼に火の粉のようにかかる髪、ブーツの拍車は引き抜かれ、むきだしの魂は、真っ赤な皮膚をまとっていた。

それでもあのニグロの管理人は、苦悩から破滅に身を投じ、この世紀の最後の逃亡奴隷となったのさ……。その頃、おまえたちはまだ小さな子どもで、おそらくご両親もこの話をおまえたちにしたことだろう……。


あの男はベランダの上の、ブーツが残した黄色い泥の痕跡、拍車がまるでサインのように記した破線をじっと見つめていた……。泥に遺された足跡は、魂の毒だ……。拍車の痕跡は、精神の傷痕だ……。

あの男は鞭を叩いて雄ラバを痛めつけたが、それはもちろん開墾された赤土に残された、泥のしるしの痕をたどるためだった。すると砂糖製造所の背後にある管理部にたどりつき、そこには自作農家の入植者が家を構えていた……。

　しかしあの男は、痕跡のかけらと、拍車のなぐりがきで視力をすり減らしていたために、この入植者の真理にむかって銃を撃つのではなく、自分自身の嫉妬の幻影にむかって引き金を引いてしまった……。そのせいで、彼がその全生涯をかけて試みた最初の完全な動作に失敗してしまった……。彼が確かめもせず置き去りにした、客間のわらの敷物から、入植者の血まみれの身体が立ち上がり、バルコニーまで身体を引きずっていき、助けを求めた。

　そうなるだろうと、彼はいつも知っていたように思える。なぜなら、彼はこの客間から〈雄ラバの道〉までまっすぐ逃げていき、そこから逃亡奴隷たちの足跡を追って駆けていったからだ、人びとが彼の行動を予測するのではないかと確かめることさえなかった……。自分の同棲相手が、入植者に犯されたかどうかさえ、決して確かめようとはしなかった……。

　運命の論理を、あるいは住民たちが予知能力を、見てみるがいい……。彼にあだ名がついたのは、この時のことではなく、まさしく彼が生まれた瞬間のことだった……。彼がマオだったこと、一連の不運の糸全体をたばねるしっかりとしたマオの紐〔漁師の小舟の中央にある紐で、その紐に他のすべての紐が結ばれている〕のようであったために、彼はこのマホガニーの根元に導かれたのだ……。

　物語がおわると、管理人のあだ名はただちに忘れられ、同様にしてマオの紐はばらばらにほぐれ、その名は、〈池の小屋《カーズ・レタン》〉で群れをなしていたあの五つの埃の山と同様に朽ち果てていった……。

　その場所で、彼は太りはじめた、同時に、アドリーヌ夫人と彼女の忠実な心をよく知るようになった。女たちが料理した食べ物を集めるのは彼女だった、彼女が神の摂理のように妻の美徳そのものであることを彼は発見した……。周囲の世間話と、男たちの厚かましい視線に、彼女がもはや耐えられなくなるまでのことだったが……。

ああ誰か、このパイプの目詰まりをなおす針金をもっていないか……。ロングエはパイプに火を点けることさえできないと忠実な客たちに言ってほしい……。紙はどこだ、わしのナイフはどこにある……。煙草は赤い脂やラードより貴重なのだから、節約しなくては……。自分の話を巻くために、煙草の乱雲に息を吹きかけることさえできない……。このパイプは、オディベールの頭よりふさがれていて、話はすでにすっかり雲のなか……。夜に始まって、いつ来るかわからないような朝に終わる、そんな話をどうして話したいなんて思うかね……。至るところに転がっていく話を、一挙に歌いきるなんて、どうしてそんなことが信じられるかね……。パイプが詰まれば、口がふさがれる……。この管を通すために、針金をわしにおくれ……。

このあたりをみてご覧！……アドリーヌ夫人とわしは、昔このあたりで何度出会ったことか！……まるでわざと夫人がわしの通り道を横切っているかのよう、わしが呼び出された場所に、夫人が食べ物を置いているかのよう……。当時の田舎はとても静かで、今日とは大違い。島のお茶より青い沈黙のなかにいて、遠くから聞こえてくる音と言えば、砂糖キビをのせた台車のきしみ、車輪の下をすべってゆく砂糖キビの葉、三本足で駆ける毛のない犬の音だけ。沈黙のひと塊を手にとると、時間を切りとったようで、魂は小さな草のちょっとした色合いをすべて自分のものにするのだ……　今では、吸いこむ空気の中に、そうしたものはただのひとつも存在しない……。

――彼女はわしに言った。「ロングエさん、あなたのお力がどれほどのものか、私存じ上げております。弾を惑わせ、苦しみを紛らわせ、みすぼらしい人たちを慰める。どうかあの人を助けてください、ご恩は忘れません……。」
――わしは言った。「アドリーヌ夫人、この辺りには、島のアカジュと黒檀を区別できず、ましてやマホガニーを見分けることのできない者がたくさんいます。私の力など、この森の力の前では絶望的に無益なものです……。」
――彼女は言った。「あなたの小屋に、私おうかがいします。闇の中に出ていって、正しい道のりをたどりましょう……。」

夫人はその言葉を口にし、話し、繰り返した……わしはともかく闇の中で、正しい道を見つけるどころじゃなかった……。だからそう、夫人がその犠牲をはらうことを習慣とするようになったのは本当のことなのだ……。

そうなるだろうと彼はおそらくずっと前から知っていた。というのも、〈岩＝の＝穴〉の近辺、アカジュとマホガニーのあいだ、〈池の小屋〉《カーズ・レタン》、渓谷、〈雄ラバの道〉をさまよい、マランデュールへの下り道には時々気まぐれに歩いてゆくだけだった……。まるで二スー銅貨より小さいこの場所に、世界への旅が凝縮されているかのようだった……。彼はアドリーヌの身体をじっくり見つめ、洗濯しても仕上げをしても消えないような泥の痕跡がないかどうかを吟味した……。

女たちが調理した料理をアドリーヌ夫人がもってくるまで、食事のことなんか考えないで、まずは一杯といこう。ご馳走しよう……。《トロマン》だけでなく、多分《カラル》も、《パテンポ》もどうだ。すぐにというわけにはいかないが、しかしとにかく、あのカカオの林の外れにいる雄鶏、まるで総督に任命されたみたいにわしらの会議を見守っているあの雄鶏……　あれはご臨席を讃えるための闘鶏で、命を賭けた戦いをする準備をしている……。まるで七つの大罪みたいに、地獄に召喚されて縮んでしまい、痩せてはいるが、それでもあの闘鶏が消えるのは、ここにある鍋のなかなのだ……。

もう一人のほうは、三六年から四三年のこの七年間で大いに太った。でも、目方が百キロ以上もあるというのに、肉体においても頭の中身においても、実際にはやせっぽちだとわかる。まるで、アドリーヌ夫人が運んでくる食事のせいで、どこかを痛めているようで、しかもそれは胃袋ではないようだ……。

何も知らない顔をしているが、すでにおまえたちも知っているように、あの夜彼女がわしと話してくれてから、もはやアドリーヌ夫人とは再会していない……。わしはただ、占い仲間と彼女のことを時々話すだけだ……。私は彼に言った。「ブイヨンを作り、飲み物をあたえるだけで、彼女は永遠にあなたとともにいる……。」彼はわしに答える。「ブイヨンが消化されると、強制された愛も消えるのさ……」それは彼女がもはや自分の身体を調べられることにも、自分の魂の注がれる男たちの視線にも耐えられなくなる日までのことだった……。

こんなふうにして七年が、ちょうど子どもにとっての七カ月のように過ぎていき、その感じはおわかりだろう……どんな子どもかって？　ロングエに冗談を言ってはいけない。おまえたちの知識には限りがない……。この子どもだけが、ロングエ家の人間を見たことがなかった唯一の人間だと、まるでおまえたちが知らないようではないか……。それでもその子は見えない鉈《なた》を、アカジュの木の下に植えた。アンヌという名のベリューズ家の人間が、リベルテを虐殺するためにナイフを一挙に掘りだした、まさしくその場所に……。

フォワイヤルに降りていき、観光センターに行けば、看護兵が自分の事務所のかたわらで始めたラジオ局がある……。アフリカ、フランス帝国、イギリス帝国のさまざまなニュース。レジスタンスとなって、ドミニカ島かセント＝ルシア島に行き、世界大戦に参加するのも良いだろう……。この看護兵ときたら、自分の道具箱にすっかり夢中で、触ってはやめ、触ってはやめを繰り返し、自分の力を誇示しようとする。つまりみんなを燃えあがらせたり、冷ましたりするのだ。

それでも、彼もわしもこのでかすぎる道具箱から何が出てくるのか、見抜くことができない。真昼の光のもとですぐに広がっていき、雲の頭にすっと入り込んでいき、フェリックスの小型円卓の上で、謎めいたようすで固まっている……。いろいろニュースが飛びだしてくるが、それが良いニュースなのか悪いニュースなのか、誰にもわかりはしない……。この金色に塗った棒が何本もある、小さな格子からあふれだしてくるニュースを、あるがままに捉えなくてはならない、そいつが自分にまっすぐ関わってくるものかどうか、知るのは後の話というものさ……。

マホガニーを根元から引き抜き、別の耕作地にしようとするなら、あるいはまったく耕作をやめようとするなら、どれほどの時間がかかるか分かったものではない……。どれほどの数の世界大戦が戦われ、どれほどの虐殺が休みなしにおこなわれることか……。運命に定められた子どもが不幸のなかをぐるぐるまわるために、また太った嫉妬深い管理人に道を示すために、レアル銀貨より大きくない土地が、どれほど必要なのか、誰も数えることはできない……。

これをする時間、あれをする時間がついにやって来たと、どうすれば知ることができるのか？……思い出のための時間、忘れるための時間と差し向かいになることがあるのだと、どうすれば知ることができるか？……　子どもの時間が、サイクロンのなぎ倒す力のように、自分のうえに流れてきたのではないか？……　この時間がいまや、名前さえ聞いたことのないような遠い国々で、見知らぬ木々の幹を打ち倒しているのではないか？……

アドリーヌ夫人の時間なら、彼女は小屋のなかで硬くなっているのを発見された。まるで彼女が夢の中でもがいていた、閉ざされた釜の前で驚きのあまり死んだかのようだった……。釜のなかには、ヤマノイモも愛も入っていなかった……。わしはその夜ずっと、ちっちゃな子どもより脅えていた……。

どれほどの時間が必要なのか、どうすれば知ることができるだろう、ティティリスでいっぱいになった網のなかの雷のような時間、万能薬の草のまわりを回っているヨタカのような時間、つまりそれは一世紀もの時間ということなのだが、そんな時間が必要なのか、自分がついにこの時間の外に出た、自分が明日にむかっていると言えるようになるまでに……。

さあ、お三方、知恵にみちた先生方……マホガニーの実を食べようとしてはいけない、食べるべきところが何もなく、穿孔ドリルのように歯が折れてしまうから。それより目を凝らして、その上に書かれていることを読み解きなさい……。木の実は不毛なのではなく、言葉を運んでいて、峡谷に降りていき、〈ペルーのピラミッド〉に上ってゆく……。これはどういう意味なのか？……　おまえたち自身で探しなさい、真実は机の上にゆったりかまえ、騒々しい音で耳がちぎれそうになっているなかで、こちらをまっすぐ見つめているわけじゃない。

まったくあのオディベールのばかものめ、あのカナリアがこのヒョウタンと仲間になるかどうかを見ようじゃないか、三つの岩の上に、ひっくり返らずまっすぐ立っていられるかも見てみよう……。少なくとも一日は、おいしい肉が食べられるぞ……。つまりカカオの木の下にみえる雄鶏が、自分の殻をやわらかくすることに同意すればということだが。雄鶏は、乾燥させた唐辛子の三枚重ねよりも固い……。もちろん、おまえたちに雄鶏が掴まえることができても、奴は納得しないだろう。相変わらず頑固な奴の頭のまわりで、カーニバル踊りを何度もする覚悟をするがいい……。

――頑固だということは、簡単には埋葬されないということですね！――わしらのなかの三人目の男がその時歌うように言ったのだが、彼はもっとも予知にたけた男だった。

アデライードが語るアルテミーズ

あの女には感情がなかった。私ときたら、貞淑な女です、たとえ心が美徳にみちた女ではないとしても。私はまっすぐ眼を見つめることができます。この女のほうは、眼にとっては侮辱そのものです。アルテミーズという名前でした。彼女のやり方は最悪で、限度もありませんでした。

私は彼女の母親を知っています。母親はすでにアルテミーズを通りにほったらかしにしていました。当時、舗道はなく、雄ロバと馬が道の中央に轍《わだち》を残していて、道のいずれかの側を歩く必要がありました。あの子は焼き印のある足で、轍のなかを疾走していて、その姿をいつでも追うことができました。すぐに彼女は管理人を追いかけるようになりました。まるで、管理人の雄ラバの尻尾に結ばれているみたいに。

管理人と私は言いましたが、こいつはケチな男にすぎません。アルファベットを習い、記憶し、記録簿に数字をならべることができました。雄ラバは、毛のない犬のように灰色でした。あらゆる女たちが追いかけまわしていましたが、アルテミーズは本気で走っていました。ふしだらな娘。私ときたら、aとbの区別がつきません。

私はムラートのために洗濯をしていました。ロンヴィエ川のなかのあらゆる下着、レースから糊の付いたシーツまで。私にははっきりとした目標があります。ケチな男の下着を自分に引き寄せるのです。彼が管理人だった頃、彼は私を洗剤、食べ物と取り違えていました。それが私の狙いだと、わかった人は一人もいませんでした。川の流れのせいで、私は彼の家の扉の前にいました。

度を超えてふしだらな女。身体には一枚の布を巻きつけただけで、それが服の役目を果たしていました。足の皮膚には泥がこびりついていて。川で洗って、自分の身体を道行く男たちに見せるのです。洗うといっても、あまりこすりはしませんでした。

あの人は日に十語も話しませんでした。あのもう一人の女にすでに魅了されていたからです。その女は触らないで、と言いたげな様子をしていました。でも、彼女がそうしてほしがっているのを、私は知っていました。私が認められたのは、彼が話していないときでも、彼に耳を傾けていたからです。日曜日ずっと下着にアイロンを掛け、手も頭も石炭のせいで熱くなっているとき、彼がどれほど語らないものか、私は注意を凝らしていました。

ロッキングチェアに座りながら、彼はアドリーヌ夫人を待っていました。泉のほうを見ることはなく、竹の雨樋から桶《おけ》に流れる水を追うこともなく、プランテーションの店のほうを見つめることもない。刈り手たちはミサの帰りに集まり、一週間の賃金をタフィア酒で使いはたします。彼はプランテーションから村までつづく道を見ることもなく、というのも白い土は、日の光と一緒で、眼が痛くなるからですが、ベランダと部屋のあいだの仕切りを見ることもありません。まるで辺りの沈黙を研究するために、ベッドの中でじっとしているようなのです。

私、アデライードは、その名のことを考えます。彼のあだ名が私は好きではありません。不幸を呼ぶ名前です。なぜマオなのか。何のマオなのか。山《モルヌ》にのぼって、逃亡奴隷さえ行けないところまでいって、こんな名前を岩の下に見つけにいったのは、いったいどこの誰なのか。

山《モルヌ》には一人の巨人がいます。飼いならされていない巨人。誰がその話を私にしてくれたのか？　誰も、そんな話をする人は一人もいません。その人は、アルファベットの大文字よりも大きいと言われていました。週が始まるたびに、二千個のココナッツ、フリュイ＝ヤ＝パンの実を荷車二十台分置かなくてはなりません。多分、あだ名はそこから来たのでしょうか。野生の巨人から。アドリーヌ夫人は礼儀に適った女性です。

毎朝、彼女は施療院の無料診断所に、信心会の修道女と一緒に通いに行きます。修道女たちは黒い頭巾をかぶり、その下では白く、ばら色の肌をしています。頭巾を洗うのは、式典のミサのためです。彼女は子どもたちの足に巻かれた包帯をとり、薬をぬります。樟脳をふくんだアルコールでふきます。本物の医者のように、ふくらんだ女たちのお腹を押します。老人のからだを手でもちあげ、ちいさな子どもを腕にかかえます。悲惨さに年齢はありません。アドリーヌ夫人はみんなのお母さんなのです。

いったい彼は壁の板に何を見ているのでしょうか。おそらく彼は起きあがり、壁に口をつけるのです。日曜日は一日中、背をお日様の光からそむけています。通りかかる人は、まるで壁のような彼の背中を目にします。いまや彼には、熱心に自分を追い求める女が二人います。一人は郵便の封筒のように壁にはられた女、もう一人は半ば芽生えた乳首をもちどんな道にも駆けだしてゆく女。三人目が下着に糊付けしている、動かない、見捨てられた女というわけ。

彼女はそこに、雄ラバがまざりあう囲いの後ろにずっといます。その身体はすっかり開かれています。両脚のあいだから流れるみだらな汗。アルテミーズ、おまえはまだ小さな花だね、と私は言います。でも彼女はしおれています。咲く前に、しおれているのです。厚板のあいだから、私は彼女の眼を見ます。マングースのように、彼女はうめきます。彼女がそこにいることさえ、彼にはわかりません。彼は、雄ラバの尻尾を見るために、振り向いたことが一度もないのです。マングースはうめいたりしないのですが。

でも、私はずっと座っています。あの人が記録簿に数字を書くのを見つめながら、座っています。彼は言葉を発する必要などありません。いつラム酒を準備すべきなのか、いつブイヨン・スープを準備すべきか、いつ煙草をわたすべきか、私は知っています。自分のシャツのカラーが小屋に並べられ、カラーのボタン、袖のボタンがかたわらにあり、ブーツがきっちり並べられ、乗馬鞭、拍車がベランダにあり、すべてが整えられているのをあの人は見るのです。

当時は、まるで天国のようでした。でも、天国は永遠ではありません。管理人に任命され、自分の拳銃をもち、自分だけの鞍をもてるようになるのを彼は待っていました。私がアイロンをかけた支度一式、青と赤のファイアンス陶器の皿、ガラスが上質なランプが揃いました。それから、私に言い渡したのです。それはまさしく私が待ち望んでいたことでした。突然、派手な家具が運び込まれました。結婚式もなく聖体の秘蹟もないというのに。アデライード、もうおまえに用はない。おまえなら別の仕事をかならず見つけられるだろう。今度は主婦がすべてを取り計らうことになる。アデライード、本当にありがとう。おまえは十分やってくれた。私は川に帰りました。

野生の巨人は、丘の高いところにいます。その下着を作るために、私は巨人に会いにいきます。巨人が自分のからだの上に葉っぱを置いているなら、その葉っぱを私はきれいにしてあげましょう。狼男のように素っ裸なら、彼の身体をさすってやりましょう。川は熱すぎるし、冷たすぎます。

家の背後の囲いから、彼女が去ったと思いますか。彼女は残り、アドリーヌ夫人が快楽の叫びをあげるかどうか、昼も夜も耳を澄ませています。アドリーヌ夫人が叫ぶことは決してありません。アルテミーズは雄ラバとともにとどまり、乳首が次第に大きくなるあいだ、目を大きく見開いていました。その身体にまとった服は小さくなって、次第に継ぎ接ぎがふえていきます。

そこで男たちが、砂糖キビを刈った跡地で彼女を乱暴に押したおしましたが、彼女はそんなことに注意をはらいませんでした。ほしい人には身体をさしだしました。名前さえ知らず、子どもができることもありませんでした。神の恩寵によって石女《うまずめ》だったのです。雄株のパパイアのように、石女《ブアラング》なのです。

ある日所帯持ちの男が、森の境で彼女にまたがっているところに、管理人が通りかかったと言います。雄ラバがタックタックと近づく音が、男には聞こえませんでした。夢中になっていたのです。彼女はそこに、この獣の下にいて、姦淫者の身体からはみだした顔は、覆われておらず、動きもしませんでした。再び、永遠がやってきました。彼女にとっては、石化した永遠。彼女の顔は、まるで機械仕掛けのように、管理人が通り過ぎるのを追っていました。彼は雄ラバに乗って通り過ぎ、姦淫者のよがる声を超えて、管理人の目とアルテミーズの目がたがいに後を追いました。管理人はひと言も言わずに消えます。すると彼女は大声で笑ったので、上にのった雄鶏はあわてました。そこで彼女もきっぱりやめました。その日以来、彼女は声を失ったと言われています。確かに本当に、彼女は森の豚のようにフインフインと鳴くばかりで、他の言葉を話さなくなりました。

誰も私を見つめないし、話しかけることも、おののくこともありません。もはや誰もアデライードの後を追わなくなりました。いまや私は施療院に行き、シスターを助けています。川には、あまりにたくさんの蚊が湧いています。アデライードや、エーテルをもってきてくれないかい。アデライードや、包帯をまいておくれ。いったい何を考えているんだい、おまえは？　どうしてアドリーヌはここを去ってしまったのかね？


あの人はデッキチェアの向きを変えて外を見ようとはしませんでした。いつも壁をじっと見つめていて、その背中はまるで要塞のようにますます大きくなっていくようでした。アドリーヌ夫人が世話の仕方を知り尽くしていたことは確かです。頭の平らな魚とケーパー入りソース、塩漬け肉と白ソース、焼いた鱈《たら》と島の玉葱。でも、私のように下着をきっちり片づけられなかったと自信をもって言えます。あの人は木の模様のなかに何かを求めていました。そして見つけたようでした。彼には自分に仕える一人の女がいて、雄ラバにまたがって外を通るとき、性交しているのを見ることができるもう一人の女がいたのです。

　自分の状態が変わると、すべてが変わってしまいます。私の身体はびっこを引き、私の声はピピリ鳥のように高くのぼっていきます。私の歌声は鋭い、針に刺された声のようです。自分の喉をひっかいて、声を見つけるのです。アデライードはまたあのピピリ鳥の声の高さにのぼったとみなは言います。私はマオさん《ムッシュー・マオ》と言おうとし、メセモと言ってしまう。私は狂ったみたいに通りを駆け抜けます。アデライード、おまえは悪魔に取り憑かれているね。いいえ、シスター、私に話しかけているのは大天使なのです。

　それもあのことが起こるまで。初めみなは事故だと思っていました。でも入植者は自分の死から立ち直り、やったのはボータンだと言い、それからもう一度倒れました。みなは管理人を探しました。管理人はいませんでした。引き金を引いたのは彼でした。ミツドリは森の中で鳴いていませんでした。この時刻、ミツドリは鳴かないのです。

　そこで人びとはアルテミーズを見ました。彼女は通りをぐるぐると、とまりもせずに走っていました。汗が背中を流れ落ち、まるで地獄の圏のようなものを描いていました。ひと言も言わず、叫びもせず。どんなふうにして、アルテミーズが通りでアデライードに置き換わり、アドライードが施療院でアドリーヌ夫人に置き換わったかをごらんなさい。アドリーヌ夫人は管理人のところでアドライードと交替したのです。人びとは彼女を止めようとしました。この回転木馬を止めることはできませんでした。十四歳になっていて、昼も夜も町を走っていました。フラップ、フラップ、フラップ、私はそんな音を永遠に、頭のなかで聞きつづけたくはありません。アルテミーズ、止まりなさい。どうしてあなたがそんなに駆けまわるのか、私は知っています。納屋の後ろにいたあなたを見たことがあるのです。あなたを満足させた姦通者は一人もいません。どうして走っているのか、知っている人は一人もいません。アルテミーズ、止まりなさい。あなたはすでに気が触れています。

アドリーヌ夫人はこの白人入植者の主人と関係があったとみな言っています。信心会の修道女たちは、かすかに微笑みます。「許さなくてはだめよ。悪魔の力は無尽蔵で、神の慈悲も無尽蔵です。この淫蕩の熱気のなかで、できることは身体をぬぐうことぐらいなのだから、仕方がないでしょう。私たちに警察のまねごとをする余裕はないし、国にしてもそう。そのためには少なくとも百年が必要よ。少なくとも、私たちは彼女の魂のために、九日間の祈りを何度もあげるでしょう。かわいそうな娘は、しっかり罰せられたのです。」でも私は知っています、本当はそうではないと。彼女は入植者を支配したのです。確かなことは、管理人が壁の上に書かれた文字を読んだということです。字が読めるなら、デッキチェアの上でじっとして、想像するしかありません。

あの人はその出来事を想像していました。木の模様のなかにそれを読んだのです。それは彼のなかに入り、彼の頭の中、腹の中で大きくなり、アデライードのことなど見ていませんでした。アルテミーズを見ていませんでした。本当に小さい頃から、アドリーヌがベランダの上で、ブーツの拍車も脱がないまますっかり赤くなっている入植者と一緒に横になっているのを見る運命だったのです。それこそずいぶん昔から彼が見つめていたことなのです。彼が頭をあげると、労働者たちはふるえました。彼を前にしてふるえているようだったけど、そうではなく、このことを前にふるえていたのです。彼は背中を鞭打たないために、砂糖キビの葉を鞭打ちました。砂糖キビの葉っぱを切り刻んでいると、砂糖キビをくくる女たちがふるえあがりました。その時あの出来事がやって来た、それは彼が書き方を学んだ時から彼が見て、期待していたものではありませんでした。それが確かに起こったと、彼が考えたからこそ、自分で手を下したのです。現実的なものというのは、結局、想像されたものとおなじことなのです。

彼はアドリーヌ夫人をつかまえ、彼女のほうはひと言も言わず、彼はベランダのあらゆる場所で彼女を揺すぶりました。彼はひと言も話さなかった。板が割れ、デッキチェアが壊れて破片になり、花瓶が落ちました。


体中血だらけになり、アドリーヌ夫人は礼拝堂の大祈願の聖母像のように目を大きく見開き、両腕を伸ばしていました。アルテミーズのほうは納屋のなかでしきりに身体を動かしていました。両腿をもちながら、アーアー呻いていました。カーニバルの大太鼓の伴奏のように。アルテミーズはおそらく、何日も何カ月も納屋から出ていなかったのでしょう。でも一人ではなく、この時は私が後ろにいました。止めて止めてと私は叫びました。でも私の口は、埃でいっぱいになっていました。

彼は彼女を手ぬぐいのように捨てました。彼は行ってしまった。雄ラバも彼と同じほど気が狂っているようでした。アルテミーズはその後を追いかけましたが、管理人は彼女のほうを見ませんでした。ぼう然としながら、彼女は雄ラバと同じほど早く走りました。道をバタバタと走り、イラクサ、砂糖キビ、ウサギの餌のなかをパチパチはぜながら走りました。経理部にある、入植者の家まで。私はアドリーヌ夫人の手当をしにいきました。私の声はピピリ鳥となって上りました。マドリーヌ、マドリーヌ〔アドリーヌの前にマダムのmを付けた呼び名〕と私は言いました。他にどう言えばいいのかわかりませんでした。彼女の目は私の身体を素通りしました。私の身体のどこにも彼女の視線をとめるものはありませんでした。あの人がかわいそう、あの人がかわいそうだと彼女は言いました。私は地べたに座って、身体を揺すりました。彼女は横になったまま、意識を失いました。

時が過ぎ、涙の時間もありました。人びとは尋ねました、アデライード、お前はここにいた、いったいこの悲劇のすべてはどのようにして起こったのか。私の身体は確かにここにありましたが、答えることはできません。私は寡黙な女だし、よく忘れることがあるのです。覚えているのは、ベランダのない私の小屋に立てかけられた、デッキチェアの破片です。私が入ってから出てゆくと、すぐに彼らがみなそこにいました。私の住まいを見張るためです。私は強硬症におちいって、食事を初めて森に運んだ夜までそうしていました。目の前で、私はいったい何を見たのか？　それはアルテミーズ、二個のヒョウタンと、食べ物がいっぱい入ったシーツ、夜のなかでとても白いシーツをもったアルテミーズでした。彼女はいつでも私の前にいるように思えます。私はアルテミーズに言いました、森の中のどこに行くの、あなたはオオカミ人間のようよ。彼女は何も言わずに私を見ました。彼女は葉のなかを枝のなかを進んでゆく。私はまるで行列を守るように、その後をついてゆく。アルテミーズは大きなマホガニーの木の根元に着く。彼女はヒョウタンと、畳《たた》んだシーツの上にカサブを二個置きます。私は自分の食べ物を、何も見ないままそのかたわらに置きます。

私たちは食べ物を置きました。彼が取りに来ることを私たちは確信していました。夜のあいだ、ここまで馬で上ってくる憲兵は一人もいません。ここは〈池の小屋《カーズ・レタン》〉に近すぎます。私は強硬症で身体を硬くしながら眼を覚まします。あたりを見渡します。アルテミーズはいませんでした。あの女はどんな場所であれ、留まっていることができないのです。私はマホガニーを見つめます。マホガニーが百何歳かの眼で自分を見ているのがわかります。それは永遠に光が差さない聖なる場所で、その聖なるテーブルには食べ物が置かれています。自分が川に戻ることを、私は知っています。生きる糧を得たければ、お金を稼がなくてはなりません。アルテミーズがどうするのか、私は知っています。アドリーヌ夫人がどうするのかも知っています。周辺のあらゆる女たちが、きっと彼女にほしいだけのものをあたえ、それで彼女は森の中に食べ物を置きにいくことができるでしょう。私は自分の身体に尋ねてみます。あの灰色の雄ラバはどこに行ったのか。おそらく、野生の巨人の身体のなかでしょう。

　思った通りのことを、彼女はしました。他に手段がなかったのです。男たちは口先だけだし、私は昼のあいだ、遠くまで行けません、家事をしているか、樽工場で働いているかで、私の雇い主は私に自由に外出させてくれません。彼女はやり方を全く変えません。あの女は話す必要などなく、水平に二本の指を伸ばして、あらかじめ二スーを求めるのです。日中は、森のはずれでした。夜になると、彼女は森のなかで忙しくしています。ただでやりたい若者たちに、彼女は後を追わせるのです。ある日、彼女はそのうちの一人の若者の玉にかじりつきました。彼は一週間入院しました。シスターたちは彼に包帯をまきながらぺちゃくちゃおしゃべりしていました。彼女は日に三フラン、時には五フラン稼ぎます。つまり私が川で稼ぐのとおなじほど、彼女も稼いでいるのです。一カ月百二十フラン、だって日曜日は働いていない、そう期待しましょう。

　ズボンを裏返しにしてアイロンをかけるたびに、私はアルテミーズのことを考えます。私にとっては下着の一枚が、彼女にとっては一人のニグロにあたるのです。彼女の身体は、きっと錬鉄のようなのでしょう。「昼だけだよ、愛しい娘さん」という歌が作られました。彼女の家族は、彼女の稼ぐ祝福を少しばかり分けてくれと望みました。アルテミーズは、シリアの密売人よりも貪欲です。彼女は食べ物を、違った町から買っていました。まるでヤマノイモの穴の奥にまく、収穫のための塩のようです〔隣人たちの攻撃からヤマノイモを守るため、三つの違った場所で買い求めた塩粒を土の奥にまく習慣がマルティニックにはある〕。彼女は自分の商売を守っていて、私は彼女を尊敬しています、そうする以外どうにもならないのですから。夕方彼女は食べ物を置きにいきます、上るために一時間、下るために一時間かけて。

誰が私を見ているのかなど、私にはどうでもいいことです。アデライードにも自分の聖なる仕事があるのです。私はフォワイヤルに降りていって、食糧を探しに行きます。私がアルテミーズやアドリーヌ夫人と同時に、管理人にその食糧をあげているのかどうかなど、誰も知りません。フォワイヤルの日には、川に行くことができず、午前中ずっと渡し船に乗っています。トラック一台通りかかりません。午後もずっと船に乗っていて、川を上っていき、サン＝ルイ通りやどこか知らない通りで開かれる大きな市場でわずかなあいだに買い物をします。森に上るために一時間、下りるために一時間。森の中をアルテミーズ、アドリーヌ夫人と一緒に、大いに歩きまわるのです。私たちの保管所は、根のところで重なりあうのです。管理人はいまや誰がもってきたのか、見分ける術をまなんだと思います。おそらくアドリーヌ夫人の食べ物はより洗練されていて、管理人が私の煮込みを味わうときは、おそらく唾を吐くでしょう。アルテミーズのヒョウタンには、おそらく見向きもしないでしょう。ちゃんと食べたふりをするために、茂みのなかにヒョウタンをひっくりかえして捨てるのです。

考えてみてください、管理人が私やアルテミーズに会ったとしても、あの人は私たちを見ることさえないでしょう。この闇の中では、アドリーヌ夫人を注意深く見ようとしても、彼は顔をあげることさえできないのです。文字の中に見たものが、彼の頭から離れません。実際に起こった出来事が、彼が想像したことを破壊することはなかったのです。壁の上に読んでいたのと同じことを、彼は森の闇の中に読みとっていました。アドリーヌ夫人だけが、理解していました。私とともに、夫人だけが。自分の考えに集中したり、同棲相手になぐりかかったりするためのデッキチェアを彼は持っていないし、恐怖に陥れるためのロープももっていません。世界大戦が宣言されても、タラ、塩漬け肉、白い塩、赤バター、ラードが消えても、そんなことは知りもせず、ただ七年のあいだ、ひたすら肥えていくだけだったのです。おそらく彼は、一、二匹の野生豚、自由なインドカナヘビ三匹を知っていて、自分の蓄えとしていました。しかしアドリーヌ夫人はついに亡くなり、彼女の生命は種子でしかなくなりました。

いまや私もアルテミーズも、彼に会おうとはしませんでした。会う必要などありません、まるで彼の身体を、森の中に感じているようでした。葉っぱの下であまりにみじめな仕事をしすぎたせいで、アルテミーズは骨と皮ばかりになりました。まるで太った管理人と釣り合いを取っているかのようでした。しかし彼女は信仰心を失いませんでした、あらかじめ救霊を予定されているのです。何年も前から残念に思ってきたことは、彼の着物に糊付けする機会がなかったことです。アルテミーズ同様、シャツを一着持っているだけなので、もしそれができたら、いたる所にパッチワークをしてあげたのに。私なら彼の服を脱がせ、川で綺麗にしてやり、ジャケットと一緒に白い三つ揃いにアイロンをかけてやったでしょう。マホガニーのかたわらにそのすべてを置いて、彼が自分の身体を作りだすことができるようにするのです。雄ラバと、ブーツと、鞭、拍車も探していたでしょう。あの狂った雄ラバはどこに行ったのでしょうか、私にはわかりません。

それからある日、私は野生の巨人の姿を認めました。市役所広場の敷石の上に横たわっていました。死の時間、復活の時間。誰もがおめかしをして、その亡骸に敬意を表しにやってきました。管理人。銃を顎に押しつけていたので、下顎が吹き飛んでいましたが、その他は無傷でした。彼はピストルだけでなく、ライフルを持っていました。〈ペルーのピラミッド〉の下のほうで負傷しました。腕をあげて降参しようとしなかったのです。憲兵たちは、眼に涙を浮かべながら、まだ震えていました。彼らには信じられなかったのです。彼らは言ってみれば反射的に、確信をもてないまま撃ちました。鳥たち、花たちを引き裂いてから七年後。世界での戦争の稽古のように、彼らはここで戦ったのです。三本のアカジュの木の下で待ち伏せして、彼らは撃ちました。いま彼はそこに飼いならされなかった巨人として横たわっていました。爆発直前のプレ火山よりもっとまるまるとしていました。まるで七年間、煙を貯めこんでいたみたいでした。身につけていたのは、土だけ。顔のなかの残された部分、ふくらんだ腹、そっくり返った足指のうえは、黄色く赤く黒くなっていました。みな黙ったまま通り過ぎていきました。私とアルテミーズは離れていました。神父さんは何もしてくれず、墓場の入口で祝福さえしませんでした。検死の後、穴の奥底に、木箱が投げ捨てられました。アルテミーズは叫びました。彼女は管理人に話しかけ、それを止めることができませんでした。彼女の叫び声で、大地がひっくり返るようでした。

私は川を去ります。もう必要ないのです。私は施療院に戻ります。シスターたちは私に言います。アデライード、あなたは本当に声が良い、日曜日、合唱団に加わって、神を称える歌を歌いなさい。私が歌うと、私の身体は上っていって、侍者たち、助祭たち、参事会員が下に見え、彼らは蟻のように動いています。私の声は風のように彼らを動かすのです。

私はアルテミーズのために歌います。あの日の翌日、彼女は姿を消しました。あたりの女たちがどれほどほっとしたことか。合唱の高みから、彼女がラテン語の祈りのなかを、お香の煙のなかを走りぬけてゆくのが見えます。彼女は〈港〉に降りていき、自分の料金を上げることさえしなかった、とみなは言います。世界中の水夫たちが、彼女の居場所を知っていました。彼女は錨泊地の入口で溺れたと言われていますが、私は信じません。あのような身体は、永遠に漂っています。海がその骸骨を浮かびあがらせることでしょう。

彼らは映画館を開き、水曜日は三時と六時、土曜日は六時と九時、日曜日は十一時、六時、九時に上映します。見たい映画があると、私は九時の会にでかけます、二フラン五十サンチームです。円錐形の容器に入ったピスタチオを二スーで買います。『吸血鬼』を見たときには、ひどく笑いました。子どもたちは震えていました、森の中で管理人を探したのと同じ子どもたちです。子どもたちは私に言います、アデライード、あなたのことを見ました、あなたはいつも最後まで、食べ物の三位一体のところにいましたね。私は答えます、早く大きくなるという、自分の仕事に集中なさい。あなたがたは、アデライードに十分なほど背が高くありません。

　ある日、渡し船に腰かけ、〈港〉に行って、アルテミーズを探してみるつもりです。彼女を見つけられなかったら、おそらく私が彼女の地位を奪ってしまうかもしれません。この商売をするために、絶世の美女である必要はありません。昨日、私は砂糖キビの輸送団の背後で、灰色の雄ラバと出会いました。入植者の主人がその上に乗っていました。結局、彼は単なる一人の雇われ管理人にすぎません。彼は死んでいませんでした。彼が雄ラバに鞭を当てても、もっと早く進むわけではありません。彼らはサン＝ロラン通りに沿って進み、カルバシエ広場で降りて、プチ・プレに入っていきました。私は考えます、アデライードよ、普通、主人であろうが、管理人であろうが、入植者は馬にまたがっているものでしょう。あの男は、自分でよく知りもしない、体のゆがんだ雄ラバについて、いったい何を考えているのでしょうか。

エスキュラップの雄鶏

動物がウサギ小屋の金網に飛びかかり、羽をばたつかせて凱歌を上げる。

「オディベールの奴め」とロングエは言った。「あの雄鶏は学校に通い、人間のような笑い方を学びやがった。」

雄鶏は草の背後に忍びこみ、足場の上に跳び上がった。そのすべてが半ば腐った板の割れる音とともに崩れ落ち、二匹のウサギがカカオの木に跳びこんだ。ロングエは、地面の上で、足場を壊すまいとするかのように、頭で支えた。雄鶏はすでに緑色のマンゴーの木の一番低い枝の上にいた。

「パパ・ロングエ」とラファエルが言った。「雄鶏一匹掴まえられないようじゃ、呪術師の名に値しませんね。謎をでっちあげ、この変わり者に催眠術でもかけてみたらどうですか。」

「わしがそのやり方で仕留めても、結局おまえたちは食べちまうのだろう」、とロングエは言った。「その後はいったいどうなるのだ。ホワイトソースで煮込んだあとで、謎を消化できるとでも言うのか。おまえたちは王様のようにぎこちなく歩くことになろうが、それは腸の内側から催眠術にかけられてしまうからさ。」

すでに午後のさなかだった。ぼくたちの混乱のお供をする送風機の騒音とともに、突風がカカオの木に吹きこんだ。ぼくたち三人は、ロングエ宅に一日招待されたのだ。ロングエの名前も愛称も、ぼくたちは知らなかったように思う。ぼくたちのうちの誰も、闘鶏を食べようという考えに驚かなかった。確かにこの雄鶏は闘鶏場に入ったことが一度もなく、ぼくたちを相手に生涯ただ一度の戦いを挑んでいたのだ。

呪術師は万能の葉っぱを無関心に摘みながら、ののしり言葉をつぶやいたが、それは決然と戦おうとする者の言葉というより、むしろ共犯者の言葉に似ていた。

「もっと続けてみろ！」と彼は叫んだ。――希望のない追跡がいま一度燃えあがった。

「なぜあいつが小屋の近くにとどまっているのかがわからない」とぼくは狂ったように叫んだ。

「ここが雄鶏の家なのさ」とラファエルは言った。「見捨てる理由はないだろう。」

「あれはわしらを馬鹿にするためなのさ」とロングエは繰り返した。

こうして緑のマンゴーの木をまわりで――まわりだけでなく、そのなかでも――何度もカーニヴァルの踊りを踊り、ロングエが食べ物をしつらえた四角形の草むら、硫黄の塊が輝いている、水の入った細首大瓶の背後の土手、このカカオの木の入口にある砂糖キビの茂みを駆けまわり――もう三時か四時になっていて、ぼくたちはあたりの知っている場所も知らない場所もすっかり荒らしてしまっていた――、ラファエルが雄鶏をつかまえて小屋の扉にたたきつけ、けづめをもって叫んだ。「おまえは罪を犯したところから死んでゆくのだ！」

しかし、ぼくたちは疲れ果てていて、昼食の時間はもうぼくたちからずいぶん遠いところをさまよっていた。風が小屋の前の庭のうえに渦巻いていた。朝からロングエに挑戦していたあらゆるものの痕跡――カミソリ、パイプ、ヒョウタン――を彼は数えあげ、ぼくたちの大騒ぎの周辺にそれらのものを置いた。

「さあ、若者たちよ」とロングエは言った。「大鍋の下に火を点けてくれ、わしは雄鶏をさばくことにしよう。」

羽をむしられ、まるまるとした赤い太もも、白いトウモロコシの粒をまいたような足、敏捷で、とさかのない頭、黒と青の羽根のついた付け根を彼はじっと見つめた。

「とさかのない雄鶏をみたことはあるか」彼はあたりに、答えを期待せずに叫んだ。「おまえたちは多分こう考えているだろう、自分たちはこの肉を食べるのだ、そのために招待されたのだ、と。肉のみばえをやわらかくするためだけに、石炭をバケツ何杯分、燃やさなくちゃならないのかとわしは考えているのだ。」

「大したことではありません」とぼくたちの一人が言った。「ぼくたち人民は何を求めているでしょうか。」

「鳥と米《プール・エピ・デイリ》」と自分で節回しをつけながらラファエルが歌った。

「米《デイリ》、米《デイリ》さ。おまえたちは立派なパンの実で満腹したかもしれないが、わしはおまえたちを勇敢な戦士の食事に招待したのだ、ふわふわしたスカートをはいた食事ではなくね。」

それでも、雄鶏を調理する時間を彼が遅らせようとしていることを、ぼくたちは理解した。彼の動きを、ぼくたちは注意深く見守った。

初めに彼は、しっかり紐でくくりつけた雄鶏を左腕の下に置きながら、扉の近くに座り、それから包丁をふりあげた。それから、いつもは闘鶏用の囲い地に使っている小さな地面の入口にしゃがんだ。最後にマンゴーの木にもたれかかり、痩せた首を親指で探りながら、天に問いかけていた。

ぼくたちはゴムの木と石炭を暖炉の石の間にうまく按配するふりをし、瓶に入った石油をランプにつめながら、自分たちのいるところから、雄鶏が彼を警戒しているさまを見ていた。雄鶏の眼は、包丁とロングエの集中した顔のあいだで、まるで斜めに引き伸ばされているかのようだった。

ロングエは決心をつけ、逃げようとするやせ細った皮膚の下にナイフを差しこもうとした。何も起きないまま刺しつづけることに疲れ、まるで包丁が上等の手挽きのこぎりで、彼の左手が仕事台であるかのようにして、首を挽き落とそうとした。首全体が前に後ろに、まるでたっぷり脂をぬったビー玉のように動いた。そこでロングエは叫びながら、マンゴーの木にむかって雄鶏を揺り動かした。羽はふるえ、頭は首のなかに入り、脚は彼の手の中でやわらかくなり、それから再び固くなった。雄鶏は彼を見つめていた。

「さあ」と彼は冷静に言った。「鉈《なた》さんを呼ばなくては。」

ぼくたちは熱心な助手として、ただちに彼を取り囲んだ。

「ほら、ほら」とぼくは言った。「右手に取って、ぼくたちの食事を手放さないでください。犠牲のための道具を持ってきました。」

まるで頑固な動物に挨拶を送ろうとするかのように、芝居がかったざっくばらんな身振りで、彼は鉈《なた》を空中でつかんだ。

「注意するがいい」と彼は言った。頭が空中に跳びあがっても、身体はいたる所を探しまわり、そいつをもう一度自分につけようとするから。」

しかし、雄鶏はびくっとして身を振りほどき、ぼくたちが作っていた円のなかに飛びこんできて、カカオの木の境界まで羽がないまま飛んでいき、そこからこちらを向いて、ぼくたちを見つめた。

「母さんはいったいどうやって雄鶏を焼いて、味付けしていたのだろう」と誰かがつぶやいた。

「良き呪術師は死んでしまった、これはもう確かなことさ」とラファエルが喪の歌のようにして言った。

風がロングエのシャツに吹きつけていた。腕と肩の筋肉は、拍子をつけてふるえていた。自分たちの息の音が聞こえてきて、それがいまや怠惰になった葉ずれの音の伴奏をしていた。突然、一本の枝の影がぼくたちの上に広がった。太陽が、山《モルヌ》の上で揺れうごいていた。

「がつがつ食べる人のようにふるまってはならない」とロングエは言った。「しっかり乾燥させたタラがあるはずだ。タラは貧しい者たちの救いの神だ。それにウサギが二匹いる。繁殖のためではあるけど……　ウサギたち、どこにいるのだ。ウサギたちは森に行ってしまった！　わしはいま栗色のウサギを二匹もっている！……さあ、お願いだから、諸君、つづけることにしよう！」……

ぼくたちの心のなかで、冗談だろうという叫びが大きくなってゆくのを感じて、彼はこう言った。

「ごらん、指示に従わず、遠慮もないあの雄鶏は確かに正しかった。命を絶対に奪われたくなかったのだ。ここにいるわしら全員もやがて死んでしまうだろう。」

「たしかにどんなリスクを取っても、逃げだすべきだね」と、ぼくたちのうちの三人目が言った。それはもっとも賢い奴だった。

マチウ

すべてが終わったとき――ガニ、タニ、マオ、マニ――、ロングエの言葉が、一挙に私の記憶によみがえってきた。ずいぶん昔から、新しいまま打ち捨てられた工場の残骸の前を、ホテルのような特等車が通り過ぎていて、スーパー〈モノプリ〉があふれかえっていた。この記憶は、裂け目のようにやって来た。ゆったりとした言葉の時代は終わり、荘厳な寓話、厳粛な忠告の時代も終わった。ユードクシー、アデライード、呪術師。彼らは私の声をたたき壊した。綺麗な外観のもとで、いったい何がうごめいているのか、私は見抜きたいといつも願っていたが、適切な文体とよばれていたものをそこに当てはめることはもはや私にはできなかった。言葉は無愛想な鍬《くわ》のように土のうえに落ちかかるだけだ。大いなる活力の見せびらかしは、無情な確認の言葉にとって代わられた。森の境、小屋、川は閉ざされ、その耐えがたい表面をかいま見せるだけだった。

経理部の正面に設置された外側階段を駆けおりたその時から、管理人は周囲の土地がどれほど変わったのかを見て頭がおかしくなった。初めてこの土地を見るかのようだった。一瞬のうちに、雄ラバから鞍をはずし、大きく叩いて納屋に追いやるあいだ、彼は言葉が自分のなかで変わりつつあることを理解した。家を言いあらわすための言葉など、一度も存在したことがなかった。収穫を言うための言葉は燃えあがりつつあった。ラ・パランはもはや、橋のまわりに配置された、驚歎すべき仕事場ではなくなった。土の道は輝いておらず、マンゴーの木は涼しい木陰をつくり、動物たちを呼ぶ声は、鉄のように悲しい響きを立てていた。

それは豹変の始まりであり、七年にわたって、彼はあたり一帯でその豹変が平べったくひろがってゆくさまを見ていた。次第に、大きくなってゆく放棄の念に彼はいらだつようになった。「彼らは時期を選ぶ術さえ知らない。サイクロンがやって来ることが彼らには分からない。彼らは動物たちの手当てをしない。牡牛たちはヒルとマダニに覆われている。おれにこんな土塊を投げつけたのはいったい誰だ。」彼は〈工場〉のまわりをぶらつき、岩の上、電柱の足元のはっきり目に付く場所に、燃えあがるような短信を置きにいくようになる。「ラ・ロゼットの雑草を取りのぞくために、おまえたちはいったい何をぐずぐずしているのだ?」人びとはこのメッセージを、夜の間ずっと客車のまわりや線路の入口を見張っている憲兵たちに見せに行くだろう。

さしあたって、あたりの泥は壁のように平らに見えた。アカシアの根元にしがみつくどんな小さな牧草にも、彼は運命を読みとった。堕落の耐えがたい苦しみは、このベランダの空間に侵入し、彼を渦巻きのなかに投げ入れた。彼はずいぶんながい間こう考えていた。遠くの国々が、その熱、悲惨さ、穏やかに隠された痛みを、この地に凝縮しているのだ。中国、ペルー、デカンはいったいどこにあるのだ?大地の端っこは縮まってしまい、大地の文字は、馬鹿げた、弱々しい塊となって身をよじり、もはや花を咲かせることもない。幸いにも、愚かさが果実を実らせることはない。

ずいぶん長いあいだ、彼は自分が何をしているのかまったくわからないままだった。赤土、黄土で身体をつつみ、あらゆる種類の棘《とげ》で自分の服を切り裂き、彼が近づくと遠ざかってゆく人びとと、見もしないますれ違った。自分の身の安全をまったく考えず、見捨てられた動物のようにさまよった。拍車に服をひっかけたまま、めまいのなかで完全に我を失っていた。ある日、彼ははっと目覚め、もはや危険を冒すべきではないとはっきり意識したが、自分をぼうっとさせた疲労の心を癒す重さも感じていた。「おれは疲れを感じている、おれは駄目になっていない。」

しかし、一週間後、彼はいま一度、どうしてそうなるのかわからないまま、右へ左へよろめいていた。赤い汗がにじみ出て、両脇に沿ってなめらかな幕のように流れ落ち、皮膚の上に泥の浮き島を描いた。時折、彼は何も考えずにその島を引っ掻いた。問題は追っ手から逃れることではなかった。彼の頭のなかでカーニバルのように大きくなり、彼の身体を青い山より巨大な混乱でみたしたもの、それはキャッサバと塩漬け肉のかけらだったが、それらは実際には彼が確実に隠し場所で見つけられるものだった。「おれは何ひとつ食べないだろう」と彼は考えた。「世界全体がおれの喉からあふれだし、おいしいもの、魔法のブイヨンでおれを満たすからだ。」そこで彼はまるでゾンビのように、白目をむいて月を見たが、それは汗と雨と死にたい気持ちを、目から拭い去るためだった。

シャトー＝デュビュックからポワント・デ・ネーグルへ行くまでに、太陽が移動した時間、自分が踏破した道筋を彼は思い出していた。「太陽は自分の庭をまっすぐ動いてゆく」と彼は考えた。「それなのにおれは、灰色の犬のように成り行きまかせに走っているだけだ。」止まろうという希望をもてないまま、東方の大地から日の沈む方向へ駆けめぐった。「それは誰の大地だというのか？」と彼は問うていた。

ロメの雌牛を見つけたのはこの時だった。どんな偶然によってなのか、誰も知らなかった。ロメは誰一人行こうと思わないような奥地に牛を隠していた。道はなく、イラクサが繁茂し、まるで見限られた穴のように、ロメはすばやく残飯をまき散らすふりをした。まるで戦争が他処からやって来ること、蓄えをしなくてはならないことを、彼はすでに知っているかのようだった。あるいは、ロメはこの牛を崇拝していたのかもしれない。フリュイ＝ヤ＝パンの実をあたえ、あらゆる種類の野菜を自由に食べさせ、塩漬け肉を雌牛と分かちあったが、この牛の乳を売ろうとはしなかった。「あなたは牛をあがめるクーリーたちがこわいのでしょう」と、彼の妻は言ったものだった。

管理人は、その時いつもの土地から遠く離れた北部にいたため、この奥地と他の場所の見分けがつかなかったが、このような所にこの雌牛がいることは信じがたいことだとただちに理解した。ただちにというのは、家畜の腹を手探りし、乳房を鑑定した後で、という意味である。彼は我慢強く周囲に亜鉛のバケツを探しにいき、どこかの物置からそれを盗み（ずいぶん前から、犬でさえ彼から逃げるようになっていた）、そして少なくとも五リットルの乳を搾った。そこで彼は夢見る雌牛の前に座り、一滴もこぼさずに全部を飲みほした。それから彼は雌牛とともに笑い、大地をころげまわる野生の豚のようにその周囲で鳴いた。夜は彼の笑いを運びさり、森のぱちぱち言う音に混ぜ込んだ。

初めはじっとしていたが、その後彼は機転を利かせた。谷間の渓流にバケツを洗いに行き、所有者に礼儀正しく返しにいったのだ。それから北へ歩きつづけ、巨大な腹をいっぱいにふくらませながら眠った。次の日の夜、戻るつもりだった。彼は乳の味を発見していた、それはアドリーヌが彼のために作った熱いポンチの味よりはるかにあまかった。泡は同じだが、ラム酒もバニラもシナモンも青いレモンもはいってはおらず、それでいて同じようにすっと入ってきた。

ロメはただちに、雌牛がすっかり乳を出していることを見てとった。彼はじっくり雌牛を診察し、脇腹、乳房、眼、顎を詳細に調べた。「これは蛇のせいだ」と彼は結論づけた。坂を上りながら、薬草を探して、静かにかきまぜ、ほとんどだらりと垂れている乳首をさすった。

「今日は牛乳を飲まないのですか」と妻が言った。

「いいや、明日の朝にする」と彼は言った。「敵《ヘビ》が、自分の体を贈り物として私にくれるだろう。」

「もし敵《ヘビ》が乳を吸ったのなら、その乳を少なくとも三日間、捨てなくてはなりません。」

「薬草なら知っている」と彼は言った。「この乳は腐らないだろう。」

しかし管理人もまた薬草を知っていた。自分の手で、その場所がきれいであると彼に確信させるまで、彼は動物を洗った。そのためにたくさんの時間を使ったので――谷の渓流まで上って降りて、自分の指と、彼の使った薬草の茂みをしっかり洗った――、彼はバケツを取りにいかなかった。牛の下で眠り、噴きだす乳をうまくとらえるために頭を横にしながら、直接飲みほした。容易ではなかったが、もっと楽しかった。

朝、ロメはどういう状況なのかを発見した。

「あきれたピスタチオだ」と彼は言った。「敵《ヘビ》はこんなにきれいに罠を逃れる術を知らないものだ。奴はするする滑ることはできても、こすることはできない。これは仲間意識をもたない仲間の仕業だ。」

「じゃあ、この牛乳は腐ったのね」彼があがってゆくと、妻がそう言った。

「手を出すより、我慢したほうが得策さ」と彼は率直に述べた。

そのため、次の日の夜、彼は雌牛から遠くないところに、見えないように横になり、大きなアプリコットの木の枝を通して、星々と話を交わした。

管理人はおそらく彼がいることを見抜いていたが、牛の乳首の下に、静かに身を落ちつけた。闇の中で、ロメは輝く乳の噴水の数を数えているように見えたが、あるいは盗人の口元を見ていたのかもしれない。

「良い牧草のおいしい味がするでしょう」と彼は言った。――その穏やかな声は、ほとんど乳を飲みつづけなさいと誘っているようだった。夜を掻き乱そうという気持ちは、確かに彼にはなかったし、これほど真剣な作業に割り込もうという気持ちもなかった。

「乾杯」、と管理人が顔の向きを変えずに言った。

「まったく、たった今どれだけ手で絞りとったかを見ると、あなたは大きな樽にちがいない。」

「私を雷だと言う人もいます、それは本当のことです。」

「この雌牛は私の財産だということを、ご存じか」とロメはつづけて言った。

「他人の財産に手を触れようと気持ちはありませんでした、保証します。」

「この雌牛の下に流れだす乳も、同じように私の財産だということをご存じか。」

「お許しいただければ、自分が飲んだ分はお支払いします。」

ロメは頭を振ったが、あたりの闇のせいで見えなかった。

「この牛乳は家族のためのものだ。言ってみれば、私の心づもりでは、聖なる乳なのだ。」

「おじゃまして、本当に申し訳ありません。」

「察するに、あなたは子ども時代に戻ったようだね。」

「実際には、私は運命のいたずらで、逃亡奴隷《ネーグル・マロン》となったのです。」

「ニグロはすべて栗色《マロン》さ。それは色合いの問題だ。」

「管理人ボータンのうわさを聞いたことはありますか？」

「ああ、あなたがそうか」とロメは言った——その瞬間から、すべてが決まったようだった。

管理人はピストンのように手を動かすのを止めたが、それでも雌牛の下に横になったままだった。ロメと管理人は、昆虫たちが地面に繰りひろげるざわめきの広がりを、聞くともなしに聞いていた。

「思うに」とロメが言った。「この牛の下を、雨風をしのぐ寝床にするつもりはないだろう？」

「ありません」と管理人は言った。「牛乳の味がやって来て、去ってゆく。もう一度、サン＝テスプリのほうに降りていくつもりです。」

「私たちはそのように運命づけられている」、しばらく黙った考えた後、ロメは言った。「みんなが何というか、ごらんなさい。アジュパに上り、ル・ディアマンに降りる。あなたは北へ上り、南へ降りる。北と南、これが何を表しているのか、ご存じか。とにかくあなたの向かう方角は決まっている。」

「私のことが恐くないようですね」と管理人は言った。「あなたはずいぶん達観した人です。」

「悪魔も黙示録も怖くない。敵《へび》でさえ、怖くない。」

「敵《へび》を欺く薬草を、ご存じのようですね。」

「少なくとも、あなたが来るべき日のしるしを負っていることを、私は知っている。このくるくる旋回する風に、あなたが疲れ果ててしまう日のしるしを。」

「あなたは薬草を知っているだけではありませんね。通りがかりの人に、その人がずっと以前から知っていたことを伝える才能もおもちだと、はっきり申し上げましょう。どうしてこの聖別された雌牛を杭につないでいたのか、私に教えてください。雌牛に叫ばないように、動かないようにと、あなたは命令なさったでしょう――雌牛もまた、あなたと同じように哲学者です。」

「あきれたピスタチオだ」とロメは言った。「もうゆっくりおやすみなさい。」

彼は、作業監督用の乗馬鞭と、鉈《なた》を脇の下にかかえながら、しなやかに立ち上がった。小屋に着くと、妻が相手は敵《へび》だったのか、そうではなかったのかと尋ねた。

「敵《へび》じゃなかった」と彼は言った。「あれは運命だった。」

雌牛になだめられたかのように、管理人は自分の時間を立て直し、自分の縄張りに目印をつけ、隠れ家を整備した。彼がそれまで味わっていた幸運に、ついに値する人間となったのだ。マホガニー周辺を核として、北であれ東であれ、緑の海であれ、青い海であれ、そこからあらゆる方向に、星を散りばめながら、放射状に広がるようにした。それらの隠れ家が自分の期待通りに準備されているかどうかを彼は確かめた。彼は居場所を進んで規則的に変えたが、それは用心からというよりは、発見の喜びのためだった。彼は自分の境遇を忘れ、山《モルヌ》とこの土地の無限の資源に驚き、もはや成り行き任せにするのは止めた。ロッグウッド〔マメ科の低木。心材の色素を染料として利用する〕の畑への曲がり角に、洞窟のある岩があり、草が生えているので寝床に最適だった。放棄されたサヴァンナのただなかに、炸裂する場の光のなか、ひんやりとした泉があった。踏み荒らされていない苔のはえた池の縁に、三角形をなす三本のアカジュの木があった。彼はこうして砂糖キビ畑を忘れながら、何日も生きのびることができた。おそらくこの好奇心のおかげで、彼は憲兵、狩人、裏切りもの、密告者から遠いところに行ったのだ。その好奇心のおかげで、感知できない、つねに変化する迂回路によって、彼は守られた。まるで、銀の玉を銃に込めたオディベール一家や、ある日警察副署長になれるだろうかと案じているティガンバ一家には見抜くことのできない法則にしたがって、周囲の土地が変化しているかのようだった。人びとが彼を守っていないと証明するためだけに、彼を殺そうとしていたすべての人びとには、見抜くことなどできなかったのだ。

　マホガニーから遠くまで、彼がさまよってゆくことは決してなかった。追跡者にぎりぎりまで追いつめられ、包囲網がついに差し迫ったと思えるときでも、彼は予防策にあまり気を遣わないまま、それまで知っていた大部分のマホガニーよりもっと密生した、この並はずれた塊のもとに戻ってきた。「これはひとつの町だ」と彼は考えた。「大通りがここにある、わき道、キリスト磔刑像、告解所、すっかり黄色くなった市役所、まったく灰色の教会、噴水のある公園がここにはある。」夜、大きな根に守られた、女たちのもってきた食べ物を見出し、彼はそれが何であるかを見もせずにむさぼり食った。

アドリーヌ夫人と会っているあいだ、彼は毎回違う場所に来るように、彼女に命じた。「これらの場所は、私の本当の隠れ家なのだ」と彼は言った。「誰も私たちに襲いかかることはできないだろう。それにこうしていれば、あなたはこの島を知ることになる。」彼女が直接食べ物を自分に手渡すことを、彼は受け容れなかった。「マホガニーの木の根元においてほしい。マホガニーは、私が食事をしているのを見て楽しんでいるのだ。」気の向くままに、あるいは本能にしたがって指図した、彼の移動する隠れ家は、星の枝状にますます広がっていった。大地とは一個の星であり、放棄、自由放任、無能力からの救済をそこに見出すことができる。ゆったり管理できるのだ。そのとき人は、終わりのない〈時間という仕事場〉とプランテーションの主人となる。

アドリーヌ夫人を迎えるとき、彼がつづけて二度、同じ気分でいることは決してなかった。こうして隠れ家から飛びだしてくるとき、彼は悲嘆から意地悪さへ、友情から放蕩へと移りゆき（とはいえ夫人と付き合うことは受け容れなかった——「白人経営者の後を通るわけにはいかないから」）、非難だらけの隠れ家から度を過ごした信頼の隠れ家へと移行した。むきだしの大地に、自分のさまざまな気分を書いていたのだ。

アドリーヌは、とても控え目で奥ゆかしく、彼の恨みをなだめるには十分でなかった。すりへらない憎悪の輪舞のうちに、自分に敢然と挑んでくるような誰かを彼は探していた。オディベールではあまりに蒼白いし、ティガンバはあまりに怖がり屋だった。勇気ある男たちは、彼と戦う、まずまずの理由を見つけることができなかった。ロングエを考えることもあったが、この老人に対して、彼は敬意のこった侮蔑の感情をあらわにしていた。こうした人びとのことはよく分からなかった。彼が、呪術師と出会うことはなかったが、アドリーヌと会っていた星状の模様をえがくこの隠れ家で、自分がどれほど呪術師と間近にすれ違っていたのかを彼は知らなかった。

憎み、戦うに値する人物がいないという、耐えがたい欲求不満を彼は不意に覚えた。これは孤独のなかでもっともつらい事柄であり、自分の不器用さ、はかり知れない軽々しさへ罰のように思われた。彼は自分の行為が完璧だったかどうかを確かめもせず、急いで立ち去ってしまい、あの入植者がもう一度起き上がることはないのか、あの拍車がもはやベランダの板の上を歩くことはないのかを確認しなかった。しかし、その行為をもう一度やり直そうとしたら、彼は永遠に滑稽な人物となるだろう。

その間、ロングエは、いつもながらの明晰さを発揮して、自分の仲間をいたる所に連れていった。マンドリンを愛していた人だが、それはいっぱいに広がる緊張感のなかで、愛するという言葉がどこかでまだ何かを表していたとしたらの話である。誰もがパパ・ロングエと呼んでいた、尊敬すべき呪術師。彼は人生の中で、二種類の愛着を抱いていた（人びとの言うところでは、近隣のどのような女性でも「自分に引きつける」ことができるような人物だった）、それだけに、第二の逸脱を、なにより自分自身に秘密にしておくことが肝要だったと私は考える。その逸脱とは、どちらかと言えば少々錯乱していた彼自身の品行からというより、彼があらゆる本物の「感情」に対して示していた用心深い羞恥心からの逸脱である。われわれ三人が、彼の言葉のもとで何がひそかにくすぶっているのか感づいていたとしても、アドリーヌ夫人に彼が愛の告白をしたとき、友情による密告者のふりをすることが、彼にどれほど高い代償を払わせることになったのかを見抜くことは、おそらく私たちにはできなかった。アドリーヌ夫人のほうでは、自分が何を相手にしているのかを知っていた。

おそらく、はっきりとはわからない愛の告白の思い出は、彼女が管理人に出会ったとき、あらかじめ寡婦になると定められていた彼女の考えをかすかにかき乱しただろう（もちろん、彼女が寡婦になることとは決してないのだが）。その混乱のせいで、管理人はさらに苦しみ、もう一度入植者に会って情け容赦なくふるまいたいというもっともな期待を抱いていたのかもしれない。アドリーヌ夫人が、直接告白されていたら、大して動揺もせず相手のことを考えもせずに拒絶しただろうが、呪術師が上演しなければならなかった喜劇のためには苦しんだだろうと私は想像する。そこから、マオが見抜いていたあの混乱が生じる。彼は壁に書かれた文字だけでなく、人の顔、微笑みを読みとることができた。外で、彼に会いに行こうと移動している時であれ、もっと悪いことに、彼の前で身動きせずに立っている時であれ、そうなのだ。

警察官ティガンバとごく稀に出会うと、、彼は相手をきりきり舞いにして残忍に楽しみ、不動のまま恐慌状態に陥れるこの場面を得意技とするようになった。

「私を逮捕するのだ、ティガンバ、あなたの命令に従うことにしよう。」

「でも、ボータンさん、私は手錠さえもっていないのです。」

「マオの紐を使ったらどうだ、使うべき時だろう、動かずにおまえを待っているよ。」

彼はまったく動かず、目の焦点も合わないまま、地面に身体の重みを押しつけていた。ティガンバは、恐怖をはるかに超えた状態にあったが、それでも冗談を言う方法を見つけた。「われわれはポンチ酒を一緒に飲みすぎましたね。」それから彼もまた固まり、黒い両手を青いズボンにぴたっとつけて気をつけの姿勢をした。

しかし、不動状態のためにもてる力を使い切っていたマオは、この七年間にわたって、自分の漂流にどれほどの軍団が連れ添ってきたのかを見抜けずにいた。より野生的に、野蛮に、冷酷になり、すばやく汚れ、慎みを失い、より赤裸々に犯罪者になるという、自分の仕事にますます集中するようになっていて、目もくらむほどの遠い過去からもってきた夢、住民たちの臆病な頭のうちに彼がふくらませていった誇り高い、口にすることができないさまざまな誘惑について考えることはなかった。

ロングエはかつてなかったほどこの地を行ったり来たりしていたが、彼がロングエに会うことはなかった。彼と一緒になろうとする子どもたちにも出会わなかった。子どもたちは、「エル・パライソ」映画館の常連であり、ニュメロ・アン、ケン・メナードやその十八番ターザンといった連作物の映画の主人公が出てくると、身振り手振りで熱狂したが、その熱にうなされたむこうみずな行動でも充分ではなかった。オディベールは、悪魔を打ちのめそうと、銀製の魔法の銃弾を値切って手にいれようとしていたが、管理人は彼とも会わなかった。アデライードとも会わなかった。アデライードは、彼にとって存在しないも同然だったが、それでも彼が、夜九時の会で『ドクター・モローの島』を見に行こうという少々軽はずみな行動を取ったとき、彼女の後ろで映画館の席に着いたことがあった。アルテミーズとも会わなかった。彼女は空想のなかでしか彼を知らず、ただ森のなかで彼がいる気配をかすかに吸いこむばかりだった。何年も時間が経つうちに、再現不可能の偉業とみなしていることに、何度も想いを馳せることしかできない人びとともいたが、そんな人びととも彼は会わなかった。その偉業とは、七年にわたって、閉ざされ限定された空間に、自分を捕まえるために動員された警官たち全員に(実際には、ばらばらな憲兵たちの集団だったが)対抗しながらもちこたえたということだ。町がどんなふうに活気に満ち、廃れていったのかを見なかった人びと、プランテーションが縮小し、砂糖キビが消滅し、道路が増えていくのを見なかった人びととも会わなかったが、そうしたすべてに彼は激しい怒りを向けた。この過ぎ去った時間を要約し、彼がいかにして生きつづけ、全力を尽くしたかを知るために、人びとがもっている目印やよりどころと言えば、ただ彼が土地のうえに描きだした足跡だけだった。

私の作者にして私の伝記作者である者に、私は強調した。彼はかつて、このマオの物語を神秘と詩的な曖昧さのヴェールにつつみこんでいたが、事実の記録、報告の厳密な転記を見直すことがどれほど自然であり有益だろうか、と。管理人と、彼の七年間の抵抗に私たちは取り憑かれているのだから、私たちの会話や書き物においてであろうと、私たちの夢や幻想においてであろうと、私たちが必然的に事実の記録に戻らなくてはならないことは明らかだ。まさしくこの時、このやり方によって、私たちの生き方のなかでどのような変化が起こったのかをより良く理解するために、この一件を利用すべきなのだ。

私の友人の作家は（誰もが友人にこう尋ねた時代についてはすでに話した。「仕事は何をしているのですか？」「私は作家です。」「でも、いったいどういう仕事をなさっているのですか？」「私は作家です。」「でも、それは仕事なのですか？」そんな仕事があると信じられる人は一人もいなかった）、私にこう答えた。どれほど細部を研究しても、全体がどのようなものを示すことはできないでしょう、私たちは、完全な形で生きるべきなのであって（「完全な形で生きるとはどういうことなのですか？」）、金銭取引のさもしい追究のうちに生きるべきではありません、逃亡奴隷の管理人、あらかじめ運命づけられた子どもがその人生で苦しんでいたのは、生気のない型通りの物語に仕立てあげて、私たちが彼らの苦しみを役立てるためなどではありません。私は彼に対抗して言った。どうしてマオがこれほどまでに重々しい変化を遂げたのか、私たちには理解できます、そのおかげで、私たちは波乱に充ちた断末魔であったものに、一種の有益な反響をもたらすことができるのです。

友人は、私に次のように説明した（私たちは全＝世界を何度も彷徨した後で再会したのだ）。自分たちに似た数多くの国で、畑の端が町の始まりにぶつかり、空き地によってちりぢりとなり、空き地では少年、少女たちが球遊びをして、痩せた牛が悲しげに囲いから出ていました。フォール＝ド＝フランスの港では、日曜日の午後、放心した憂鬱な気分がただよい、車道と同じほど人びとを取り囲む、低い壁の影が伸びていて、ずいぶん昔から何も変わらず、けっして変わらないように見えました。一九四三年あるいは一九七九年という日付を位置づけようと努力しても無駄というもので、自分が得るものと言えば、ドゥランの知恵より遠くまでいくことはないでしょう。ドゥランは十字路でこんなふうに叫ぶ習慣がありました。「この埃を見てみろ！　昔、この埃は飲み込むものだった、今日そいつはおまえの肌に入りこむ――服を脱ぐがいい。」そう、それは確かに同じ埃なのです。――こうして私たちは、言い争いながら結局、同じことを言い合っていた。私たちは自分たちの饒舌な会話に、いつも論争をまぜこんだものだった。

私は彼に思い出させた。私たちが若かった頃、もっとも若く、おそらく単純素朴という評判を取っていた私は、あの青少年たちによる騒乱を「報告する」よう、みなから指名された。この騒乱は、私たちにとって生まれつつある波の泡を、世界の地平線からたちのぼるようになった、さまざまな国民の言葉のつぶやきを表していた。彼は単に、私の立場に立ち、私の名において語り、彼自身が私のために作りだした素性を不当に手にいれた、もちろん、許可を得ながらしたことではあるが。だが、彼は私にあたえられた生のさまざまな理由と常軌を逸した不条理を完全に明らかにはしていなかった。

彼は、打ち解けた皮肉を込めて言い返したのだが、その皮肉な調子は、関係を断ち切るというより、新しい関係を織りあげるものだった。おそらく今回も同じようにするだろう、これほど適切な見方は、それについて彼が書く報告書によって裏切られることはないだろう。

私はこう反論した。彼は例えば、マリー・スラの生涯をずっと追ってきて、人びとが彼女の狂気と呼んでいたものの奥底まで探しまわっていたのに、私たちの結婚を決して報告せず（彼の言葉を使えば）、著作の最後にほんの少し言及しただけだった（「一八四八年、マチウとマリー・スラは結婚する」）ことを見ていると、残念でならない。それに彼は、私たちの娘イダの誕生にも、私たちが離婚した後、ミセアの二人の息子、パトリスとオドノ・スラの誕生と死にいたるまで何が起こったのかを報告しなかったではないか。詩的充溢というものは、むきだしの不幸のなかに入るのが苦手であり、姿を消してしまうことがあるのではないか？　それゆえ作者は、全能の神ではないのではないか？　彼は、おそらくパパ・ロングエのはぐらかしを採用しつつ、私に答えた。人生のある「場所」においては、かすかな羞恥が、探査の必要性に勝ることがあるのです、と。書き物をする人間どもの羞恥心など、単なる用心にすぎないと、私は考えた。実際には、私の友人はつねにミセアに恋をしていたのではないかという考えが自然に湧いてきて、私を驚かせた。ミセアがあじわった不幸と喪の悲しみの後では、告白することが不可能となった感情である。マリー・スラは、相変わらず若い心を保っている。五十歳をこえているが、その魅力はいまでも星を驚かせるほどだ。

このように何度も、しかし、もし、結局、と口にしながら議論することは、マオの道にそって、進むために竹で作ったたいまつを点すことだった。竹は次々に消えていき、そのため闇のなかに広がった星状の野原のすべてを見ることはできなかった。私たちの薄暗いランプが代わる代わる点され、いずれも燃えつきるばかりだった。それがいったい何を照らしだすのか私たちは言わなかったのだから、なおさらだろう。湯気の立った食事なのか、それともしっかり閉じられた窓だったのか。そんな二者択一を思いついたのは、マオの時代、女たちは、もはや森を通り抜けるような危険なまねはしなくなり、アドリーヌ夫人の死後は、この内縁の妻に代わる手段を見つけていたからである。女たちは、自分の夫が夜、当直にでかけたり、ミクロンの沖に漁に出たり、いずれかの愛人のもとに通ったりするのを待っていて、それからおいしい料理を調理し（おいしい料理を作ることなど、アルパカのスーツと同じほどありそうにないことだった）、それを窓辺に置いて、ロウソクか石油ランプを点す。こうして食事は、閉じられた窓の深みをおびることになった。マオは、自分が決して打ち負かさない人間になったと信じるようになっていて、少しもためらわずに島中を駆けめぐり、時には扉を無理矢理開けようと戯れることもあった。

「開けてください、かわいい人よ、月明かりさえ隠れましたよ。」

「食べ物をお取りになって、後ろにおさがりください、マオさん。私の夫が、すぐにも戻ってきます。」

「あなたの夫は、今宵別の食事をしていて、いまこの瞬間、満腹しているでしょう。」

「そんなことは絶対にありません、どうかご自分でその食事をお取りください！」

灯りの点った別の窓辺に向かいながら、彼は陽気になっていた。こうして薄暗いランプの道があったのであり、山《モルヌ》の回り道のなか、町の入口、プランテーションの周辺に、砕け散った痕跡があった。食事を窓辺に置いた人が、窓を開けたい気持ちに駆られたとしても、そんなことをすれば死を免れなかっただろう。食事を供するものと食するものとのあいだに、閉じられた扉があった。私たちは人びとが会話と呼んでいるものを、うまく操ることができない。私たちは言葉をすばやく叫ぶだけだ。長話はあらゆる方向に打ちかかってゆく。扉が私たちの言葉をさえぎっている。開けば死ぬのだから、開けることができない。


それでも、私たちはある時間から別の時間に飛び移る習慣ができた。私たちの生きる時代はたがいに交代しあい、一緒に動いていくのだ。アルテミーズがラ・パランのイラクサのなかで体をねじるのを私たちが見るやいなや、この厳かな放蕩女は、魔法の杖のように痩せた両脚のうえで、大きな、何も語らない、みだらな腹をささえていて、そこでは水夫たちの子が育っている。アルテミーズは声が出せるようになったが、一週間に三語も言わなかった。グアバの袋を寝床にし、港の便所の裏庭で、彼女は子どもを生んだ。その場所の常連の老婆の意地悪だが有能な補助を受けながら、これは管理人の子だ、管理人の子だといつまでも叫ぶのをやめなかった。しかし、出産から何カ月か経つと、彼女の腹はまたふくれてくるのだ。いまや政府の印刷所から、サント＝テレーズ街にいたるまで、路地を通ってゆくあらゆる街角が取りこわされるだろうと言われている。おそらく、壊れかかったバルコニーに潜んでいたり、河岸通りの水の息苦しい流れをじっと見つめていたりする、メランコリックな午後はすっかり消えてゆくのだろう。
私がイダの名前を言うやいなや、彼女がバラタの塔の十五階にある自分のステュディオから出て来ることになる。彼女はどうやらエレベーターに乗るのが嫌いなようだ。しかし、他にどうしようもない。外では、黄色い泥が、漆喰の剥がれた壁の上を上ってゆく。イダが成長するのを見る時間が私にはなかった。彼女は私にこんなふうに語りかける。「あなたは私より若いわ。私たちが親子だなんて、誰も思わないわ。」壊れた建物の合間に思いきり繁茂する汚れた雑草のなかに、ゴミでできた島がいつも間にかできあがっている。資材の残り物、穴の空いたタライ、放棄されたレンガ。

ロングエが、雄鶏を追いかけまわす声をまじえた、いつもの長話の栄誉を私たちにさずけるやいなや、いたる所に冷たい風のようにしてうわさが駆けめぐる。「パパ・ロングエ・カ・モ（ぱぱ・ろんぐえガ死ンダ）、パパ・ロングエ・カ・モ（ぱぱ・ろんぐえガ死ンダ）」この風の厚みを感じるには、山《モルヌ》の上にのぼらなければならない、風は町に置かれた薄い膜の上には何の痕跡も残さないのだから。呪術師の死はあらゆる木の根の下に、あらゆる峡谷のなかに広がり、もっとも人里離れたアカジュの木まで、もっとも秘められたマホガニーにまで到達した。

言葉を通して、私たち自身がその子孫となるこれらの人物たち。一晩中、樹皮のうえをひっかいた、最初のおごそかな、硬直したなぐり書きから、風と、恐れを知らない死者たちによってリズムをあたえられる、十字路の競り売りの声にいたるまで彼らの言葉は広がっている。私たちはそうやって知らないうちに、時間を飛び移っている。

アカジュの回り道のところで管理人が絶叫した怒りの声は、狩人、憲兵、入植者を侮辱するものだったが、低い空の透明な雲もののしっていて、それが顎の下に銃を固定するまでつづいた。孤独のなかで、明晰な苦しみのなかで、彼はそれほど遠くにまで押しやられたのだ。

最後のキジバトたちが、管理人が逃げこんだ森にさまたげられ、粉々に砕け散って、狂った断片となり、葉の輝き、鳴き声、光沢にある羽のきらめきによって、彼の死に敬意を表した。オディベールはマホガニーの下で、三、四人の憲兵はアカジュの木の下で、ずっと震えていた。管理人の魔法のかかった銃弾がその仕事を成し遂げたのだとオディベールは考えていた。憲兵たちはマオがもう一度立ち上がり、〈池の小屋《カーズ・レタン》〉の廃墟となった劫罰の地まで自分たちを追跡するだろうと考えていた。

気の触れた雄鶏は、予測できない爆発のようなものとなって、私たちをひっくり返し、カカオの木のなかに逃げ込み――私たちに向きあった。雄鶏は空気に線を引いたが、それは羽毛のきらめきによってではなく――そもそも羽毛をもっていなかった――、その腿の赤い縞模様と、その頑固さの断固とした、静かな力によってである。私たち三人はロングエのかたわらに身を寄せあい、午後のあいだずっと付きまとっていた飢えを忘れ、雄鶏が孤独に、打ち負かされないまま、底知れぬ闇のなかに消え去るのを見ていたが、その闇は枝々から一挙に落ちかかってきたものだった。

オディベール

おれにはあだ名をもつ権利さえないのか？　オディベールの頭！　とみんなが叫ぶとき、あるいはオディベールのこんちくちょう！　いまいましいオディベール！　と叫ぶとき、みなすっきりとした気持ちになる。マオの名を呼ぶときは、誰もが気をつけの姿勢で、マオさん《ムッシュー・マオ》と言うではないか。これはどういうことだ？　だからといって、マオがまるでさばかれた食肉みたいに市役所前のセメントの上で、その太った身体を腐らせていくのを、どうにもできなかったじゃないか。頭が空っぽのオディベール！　話すな＝オディベール！　やつにはあだ名なんか必要ない！　あいつの名前を見つけるには、山《モルヌ》のずっと遠くまでいかなくてはならない！　戸籍の名前だけで、知恵遅れのやつにはすでに十分だ。肌が野菜のオディベール！　これまで勉強してきたことは何の役に立つのか、おれはアルファベットをすべて覚えたし、雨×乾期の計算もできるし、雨＋埃の計算もできるし、ゼロだって知っているし、何でも記憶できる！　学校の長椅子に縮こまるようにして座り、先生の定規で頭を平らにされたのが、いったい何の役に立ったのか？　先生がたよ、あなたがたは能力に嫉妬し、理解力を中傷する！「先へ」とあなたがたは叫ぶ！　さまよう犬に投げつけるようにして。

こうしておれは銀の銃弾を手にいれたのだ。あのマオというやつが、それほど抵抗力がないことを証明するために。あなたがたは言う。アーララー、マオを倒せるのはオディベールの弾じゃないよ。もちろんあなたがたは彼が不死だと信じている、マオを打ちのめすことができるのは、まったくマオしかない、というわけだ。あなたがたは何を知っているというのか。おれは森の外れで憲兵たちと一緒に引き金を引いた、憲兵たちが銃を撃つふりをしていたことをあなたがたは知っている。どちらかと云えば、後ろの道を見つめていた。おれの弾じゃないと、どうしてあなたがたは言うのか？　いったいどうして？

それは地主の入植者でさえ、おれをのぞまないからだ。どんな管理人でも知っている程度のことなら、おれでも読み書きできる。市役所の文書課にあるリストを点検し、選挙の日に、名前に線を引くことだってできる。オディベールには知識があるが、ただその知識が少々ずれているだけだ。おれじゃないというなら、おれの弾でないと予言するなら、どうしておれをゾンビに変えようとするのか？　嫉妬に仕えるがいい！　嫉妬があなたがたの頭を破裂させただろう！　おれをさまよう犬に変えてみろ！　おれが食べている食べ物に、死の悪魔たちを入れてみろ！　オディベールは抵抗するぞ。

このちっぽけなニグロは、自分がムラートだと思いこんでいると、あなたがたは言う。あいつは入植者のソックスにキスするのだと。だが、地主の入植者はオディベールをほしがらない。おれのほうではたっぷりお仕えするというのに。周囲の大勢の子と同じように、おれは学校に通い、記憶した。学校は、おれの脳みそからそう遠くないところにある。だからこそ、あなたがたは俺を、疥癬病みの梅毒患者のように道から遠ざける！　くたばった雄ラバのように！　肥だめ用の荷車のように！　悪霊ベルゼブブの言葉のなかのチフスのように！

聞いてくれ！　見てくれ！　あなたがたの頭が知らないことを、おれは知らせてやろう。オディベールは世界にむけて出発する、あなたがたにはその跡を見つけられないだろう。あらゆる読み書きは世界の中にあり、オディベールは自分の仲間に出会うだろう。あなたがたはトロワ＝ジレの海に降りそそぐ太陽の光のように、ぼう然としたままだ。デスナンビュック〔一五八五―一六三六。リシュリューの命により、一六三五年サン＝ピエールの町を建設し、マルティニック島をフランスの植民地とする〕の銅像と同じように、あなたがたも動かない。

なぜならこのマオが試みたことを、おれは知っているからだ。どうやって彼が下り坂でもちこたえたのか、おれは確認してみた。頭のまわりを蚊で覆われ、枝を相手にターザンのまねをして、そうしたすべては甘いフリュイ＝ヤ＝パンのように、ただ海に落ちるためだった。妻をぶち、白人の経理係を撃ちそこなった、絶望した反逆者なぞ、海は受け容れない。海は、繊細な貴婦人なのだ。最初の一歩を踊りだすだけでは不十分で、泳ぎに行かなくてはならない。舞踏会を開いたら、貴婦人を見送りしなくてはならない。そんな礼儀作法はあなたがたには無理だと思うがね。

自分の頭のあるところにとどまるがいい、オディベールの後を追うな。あなたがたの足は地面と混じりあい、あなたがたの太陽のように黄色い眼は、ラム酒の色をしている。貿易風であれ、逆貿易風であれ、あなたがたのまわりにどんな風が吹こうと、あなたがたは帆を揚げたりはしない。あなたがたが物語っているこの話は、いったい何だというのか？　逃亡奴隷は、救霊を予定された聖人ではない。ニグロの顎に、銃がつながるということは、地上から社会のくずが一人減るということだ。その生きた身体をあなたがたは恐れる。その死んだ身体の匂いをあなたがたは崇める。いったい何度、そんなふうにして世界を浪費してきたのだ？　オディベールは分厚い闇のなかで、マクニーより自由だ。

だからこうして、おれはドミニカ島の海峡に飛びこもうとしているのだ。戦争をするためではない、弾の話は一回だけで十分だ。おれはドミニカ島に野菜を植えるのだ。それから南アメリカをパタゴニアまで駆けめぐってやる。それからアフリカにでかけ、黒海まで枝わかれしてやる。それから車に乗ってパリまで上京する。あなたがたはその跡を追えないだろう。おれはクーリーたちの国を横切り、シリア商人のところで商売をする。あなたがたはその跡を追えないだろう。水をやりすぎたサヤインゲンのように、あなたがたは自分の庭で腐ってゆくのだ。

奴は上り、降りていった。海に頭を突っ込む決心がつかなかったのだ。漁船の船長たちすべてに命令することだってできたが、奴はそうしなかった。オディベールは世界の馬にのり、その乗馬鞭はあなたがたの背を打つ。評判を取るために、別の名前なんか必要ではない、そんなものは取っておけ。あなたがたの崩れかかったあだ名を、いつまでももっているがいい。変質した恩知らず！　聖霊に非難された者！　慈悲に見捨てられた者！　角のないコブウシ！　濡れた蛍！　母親のサツマイモ！　骨抜きのマニクー！　野菜のないスープ！　ライ病院のサンダル！　こぶのないラクダ！　親のない子！　なぜなのかわからないまま死んでいった者！

全＝世界

その草は植物のなかに侵入していき、その頃の植物は落ち着かなかった。草は控え目で、自分の貧しさを隠していた。ラ・ファヴォリット・サン＝ジョセフの別荘群の庭園にそって、植物はまるで緑色の埃のように増えはじめ、グロ＝モルヌにのぼってゆく曲がり角で濃くなってから黒くなり、その辺りでは空気の中で水気が厚みを増したことが感じられた。それからこの蛇草、つまりゼブクレス、ゼブクレスの生えた一角があり、そこにくればあなたの皮膚は蛇の皮膚に変わってしまったかのようだ。自分の夢の中に旅立つとき、大きな樹《しょくぶつ》が私を怖がらせることはない。それはただの草のようなものであり、私は闇にすっかりおおわれた森の中を航行してゆく。私はアカジュの木をまるで足元の蛇のように押しやり、燃えたつ炎のようなフロマジェの木の上を飛んでいき、巨人を自称する緑色のマンゴー、ケネットの実をぺちゃんこにする。それらすべては、私にとって、森の住民たちと混ざりあった芝生のようなものだ。目覚めると、夜が私を奔走させていたことがわかる。その時、私は自分の頭にたたきつける拍子を感じ、少し前から、ゼブクレス、ゼブクレスというリズムに乗って考え事をしている。まるで大きな樹《しょくぶつ》が、根を引き抜かれた牧草にむかって疾走しはじめたかのようで、そのせいで私はポルカを踊らざるを得ず、おそらく足並みを揃えることさえ強いられる。

彼らは相変わらず声高にさけんでいる　私は衰え狂気にむかっている　誰一人そのテンポを　その仕掛けを理解しないだろう
千の釘を打ちこんだハンマーで考える　そこには、どういう並はずれたことがあるのだろう　十四十五十六そんな拍子をとってあなたがたはプランテーションを建造する
あなたの頭はオーケストラとなり　前で　後ろで　祭を祝っている　あなたは強い風というよりハチドリとなって飛んでいる
彼らはさらに熟考するだろう　マリ・スラはパンタンタン
大きなパンタンでも　ティパンタンでもなくパンタンタン
でも私の言葉は遠くにむかうから　あなたがたにも意味がわかるでしょう
あなたがたは知らない　リズムがあなたがたを動かしていることを
マリー・スラがあなたがたを連れていくことを　ああ、私は自分が何を考えているのかがわかった
……

マリー・スラは、足並みを揃えて歩かない！　私が自分の娘イダに何か残したことがあったとすれば――というのも、イダは私に残されたただひとつのものなのだから――、それは足並みを揃えて歩かないということだ。あなたがたは自分たちの牧草を植え、この大きな樹《しょくぶつ》を成長するがままにまかせる。いったいいつから、人びとは私をミセアと呼ばなくなったのだろう。あなたがたはマオより悪党だ。この小さなマチウをどうしようというのだろう。

それにしても、私はどうやって管理人の頭を通して夢みたのだろう。私の夢はどこから来たのか、教えてほしい。彼は誰に話しかけたのか、誰が私に話しかけたのか？　彼が私に話しかけるなんてありえるだろうか？　いったいどこからそんなことができたのか？

目覚めると、大きな樹《しょくぶつ》は消えていたが、夢はまだそこに、いつものようにある。一度も欠けることがない。それで私は夢を、朝の掃除屋と呼ぶことにする。

ごく最近のこと、オドノが通りを、あの若者たちと走っていた。彼らは自分たちの集団を、街の十字路で結成した。それがひとつの都市となるのか、それとも世界が少しずつ田舎となってゆくのか、わからなかった。一本のバイパスを通すことが問題だったが、それも雑草が攻撃を開始し、コンクリートを支配するまでのことだ。さて、私は穏やかに、歴史家のように、流れにそって語ることにしよう。草の運命という、この話の主題から離れないからといって、私を責めないでほしい。歴史を通りすぎた人びとはただ、あなたがたにはっきり理解してもらうためにそこにいるのだ。イダと二人だけになってからというもの、私に話しかける人はそれほど多くない。この閉ざされた塔から、彼女は時々降りてきて、新鮮な空気を吸ったり、めまいと戦っていたりする。彼女には、下着を広げるためのバルコニーさえないのだ。要するに、私はこの話を引き受け、すべてをじっくりと語るつもりだ。そうすべき理由がある。その理由は後で話すことにする。いつものリズムが頭に戻って来ないように期待する。そうでなければ、私は主題から外れてしまうだろう。私の主題、それは草であり、そのまわりにいる人びとだ。私に名前を聞かないでほしい、草に名前をあたえることを私は憎んでいる。私がすることと言えば、種類によって分けることだ。壊れる草、巻きつく草、刺す草、人が飲む草、染みをつける草、清める草、人が匂いを嗅ぐ草、癒す草、呪文の草、切る草、汗を流す草、乾燥した草、野生の草、反逆する草。他にもきっとたくさんの草があるはず、見つけるのはあなたがたにお任せする。

再びリズムにしたがって考えはじめれば、私は主題からはずれるだろう。私がリズムをとって考えるとき、私はいつも森のなかを、大きな樹《しょくぶつ》とともに走っている。私は森を横切ったが、そこから出られないことを知っている。管理人の夢でさえリズムを取っている、私が彼と、少なくとも彼の心といつまでも共有しているこの夢もリズムを取っているように思える。さしあたって、私はそのリズムではもう話したくない。私は主題のうちにとどまっていたい、その理由は後でお話しすることにしよう。

ごく最近のこと、オドノが入ってきて出ていった。まるでパトリスが存在しなかったかのように、私がいつもオドノの話ばかりしているとあなたがたは言うだろう。私は異常な母親ではない。女に二人の息子がいて、同じ年齢で二人が続けざまに亡くなり、つまり二人を産むために必要だった時間と同じ歳月を経て二人の息子を亡くしたのなら、女に二人のことを同時に考えるように求めることはできない。それは求めすぎというものだ。私は最後に逝ったほうを考える、そのせいでおそらくもう一方は隠されてしまう。あなたがたは私に、いつも死を数えていろと求めることはできない。最後の者で満足しよう。私はその子のことを語りたいのだ。パトリスは高速道路の脇の草むらに横たわって、私に言った。母さん、ぼくはそんなに速くいけなかった、と。オドノは生気のない髪に、草を巻きつかせて浮かんできたが、その草は彼を永遠の眠らせた大洋の奥底の草だった。私が話したいのは彼についてだ。その名前があなたがたをいらいらさせるのだから。その名前について、数多くの本が書かれた。その友人が私の物語をずっと書いてきたとあなたがたは思っているが、結局それは、その名前を説明するためだったのだ。そうしたすべてを彼がどれほど打ち明けたかったか、私にはわかる。それは名前を説明するためだ。だから私たちは書くために、その名前をここに取っておいたのだ。名前を説明しようとして。私はといえば、死んでゆくのを止めない草からいつも収穫する。

ごく最近のこと、オドノがサヴァンナに行くために十フランを求めてきた。あの潜水の旅にでる少し前に、彼はいったいどうやって大学入学資格を得たのだろう、と私は考える。いつも通りを駆けていた。このことを、私がどれほど穏やかに話しているのかお気づきだろう。私が声の調子を上げたなんていわないように。願いさえすれば、私にだって言葉を本当に華麗なやり方で操ることだってできるのだ。彼はあたりの浮浪者たちを連れてきたけど、とても親切な人たちだった。私が覚えているのは（これは言葉のあやだ。確かに、どうして忘れることができよう）、空に向かって成長しつづける浮浪者だ。彼には父も母もなく、それで空にむかって成長した。彼のことは、フィラオと呼ぼう。オドノとおなじほど背が高く、風の中で揺らいでいた。いた、と言ったが、それは彼がこの旅で、オドノと一緒にいたから、そう思えるからだ。そうしたすべてが、私にとっては過去のことで、だからできる限り現在に近いということでもあるのだ。彼は〈難問〉《カッツ・テット》〔文字通りには、「頭を痛めるもの」という意味〕とも呼ばれている。どうしてかおわかりだろう。近くにあるあらゆる扉に頭をぶつけるからだ。私は彼のために、コットン、バンドエイド、バリウム（バリウムはどこでも手に入るわけではない）を一山もっていた。

〈難問〉《カッツ・テット》！　と呼ぶ——すると彼はとても行儀よく答える。でも、二つの名前をけっして同時に呼んではいけない。フィラオ、〈難問〉《カッツ・テット》！　あるいは〈難問〉《カッツ・テット》、フィラオ！　そう叫んだとしよう——すると、彼はあなたを無作法な人として罵りはじめるだろう。自分はあなたの祖父より年上ではない、あなたの髪の毛のうえに、飛行場の滑走路の上にいるような、蟹がうようよいるのが見える、自分は横滑りしながらその上に着陸するだろう、等々。この少年は、二つの名前のうちひとつを呼ばれたときだけ丁寧なのだ。彼の半分だけが、社会のなかで生きている。彼は自動車修理工場で働いている。こうした若者たちは、言うまでもなく機械が大好きだ。オートバイだけでなく、中古車、等々も。フィラオがその修理工場で働いているのは、ただ修理中の車に試乗したいからなのだ。彼らはいつも試乗している。この修理工場に、これほどの数の雇い人がいたことはない。

もう一人も明らかに、父親もなく母親もなかった、そんなものはご免だったのだ。彼は単に〈水夫たちの子〉と呼ばれていた。確かに彼の髪の毛は、すっかり縮れていて、トウモロコシのように黄色かった。名前をもたない少年に、すでに会ったことがあるだろうか。「名前はなんていうの」と尋ねる人は誰もいない。そんな質問が頭に思いうかばないのだ。彼の母親アルテミーズは生きていたし、彼の父親たちの大部分もおそらくは生きていた。まるで名誉であるかのように、彼は家に来るのがとても嬉しそうだった。彼は港の近辺で大きくなり、アルテミーズの愛から逃れようと試みた。それはサリーヌの牛よりやせ細り、ラ・ディザックの海よりあふれんばかりの愛だった。アルテミーズは、バプティスト派に改宗し、結局、トレネルにトタン屋根の小屋を見つけた。実際の年よりずいぶん老けて見え、みたところ脈絡のないたわ言をつぶやき、これは管理人の子どもだと言い張ったが、誰もがそれは違うと言っていた。〈水夫たちの子〉は時には彼女と暮らしたが、大抵どこか別の場所で暮らしていた。中学校を卒業していて、これはひとつの記録だ。一人でいると、彼が私に会いにやって来ることがある。おそらく彼も《また》、管理人の子どもだからだ。彼にも私にも分からないことではあるが。彼は家のなかの本を見つめ、頭をふる。本は彼を別の場所に運んでいくのだ。


三人目のマニは、無秩序そのもので、それ以外の言い方が思いつかない。

彼がほんのわずかでも動くと、その周囲の空気を壊さずにはいられなかった。そうでなければ、何日間も、何も話さず、彼が沸騰していることがわかる。そもそも彼には二つの話し方があって、ひとつは昔のように優雅な話し方、身動きせずに貴婦人の手に接吻するような話し方と、野蛮人となって罵りまくる、フィラオ〈難問《カッス・テット》〉よりはるかに激しい話し方である。ターザンのように歩き、ラモン・ノヴァロのような髪形にして、クラーク・ゲーブルのように女たちに話しかけた。もっとも、髭のないニグロの若者が、『風と共に去りぬ』の大尉らしき人物を演じることはとてもできない相談ではあったが。

何かをしでかす前に、彼は無秩序を引き起こした。まるであらかじめ運命によって定められたかのように。私はよく思うのだけれど、無秩序はかつて住民たちのまわりにあり、周辺にある野蛮さとして存在し、地方の行政官たちはそれを利用して、そのための法令を作成し、『黒人法典』と呼び習わしていたが、本当はそれを『白人法典』と呼ぶべきだろう。住民たちはこの無秩序のうちに暮らしていた。彼らは確かにそこに住まうように強いられていたが、頭の中はミサ聖体の奉挙のように穏やかで、熟慮した言葉で話し合い、苦しみ方、子どもたちの見つめ方、フリュイ＝ヤ＝パンの一片の食べ方に独特の流儀を持っていた。私が教訓を垂れているなどと思わないでほしい。「ほら来たぞ、どうして彼女がオドノという名前を選んだのか、また説明しようとするぞ、どうしてか知っているかとわれわれにもう一度尋ねるぞ」などと言わないでほしい。いいや、大きなアカジュとマホガニーをめぐる騒ぎはもうたくさん。そんなことであなたがたをうんざりさせたりはしない。でも今日私はこの無秩序のことを考える。それは私たちの頭、私たちの身体のなかに入っている。苦しみぬいた錯乱だけでなく、あなたがたには見抜くことさえできないあらゆるもの、あなたがたを野生状態に、あるいは絶望の淵に運ぶもののなかに入っているのだ。空疎な言葉は使いたくない。それでもマニを知っていたなら、考えなくてはならないことがわかるだろう。マニはその眼のうちに無秩序を宿していて、シャツのうちに無秩序を誇示していた。〈聖心〉のようにそれを運んでいて、そこには永遠に凝固した血が流れていた。それ以上のことは言わない。あなたがたは私と同じほど知っているのだから。つまり、私たちは同じように散り散りになっていて、夜、寝床のなかでも、昼、私たちの叫びのなかでも、頭の中で集中するということができないのだ。

オドノが入ってきて、この少年騎兵隊と出ていったとき、私はひとつの時がすでに終わったことを知らずにいた。その間すべてが夢のようだったが、私が誇張しているなどとは思わないでほしい。それは軽さそのものだった。その証拠に、自分が二人の少年を産んだ相手の男の名前さえ、私は思い出せない。気を悪くしないでほしい。しずかに私は話すのだとお伝えした。物事を、きっちり定義しなくてはならない。あの人の顔はもはや私の前にあらわれることがなく、私が息をする空気の中に残っている身振りも、言葉もない。あの人が行ってしまったのかそうでないのかもわからない。男はいつも行ってしまう。彼の皮膚の色も声の高さも、私は調べたりしない。まるで私の子どもたちが、ゾンビの子どものようだというのか。そうではない。あの頃はとても幸福だったからだ。幸福だった小さな事柄は思い出せるが、その時のかわいい男たちは忘れてしまうものだ。あの頃はとても幸福で、夜になるずっと前、森の牧草のように軽々としていた。私はパトリス、オドノと一緒に成長し、私たちは一緒に飛んでいて、風もただ私たちにしか跡を残さなかった。それは移行の時であり、私は自分の青春を考えることができた。ミセア、あなたは木蓮より美しいけど、あのかわいいマチウとあなたはどうしたの？――大きな樹《しょくぶつ》は、私を荒廃させてしまった。

あなたがたに、お伽噺をひとつ聞かせてあげよう。私の言う、無秩序、マニ、短い生《パッサージュ》といったことを理解してもらうために。百年後、あるいはそうしたければ五十年後、おそらくは二十年も経たない時のことを考想像してほしい。マルティニックはひとつの博物館となっている。〈植民地博物館〉。この島を別の島と区別するために、島全体にガラス張りの大屋根がはりめぐらされた。決まった時間だけ開く窓を通して、貨物を積んだ飛行機が入ってくる。ウィルスが入ってこないように、外の空気は浄化される。

旅人たちは天国に上陸する。私のお伽噺は未来のものなのだから、この話の後では、私が過去のことしか話さないなどと言わないでほしい。旅行客には次の警告が発せられる。「怖がらないでください。危険はありません。あなたがたが来ることで、新しい状況が生じ、すべてが変わり、素朴な人びとがどのように反応するかをあなたがたは感じるかもしれませんが、私たちは状況を制御しています。あなたがたの観察者としての才能を存分に発揮なさってください。純粋状態の〈植民地〉を、プランテーションの時代から存在したそのままの姿で、あなたがたにお見せすることを、私たちは誇らしく思います。何ひとつ変わっていません。すべては厳密に本物です。さあ、いまや心地よい滞在をお過ごしになるようお祈りいたします。私たちの社会学者、心理学者が、この訪問でもっと情報をお知りになりたいときにはすぐにお答えいたします。」

こうして旅行客が私たちの島にやって来る。調整されたガラス張りの大屋根の下にいるので、彼らは海辺で陽を浴びたりはしない。それはとても平凡なことで、他にもいたる所に海はある。彼らはプレ山を訪れない。この活火山が無力化されたことを、誰もが知っている。機械が山腹でごろごろ鳴っている。頂上の、噴火口のあたりには雪を降らせる試みもあるが、それに興味をもつのは現地人だけだ。わざわざ行くにはおよばない。訪問者たちが興奮するのは、官庁の施設、透明なシートに厳かにおおわれたラム酒工場、砂糖工場、土産物屋の通りの人だかり、砂糖キビや特産品の見本でいっぱいになった大市場などだが、そうした特産品は高値で輸入されたものだ。彼らは現地人にも興奮する。現地人は寒さで死にそうになるほど大きく窓の開いた空飛ぶタクシーを運転したり、一九八〇年代のパリ、あるいはカーンで最新流行だったレストランで給仕をしたりしている。そこで観光客たちは、世界のどこでも受けられないような歓待を受けるのだ。観光客たち——投資家たち——は、彼らの質問票をいっぱいにしている。

「ひょっとして、近くの島の名前を知りませんか。」

「何年に、再び植民地化されることを要求したのですか。」

「生産＝消費の関係とは何であるのか、お話いただけますか？」

私が考案したあらゆる種類の質問は、この寓話を楽しくするためのもので、それがなければ本当らしく見えないだろう。

ショーも、無料なのだから、急いで参加してほしい。優しい解説者が、土着民と訪問者に順番に尋ね、両者のあいだを取りもつだろう。問題はない。解説者が無神経に指摘するように、たとえ入植者が最初に到着した者たちだったとしても、最後まで残ったのはこの住民たちだということは否定できない。その後で音楽が始まる。知的に魅了された訪問者たちは、彼らの洗練された装置にメモを書き入れ、コード式の個人用録音機に話しかけ、帰国したら、二十世紀古代史研究のコンクールに入賞できないかを試すだろう。

スポーツの行事に参加したいのであれば、ターボ付きのラケットによるテニス大会がある（参加者はアメリカ人、チェコ人、オーストラリア人、スウェーデン人、そしてもちろんフランス人）。小型潜水艦による個人大西洋横断競争の到着もある（ハッチを開ける必要はない。彼らは下を通って、そのまま修理用ドックに入っていける）。そして、歩行者用競技トラックでの「四十八時間死のジョギング」（島の草を主成分にした奇跡の薬が並ぶ医療用カウンターが、十キロごとに設置されている）。世界中から選ばれた技術者によって管理された、国際大会の数々。技術者を選ぶのは、島出身者ではない人びとによって、長期間結ばれた協会によってであり、その人びとももちろんみな高度な資格を得た人として、島の人間と一緒に暮らしている。訪問者よ、あなたがたはこうしたイベントと関連づけた、文化的滞在の日程を自由に選ぶこともできる。あなたがたを載せた船が出航すると、別の船がやって来る。幸せな人びとには揉め事などない。ガラス屋根を閉めるとしよう。
というのも、無秩序にはあらゆる種類の現れ方があるからだ。博物館が無秩序だったら、根を引きちぎられそうに感じるだろう。マリー・スラが知的な女になるとあなたがたが考えるなら、いいだろう、文句は言わない。これは大きな樹《しょくぶつ》もいちばん小さな牧草も関係ない、ひとり言の寓話だ。わかった。こんなふうに支離滅裂なことを言うためなら、やがてやって来ることを目覚めさせないほうが良いだろう。わかった、教訓を垂れる人びとが、他のものが展示される博物館を準備するだろう。ではどうして私は、管理人の夢をいつもみるのだろう。

「マホガニーが空の半島に上ってゆく!　森が裂け
枝が矢となり　犬に石が投げつけられ　それは血より速く
行くだろう　弾を越すだろう　実がはじけ
芽がふきだし　私はひっくり返り　樹《しょくぶつ》と一緒に大きくなり
私の両眼は蒼穹に落ちてゆく　下にある薄暗いランプを見る
コーヒーのなかの米粒のよう　それは上る　それは上り私は
太陽よりもっと大きくなる　それは上る　すべては秩序づけられ
銀色の砂糖キビ　金色のプラチナ　アドリーヌは大地から抜けだした!　彼女は
精霊たちを召集する　角の生えた犬　毛のない牛
あまりに長い蛇　それは声なき歌を歌う　バカラ・レレ
バカラ・レレ　彼らは雑草を食べはじめる　私は
落ちる　オオオ　枝が割れ　アドリーヌが止まり　彼女は笑う

笑いがないまま　私は白いシーツに滑りこむ　頭と足をさかさまにした子どものように……」

どうして私が自分に用心するのか、いまや分かったでしょう！　縦に読んでも横に読んでも同じ言葉で話したいと言ったでしょう！　言葉を選ぶと、私はリズムに捉えられ、大きな葉っぱに落ちてゆく。いまやすっかり目覚めている私を夢が満たしている。穏やかに話したいと思う理由は他にもある。マチウが島に戻ってくる。私は自分の身体を普通のやり方で使って、彼を道に迷わせよう。彼はきちんとした言葉が大好きだ。あなたの言葉、あるいは私の言葉がふしだらではないかと彼は考える。管理人の夢を、私がいかに夢みるのかを、彼は文学好きとして、高く評価するだろう。だから私は自分のおおざっぱな言葉を準備し、戻ってきた人にはっきり示そう。それこそ私が告げた理由だ。

マチウが島に戻ってくる。長くとどまるのかどうか、私は知らない。私たちが実践する、長く、単調で、終わりのない、物語の終わりへのたどり方を、彼はとても良く知っている。ただ一度息継ぎするだけ。気分は良くなった、もう一度大いなる効果にむけて出発しよう。しっかり理解しなくてはならないこと。それは私の赤裸な言葉に、彼は心から拍手喝采して、それこそすべての人の声の中に直接入るやり方だと私に保証してくれることだ。すでに彼の言葉が聞こえてくる。そうしたい時には、彼はあなたが伝説の書き手であることを証明してくれる。あるいは単なる下品なやつであることを。

あの人は世界の野望を持ち帰らなかったと、私は確信している。昔は、帰朝者は外の空気を深々と吸い、その眼は漠然と、厳かに見開かれていた。彼らは全＝世界をじっくり見てきたのだ。遅れをとった人びとは、不安になり、次々に質問し、さまざまに解釈した。他の場所という夢は、帰朝者には特別なはからいとして与えられたもので、遅れをとった人びとには施し物と受けとめられた。光にあふれ、緩やかに進む船が、距離を広げた。そんな時代は終わった。彼らを運んだ海を、私は消し去る。私たちは飛行機に乗り込み、テレビを見る。私たちは自分の眼、自分の身体で、ただちに、絶え間なく、雪を、コーチシナを、ポンタ゠ムッソンを、エッフェル塔を知っている。

マチウの時代を、私は思い出したくない。人びとが何を体験していたのか、どのように暮らしていたのか、誰も知らない。誰が最初に跳んでいったのか、誰が後に残されたのか、決めることは無意味なことだ。マチウに再会できたら、私は彼の肩に飛びつくだろう。いいや、彼に手を差しだして、言うだろう。「ご機嫌いかが、マチウ」いいや、私は浮かれ騒ぎをはじめて、まくしたてるだろう。「ミセア、あなたはキャラメルよりもあまいのね。あのかわいいマチウと何をしていたの？」


あの時代、軽さは、草の軽さではなかったと、私には思える。作業監督の小屋があった、大きな樹《しょくぶつ》の夜の重さに私はまだ耐えられなかった。確かに船は、もはや私たちの夜を横切ることはなくなっていた。それでも軽さは、マランデュールから解き放たれた、山《モルヌ》の風からやって来る。マランデュールはまだ、整備された都市にぶつかっていなかった。四十パーセントにおよぶ浮浪者の若者、失業者の不幸のために整備されたのだ。辺りの軽さが見えるだろうか、それを手に取ってほしい、消える運命にあるのだから。私は思い出したくない。マチウは戻り、かつての時間は今日という日に落ちかかる。

オドノが、小道のセメント板を駆けおりて、私の食堂を突然壊したとき、私は知らなかった。本当の主題、それが草、大きな樹《しょくぶつ》の敵である草だということを。女、男、十八歳の少年たちは、ただ草を証明するためにそこにいるのだということを。あのリズムのなかに、きれない言葉のなかにふたたび落ちこまないよう、私は自分の頭を遮断する。その遮断機の格子のひとつひとつ、ものを食べる皿の一枚一枚、花で飾られる墓のひとつひとつに、〈ボスコ〉という言葉を書くことに私は夢中になる。偉大さも、虚しさもない、あらゆるもののうえに。ひとつの単語は一本の草。一本の草はひとつの言葉。

私の娘イダが、そのすべてを語りたがっている。

――私は娘に言う。「イダ、あなたにその力はない。考えてごらんなさい、この家にいた四人のうちの三人、踊り、騒ぎ、生きていたあの三人は出ていった。パトリスを考えにいれないとしても。」

――娘は私に言う。「ねえ、おかあさん、どうして彼の名前がマニだと信じられるの。例のマルニーがサント＝テレーズ街で銃を撃ちはじめた、まさしくその時に、彼がこうしたすべてをやったと、そしてそれは偶然からだと、どうして信じられるの。」

――私は指摘する。「そして同時に、おまえの兄オドノが何かをしようとしていた……」

――娘は私に言う。「マニは彼の正式な名前ではなく、あだ名にすぎませんでした。戸籍の名前を知ることなど一度もなかったじゃない。ただ、マニ、フィラオ〈難問《カッス＝テット》〉、〈水夫たちの子〉。お尋ねするわ。誰が名前を決めたの？」

――私はイダに言う。「イダ、それは自分たちを混乱させるためだということが、あなたにはわかっていない。それは痕跡を消すためなの。あなたの視界を二重にするため。無秩序を激しくするため。人びとは他のすべての無秩序を表すために、二つの無秩序を一緒に選んだの。この人びととは、いったい誰？　誰が名前を決めるのか？　そんなこと、どうでもいいことよ。それをしたのが本当は誰かなど、誰にもわからない。自分の戦いを戦ったマルニーなのか、あるいはマホガニーのほんの最初の頃にいて、最後のときにもいるマニなのか？

――イダは跳び上がって、叫ぶ。「マリー・スラ、あなたは精霊そのものね！　私はこの一件について研究してみるわ。」

まるでそれがひとつの出来事であるかのように。

草は戦いで打ち負かされた。草は、まわり道がとおっているラ・ディヨンとバラタのあいだで、弱さにため息をついている。もはや住民たちの身体のなかに軽さは感じられないし、大きな樹《しょくぶつ》の闇の重さも感じられない。それこそが軽さをもたらしていたものなのに。それはいまや十分に整備された快適な砂漠だ。沈黙は恵み深いものではなく、埃は肥沃なものではない。草は知らないうちに跳んでいき、発育できる秘密の場所を見つける。それこそが本当の出来事だ。誰も考えたこともないような片隅がある。名前を見つけるためには、通りの記録簿を見る代わりに、そんな片隅を探すべきだと私はイダに伝える。私も、告白すれば、街や高速道路の外れのセメントのたまり水に浸された雑草のほうが好きだ。

そうした雑草は、生きることにあまりに頑固にこだわっているので、泣きたくなる。心を打つのは、それが私にマニではなく、管理人を思い出させることだ。一本の雑草、それは一人の子ども、一人の若者であるにちがいない。たとえ彼らがひどく強情だったとしても。野生のニグロに、太った者はいない。でも、私が考えるのは、管理人のことだ。足の親指を銃の引き金に固定したとき、彼が物静かに何を考えていたのか、誰にもわからなかった。彼は小屋の壁の背後で女たちとふざけあう、とてもおもしろい人間だったとみなは考えている。ティガンバや、無力な憲兵と、いつもかならず何か冗談を言いあっていた。おそらく彼は、この地上から立ち去ることを受け容れていたのだろうか？　彼がますます悲嘆のなかに落ちこんでいったことが、私の頭から消えることは決してない。彼は戦う誰かを、個人的に嫌う誰かを探していたが、見つけられなかった。あるいは、狂気のなかで、逃亡奴隷として自分と一緒に走ることを選ぶような誰かを探していたのではないか？　彼は見つけられなかった。森の中で、ひとはいつも孤独だ。

私はその事件を知っている、私はその森を横切ったことがある。覚えているだろうか、私の頭は大きな樹《しょくぶつ》のいたる所で揺れていた。他の樹《しょくぶつ》より、ずっと太い木の上に私はのぼった。まっさかさまに落ちた。私は管理人の夢を夢みている。運命がこの夢を、私たち二人のために作ったのだ、この始まりも終わりもない夢を。私はそこで、彼と出会った。最後の葉っぱにつながった、大空の高みにおいて。

彼が本当に嫌っていた人など、誰もいない。周囲に広がる大地すべてが、そのような嫌悪の対象など何もない場所だった。彼は考えた。「私しかいない、マオしかいない。」そこで彼は怒りの重さを、自分の頭の上に向けた。もはや太陽も、雨も耐えることができなかった。マランデュールに行ったときでさえ、海の水はもはや彼の足を冷たくしなかった。蜂や蚊のなかをのぼってゆくことに、あまりに時間をかけすぎたのだ。彼はあまりにながい間、地平線の波を見つめていた。他にどうすることができたというのか、彼は自分を嫌いはじめるしかなかった。それだけではない。人びとが絶えず彼を嫌うことも願っていた。

食事のときに、家々に入っていき、家族の父親の場所に座った。自分の鉈《なた》を食卓に斜めに置き、腰には拳銃をさし、膝には銃をもっていた。まるで獣のように、彼は手で食べ、食事の前にも後にも手を洗わなかった。女たち子どもたちは、口をひらかないまま、天に祈った。小屋の主人たちは、屈辱を堪えしのんで涙を流した。彼は礼も言わずに出ていき、この舞踏を終わらせる見事な一発をくらうことを期待していた。だが彼は、自分自身でけりを付けなくてはならないだろうと知っていた。誰一人、そんな役目を彼のために果たすことに同意しないだろう。彼らは怖がっていたが、逃亡した管理人には、髪の毛一本にさえ触れることがなかっただろう。「マオさん、どうしてあなたはこんなふうに振る舞うのですか。ここにあるものすべては、見返りなしにすべてあなたのものなのですよ。」その時がやって来たら、自分には勇気が必要になると彼は知っていた。

私は管理人に友情を覚えるが、マニには憐れみを覚える。マニの話をすみずみまで理解するように、私はできていない。今日の若者たちの出来事なのだ。だからこの続きは、娘イダにしか吟味できない。

オドノが家に入ってきたとき、庭の草たちが歌いはじめた。その時、私は注意していなかった。大きな樹のもとに通うようになったら、小さな草の惨めさや幸福がすぐには理解できなくなるだろう。若者たちはみな、大騒ぎをするものだ。彼らが音楽と呼ぶものは、まるで爆弾のように落ちてきた。頭を抱えこむことしかできない。このカーニバルしか耳に入ってこなくなる。枝の落ちる音も、枝に花咲く音も聞こえない。この大騒ぎのなかで、私はじっと仕切り壁を見つめている。注意深いパトリスが私のかたわらにやって来て座る。私がオドノのことを思うとき、パトリスはいつもそこにいる。

イダ

マリー・スラ、あなたがどう言おうと、イダは幸せになります。

大きな樹《しょくぶつ》が戦いに敗れても、私にとってはどうでもいいことです。みんなの声を聞いてみましょう。小さな草だって、アスファルトの下で滅びるわけでありません。生きはじめる、何らかの流儀というものがあるのです。そのたびに、後ろに向けて銃を撃つわけにもいかないでしょう。私は谷のようにいっぱいになり、原因のない喜びにみたされます。頭の上からふくらんでいくのです。強い風のなかで、私の両腕は揺れています。私の身体は泡のようにあがっていき、私はまたひっくり返るでしょう。

島が心から嘆き悲しんでいるとあなたが言うのなら、それは本当ではありません。大きな樹《しょくぶつ》が草たちに出会う場所が、あなたの身体のなかにあり、そこであなたは戦うのです。大地が明るくなると、それはあなたのふくらはぎを照らします。家がアデライードよりさらにひどく醜くかったとしても、ひとはそのなかでゆっくり眠るものです。ペイ＝ア・ベル、イ・ベル（美シイ国ハ、美シイ）。空港に向かう道すがら、別の車に貼りつくように迫っても、あなたは相変わらずあなた自身の車の中にいるのです。自分の周りにある土地を、すっかり破壊しようとしても、誰もそんなことには成功しません。土地は自分を守ったりはしない、ただそこにあることだけで満足しています。ル・フランソワ行きの道を通ると、ピト山の頂が見えます。ビロードのような緑の輝きが、青い雲のなかに浸っています。それはしばしば虹の中で揺れています。それが美しくないと言えるでしょうか。

イダは永遠に歌いつづけます。大いなる幸福が私の身体から立ち上がってきます。それは私の谷間の上を舞っています、葬送の歌の中に、自分の高い声をめぐらせるのです。昔から、私は時間を超える術を学んできました、そこからすべてが始まった地点、私たちのずいぶん後ろにありながら、私たちの苦痛のずいぶん近くにある地点から、前に向かって走る術を学んだのです。つまり無視することさえできず、忘れることを学びようもない、私の兄パトリス、私の兄オドノのことを考えるのです。

マチウなら、ため息をつき、いつもの言い方で言うでしょう。幸福をつつむものは脆い、死者たちはそこに入ることはできない、と。二人の若者が戻ってきて言います、魔法は巨大な幹ではないし、消えつつある草でもない、それは私たちの惨めさを囲んでいる、束の間のヴェールなのだ、と。

マニと知りあったとき、私は恐怖で我を忘れました。私は言いました。「オドノ、彼と付き合うのは間違っている。あの少年は、世界のまわりを回転する、むきだしの破局の破片よ。パトリス、彼にアドバイスして。」彼、つまりマニは、まるで私がマダム川のゴミや汚物の上を流れる木片であるかのように、私を見つめていました。それからあまりに突然微笑んだので、私は不意によろめいたほどでした。彼に話しかけたいと思っても、ひと言何か言おうとするたびに、立ち止まることになります。明るすぎる彼の眼が、まるで彫像のまぶたのように、相手の上にのしかかるのです。彼は海のウナギより速く、稲妻のように動き、相手をつかまえて、歌うように言います。「イダ、君はぼくの妹だ。」オディベールのあだ名以上に、私は存在しないも同然の状態で、ぼう然とたたずんでいるしかありません。

彼の本当の兄弟は、フィラオ〈難問《カス・テット》〉です。マニは誰に対してもひどく警戒心が強いのに、フィラオの話になると、その固い殻をやわらかくせずにはいられません。彼は〈難問《カス・テット》〉のほっそりとした長身を庇護し、彼とあまり長いあいだ離れていると、耐えられなくなりました。本当は何が起こったのかを理解しようとしたとき、こうしたすべてを私は知ったのです。まわりの誰も気がつきませんでした、私の唯一の情報源は、〈水夫たちの子〉、それに事件のごく一部しか知らない何人かの通行人だけです。現場にいたただ一人の島の人間であるジェルボー兵舎の兵士。マニの女友だち《アミ・ド・マニ》、彼女はアニーおばちゃん《アニー・ド・マミ》ではないと、マニはいつも声高に叫んでいました。セント＝ルシア島の客たちのもとに通っていたサント＝アンヌの漁師。〈水夫たちの子〉は、マニが彼らをどのように引き受けていたのかを私に教えてくれました。まず〈難問《カス・テット》〉を、その結果、次に〈水夫たちの子〉を、というのです。

「彼がどれほどぼくたちを守ってくれたか、想像もできないでしょう。町のごろつきで、ぼくたちに言いがかりをつけようと考えるものなど一人もいませんでした。フィラオはため息をつきました。「マニ、ぼくはもう十分大きいから、自分の身は自分でなんとかできるよ。」彼は答えました。「フィラオは風を掴まえているだけで、自分の足元で何が起こっているのかを知らない。」毎日、チキンとフライドポテト、ビール、ペプシ、映画、ズーク〔西インド諸島の民族音楽と西洋音楽の要素をミックスしたポップ・ミュージック〕、村々を絶えず歩きまわること。毎晩、土曜日、日曜日。まるで世界銀行でもあるかのように、他の人間が支払うことを、一度も認めたことがありませんでした。彼は金を稼ぐために、どんな仕事でもしました。――時々は、盗みを働いたのでしょう？――そんなことは決してありません。彼は言っていました。「マニは跳んで《アンヴォル》いくけど、盗み《ヴォル》はしない。」よく彼に、別荘とか、自動車とか、簡単にできそうな犯罪が提案されました。他の仲間たちはひそかに叫んでいました。「おまえは怖いのだろう」、でも彼は何も答えず、相手を素通りしてその向こうを見ていました。」

「彼はよく、何も言わずに、姿を消しました。アンヌ＝マリーは気が触れたようになって、いたるところを駆けまわりました。彼がどこにいるのか、ぼくは知っていました。彼が突然消えたのは、見捨てられ、荒れ果てた古い部屋を、また見つけたからなのです。ポワント・デ・ネーグルや、サン＝ジョゼフにむかう田舎や、リセの下のほう、あるいはシェルシェールのどこかには、見捨てられた部屋があるのです。床板もない場所、屋根に穴が開き、トタン屋根がぶらりと垂れ、至るところに動物が這い、ベッド・カバーのように埃が積もり、煤、装飾の代わりにおがくずがある、そんな場所にくると、彼は満たされた気持ちになるのです。彼はそこを出て、一日中さまよい歩き、夕方帰っていきました。地面に寝て、おそらく一人で考えにひたっていました。屋根の破片を通して、夜の空を見つめていました。時々、当時まだあった池に身体を洗いに行きました。何でも知っていました。そうでなければ、見捨てられた川のほとりや、リド海岸に行きました。彼はそこに一週間、二週間とどまり、下着をそのまま放っておけない時までそうしていたのです。何もなかったかのように、仲間たちのもとに戻ってきて、床屋に髪を切りに行きました。アンヌ＝マリーは幸福な人となって、サヴァンナを駆け下りました。」

「毎日自分と会うようにと、彼はまた要求するようになります。まるで一度も出ていったことなどなかったかのように。〈難問《カッス・テット》〉は身体をそらし、ぼくたちだってどこかに引きこもる必要がある、ノヴェナ〔九日間の祈り〕をあげる必要があると言います。マニは笑い、宙返りを三回してみせました。」

「オドノは落ち着いて言いました。「マニを放っておこう。彼には好きなことをする権利がある。」——「いったい何をするというのさ」——「定期的に逃げだすことだ」。マニは〈難問《カッス・テット》〉については庇護することにこだわり、オドノに対しては讃美の念を隠しませんでした。——讃美していたってどういうこと？——それは彼がミセア夫人にあまりに似ていたからです。——彼女が、ミセア夫人が、この話にどう関わっているというの？――イダさん、ごめんなさい、ミセア夫人は、私たちが知らないことを知っているのです。彼女もまた、大混乱の家を、腐った床板、掛け金のない小屋、シーツも藁もない粗末なベッドにしばしば通っていた、とマニは言っていました。埃を吸いこみ、排水溝で下着を洗ったのです。彼女はとても多くのことを知っています。」

「彼らは朝、パヴェに向かう道に旅立ちました。彼らは言いました。「われわれは遠征する。〈水夫たちの子〉は、参加できない。正午きっかりに戻ってくる。」彼らとは、マニとフィラオのことです。でもぼくは、彼らが同時に生きている姿を、再び見ることはありませんでした。マニは再びあらわれ、ぼくの前で言いました。「みなが語ることはすべて、嘘から出たこととなるだろう。いまやぼくは、本当に姿を消すだろう、ぼくのことは探さないでほしい。フィラオのような人間を、ゴミ袋を捨てるように、トレネルの上から、六人がかりで捨てるなんてあり得ない。奴らのうちの一人、首謀者は償うことになるだろう。それから、あといったい何人に、償わせることができるか。」彼の声はトロンボーンのように低く、息を二回吸わなくてはならないようでした。彼の生きている姿も、ぼくは二度と見ませんでした。全然彼に会えないのです。イダさん、ごめんなさい、それはちょうどあなたの兄オドノを連れ戻そうとした時のことなのです。翌日、フィラオが、ぶざまな姿で死んでいるのが発見されました。捜査が、ほとんど一年前から行われていると聞いています。あなたもそれを手助けしているように思えます。少し遅れて、ジャーナリストになろうとしているのでしょう。そうではありませんか？」

いったい私に、何と答えることができたでしょう。私は自分で調査を進め、何も考えていない若い兵士から、自分に欠けている情報を得ようとしました。トレネル、ル・パヴェ、ジェルヴォの兵舎のあいだというなら、それは兵士の問題にまちがいない、そんな考えが芽生えたのです。その兵舎はかなりしっかり建てられていましたが、骨組みは貧弱なままなのに、肉付きだけを太らせたものだとわかりました。その人はバス＝ポワントの田舎から来た人で、抜け目のない人ではなかったので、官庁がポーかドイツに送る用心を取らなかったのです。そういうわけで、フランスから到着した徴集兵の若者たちすべてと一緒に、この部署に配属されたのです。でも、彼と私のあいだには、何かつながりがあって、おそらく私は静かな眼、おなじほど親しげな声をもっていたのでしょう。新聞で漠然と言われていること以上の何かをご存じでしょうかと、私は彼に尋ねました。私はすべてのことに通じているふりをしました。すべてだって？「私なら、自分の中隊の電話番号すら知りません」と彼は言いました。

「私は若い白人《ソレイユ》たちと一緒にいました。彼らは低い声で話し、私は聞こうとはしませんでした。時どき、いくつかの言葉が鳴りひびきました。彼らは私にきっぱりと言いました。「向こうに行ってくれ。われわれにはやることがあるのだ。」彼らはパヴェにむかう下り坂、あるいはおそらくトレネルの上にある林の中の道にむかって出発しました。私は軽機関銃の部品、装具一式をもっていました、私たちはちょっとした軍事行動を実行していたのです。曹長《マオギ・シェフ》は彼らとともに発ち、私にできることはといえば、とにかく従うことだけでした。彼らは興奮して戻り、満足しているようでも、ぼう然としているようでもありました。まるで沸きたっているようでした。――その人たちはあなたに優しかったですか？――私は、優しいか邪険かなんて、考えたりはしません。誰もそんなことに注意などしません。――ではどうして私に、その日のことを、これほど正確に話してくれるのですか？――それはあなたが私に尋ねたからです。ばらばらになった死体が発見されたとき、私は考えました。誰もが私を見ないで通り過ぎましたが、そのおかげでじっくり観察することができました。――でもあなたは何も言わなかったのですね。――お嬢さん、あなたと同じようにね。あなたは情報を得たいがために、とにかく知りたがっている。しかし、何の証拠もないのに、どう言えば良いというのですか。誰に、どういう意図で？　それに曹長の亡骸が、同じ姿勢、同じ状態で発見されてから三日も経っているというのに。そこで役人たちは何も見ぬふりをして、黙りました。マルニー事件が始まりかけていたので、それは容易いことでした。他の若者たちは恐怖のあまり、二十五人の組となっても外にでませんでした。それに全員に命令がくだされました。私は兵舎に一カ月、扉を一度も通り抜けることもないままとどまっていました。私はそのまま放っておかれ、じっとしていました。おわかりですか、知っている者としてふるまっても、それが何の役に立つというのです。昔から、ニグロたちは道義をわきまえず、迷信や意地の悪さにみちていると言われてきました。軽薄で、こういう言い方をどうか許してほしいのですが、やることしか考えていないのです。結局、彼らは、いま何時なのかさえわからない者だと思っているにちがいありません。私の存在がその思いを強めたのです。」

「私はバス＝ポワントに帰りたい。私の父は、そこに七本のレイシの木をもっていて、二年に一度、果実をもたらしてくれるのです。アメリカ人たちは、その木の下で直接収穫物を買いたがります。とにかく、誰に話しかけるべきかを知らなくてはなりません。私がたった一人で真実を明らかにすると、あなたは思っていたのですか。どちらの側の役人たちも、そんなことはできないと決めたというのに。私はかなりばかな様子をしています。それなのに、どうして私に話しかけたのですか。占いでもしたのですか、それとも小さな風にゆれる葉っぱを解釈したのですか？」

彼は見かけほどぼう然としていたわけではありませんでした。いずれにせよ、得られる情報がめまぐるしすぎて、私には何のことだかわかりませんでした。うわさ話をいたる所で吹聴し、大きくすることはひどくたやすいことですが（うわさ話は確かに超自然の知らせなのです）、隠された真実を明らかにすることは、もっと素早く進みます。でも、隠された真実は、明らかにされたとしても、山の頂の優しい日の光のように、はっきり空に昇ることはありません。偶然出会ったふりをしてアンヌ＝マリーに話

しかけ、運命に導かれて会ったからには、マニについてお話ししましょうと言ったとき、彼女はそのことを私に説明してくれました。」

「そのことはとてもお話しできません、イダさん！　私の身体はずいぶん前から、裏返しになっているようなのです。あの人は虎＝猫みたいに傲慢でしたが、私にとっては運命によって定められた相手でした。私は叫びました。「お月さま、私の身体をお取りください、マニを私の腰、私の肩に載せて、あなたのもとにお届けできるように！」彼はいつも言っていました。「おれはチボワ、〈私の母の母〉よ、おれは〈小さな棒切《チボワ》〉だけれど、全速力で駆け抜けてみせる。」私は遠くから答えます。「私は永遠に〈小さな棒切れ《チボワーズ》〉のままよ！」ただし〈私の母の母〉は、私をまったく愛してくれませんでした。相変わらずマニに言います。「髪を振り乱してそんな放蕩生活をして、あなたはいったい何を見つけたの？」彼が何を見つけたかなんて、彼女にわかりっこありません。」

「マニにとって、それは乳房でした。あなたと私は友情で結ばれている、そう言えます。男たちにとって乳房が何であるのかなんて、私には理解できません。私にとっては、何の意味もないことですから。イダさん、触っても良いですよ、私にはどうでも良いことなのです。少しも身動きしません。ここだけの話ですが。マニはじっとしていることができませんでした。自分の両手を合わせ、そのなかにいっぽうを掴んでいる必要があったのです。彼はじっとしていることができず、こうまくし立てました。「これはなかなかのアプリコットだな。」そこで私は彼の手が私の首の後ろに触れられるように姿勢を按配しました。本当にばか騒ぎでした！」

「最期の時だけは別です、おわかりでしょう、彼は眼を上げることさえしませんでした。彼は引き抜かれ、砕かれ、押しつぶされていました。私は叫びました。「マニ、マニ、少し次のために取っておきなさいよ！」彼は言います。「次はない！」彼は言いました。「おれは二回目を壊した。他の回はお預けだ。」彼は言いました。「次の回は森のなかだ。奴らが扉を閉めようとする前に、おれは二回目を壊したのだ。」私の声が、思いがけず、出てきました。「マニ、あなたはマルニーのようにしたと、何人も、何人も殺しつづけたと、私に言わないで。」彼は言いました。「おれはマニのようにやる。模範はいらない。」彼は私に自分の元を去らなくてはならないと言いました。彼は右も、左も、見ていませんでした。その眼差しはさまよっていて、言葉は引きつっていました。彼がいつ出ていったのかさえ、私にはわかりません。その後を追って、私は急いで駆けだしました。七日間、彼の後を追いました。」

「その頃、有名なマルニーは殺戮を行っていて、誰もが彼を救うために、彼の後を追っていました。どうしていつも男なのでしょう、イダさん。どうして勇敢な女がその足跡を追ってはいけないのでしょうか。逃走中のマルニーを追う、ラジオ、新聞、宗教裁判所、聖なる教会、熱狂するフォール＝ド＝フランス。ご存じの通り、誰もが彼を助けました。女たちが食べ物をもっていきましたが、でもいったい誰がマニのために助けようとしたでしょうか。二人の名前はほとんど同じだというのに。この騒ぎのなかで、誰一人知りませんでした。この七日間、マルニーの話しか聞こえてきませんでした。彼が自分の名誉のために仇を取るのは正しい、自分を裏切り見捨てた共犯者たちのために、牢屋に二年間入れられたのだから、というのです。犯罪者でさえ、自尊心というものがあるのです。彼は逮捕され、刑務所に入れられ、怪傑ゾロのように脱獄しました。本当に見事です。でも、私はマニの後を追います。彼も一人の犯罪者で、おそらくは殺人者でさえあります。その理由が誰にわかるでしょうか。誰が彼を弁護したでしょうか？」

「ヴォークランかサント＝アンヌのほうに、彼は向かいました。私は身体を折るようにして、キャップ＝マクレ、キャップ＝フェレの岩をのぼりました。〈池の小屋《カーズ・レタン》〉のあたりで彼を見失いました。ラ・パランの谷間でふたたび見つけました。おかしいとは思いませんか。マルニー、マオ、マニ、〈ノ〉か

〈二〉です。まるで頭の中がひっくり返ったようではないですか。」

「サント＝テレーズ町で、マルニーが降伏するために、両手を挙げたというのに、撃たれたとき、このすべての混乱が起きたのです。店に火が放たれ、入口と出口にバリケードが築かれ、照明のない通りに火の手があがり、五日間、暴動、革命騒ぎが起きました。私は、マニを探しました。私はなかに入ることもできたし、出ることもできました。人びとは秩序を保っていました。私はトレネルに向かい、ヴォルガ海岸に船で行きました。彼はいったいどのようにして、私をこれほど迷わせるのでしょう。二日前から私は彼の姿を見失いました。彼の行き先にまわって、タラのフライとパン一切れを置いたというのに。私がそうしたのだと彼は知っている、そう私は確信しています。彼が食べたかどうかを確かめるために、私は彼の後を歩きました。彼が何をしたのか、なぜなのか、私にはわかりません。フィラオ〈難問《カッツ・テテット》〉にも、〈水夫たちの子〉にも、もはや会えません。イダさん、私にはわかりませんでした、当時わからなかったのです。ほんのちょっとひらめきがあるだけで、私の頭に残っているわずかなことは、すべて彼を探すためのものでした。私はバリケードを通り過ぎ、煙を横切り、大騒ぎの敗走する人びとに出会いました。私はふたたびトレネルに上りました。アンヌ＝マリー、私たちと一緒に来い、人民が指揮しているのだ、私は叫びました、ほっといてちょうだい、私はしなくてはならない用事があるの、マニを見つけなくてはならないの。――何を言っているんだ、マルニーはクララ病院にいる。奴らが彼を手術しているが、確かにそうするべきだ。彼が死んでしまったら、それはすべての人にとっての死となるからだ。」

「この二日間、彼は何をしていたのでしょうか。私が答えましょう。彼は三回目を試していたのです、二回では十分ではなかったのです。ヴォークランへの道を降りてゆく、あの人の姿を私は見ました。彼は自分の前の空気を、まるでそれが壁であるかのように頭の支えにして、考えごとをしていました。途中で切断された道を通っていて、彼が確かに逃亡していることがわかりました。しかし、何かの力によって、彼はフォール＝ド＝フランスのほう、トレネルのほうに追いやられました。私は警戒するべきでした。マニは逃亡の専門家だったからです。この時、彼がいったいどんな小屋に自分の身体を押し込めることができたのかさえ、私にはわかりませんでした。革命騒ぎのなか、煙のなか、錯乱のなかを、私は歩いていました。それも彼の祖母に出会う時までのことです。あなたもご存じの、解いた髪を好まない、〈私の母の母〉のことです。それは小康状態のとき、誰もが結局マルニーは死んでいない、ボーイング七四七でフランスに上陸したと言っていました。ひそかに燃える火が、サント＝テレーズで弱まり、飛行機で出発する人びとは、障害物が取り除かれた空港への道を通りましたが、舗道沿いには、太い木の幹が並べられていました。これほどばらばらな残骸が集められているのを、誰も見たことがありませんでした。バリケードで騒いでいる最後の人びと、焼かれた店の周辺の子どもたちの群れ、そして三百歳といってもいい疲れが顔にのこっているアンヌ＝マリーしか残っていませんでした。祖母は私の正面にぴったり立ちどまり、足の爪から解いた髪まで私をまじまじと見つめ、静かに言いました。「アンヌ＝マリー、マニは死んだよ。」」

「彼女はマドラス織りの服を、左腕のところで止めていました。通りを歩くとき、いまだにマドラス織りの服を着る人がいるなんて、想像できますか。彼女は手を差しだし、私の額、口に触り、終油の秘蹟を授けてくれました。そこで私は考えました。「彼女は私の前に、彼を見つけたにちがいない。」そこで爆竹が鳴ったかのようにして、カーズ・ピロットから降りてきた、彼を見つけたにちがいない。彼女は私は彼女の言ったことを自分の身体のなかで推し量りました。」

「私は混乱したまま、ふたたび彷徨のなかに落ちこみました。今度は自分のなかに、彼女の言った言葉があらゆる尺度を越えて広がってゆく場所に。〈私の母の母〉はまっすぐやって来た、ただ私の上で銃を一発撃つためだけにやって来たのです。あるいはおそらく苦しみを誰かとともに、過剰だと思うほど遠いけれど、自分のものとして共感できるほどには近い誰かとともに分かちあうために。それがどんなふうだか、わかりますか。祖母は、時には実の母親以上の存在です。その後祖母には再会せず、彼女がどこに埋葬されたのかさえ、私は知りません。まるで祖母に会ったことなど一度もなかったかのようです。男たちがやって来て、男たちが去っていきました。テテ・ドゥブ・セ・プ・アン・タン（乳首ガ立ッテイタノハ、一時ダケノコト）。いま私の頭に残っているのは、マニの夢です。彼はその夢を私に何度語ったことか。こんな夢です。あなたにお話しすれば、少しは私の頭も軽くなるかもしれません。」「マニは大きなアカジュの木が上ってゆくのを見ていました。しかし、それは落ちて、マホガニーとなるか、フロマジェの木、あるいは古い時代のアコマの木となりました。三匹の動物がその周りに座っていて、会話を交わしています。毛のない牛、角の生えた犬、蛇です。彼は叫びました。「お願いだから、助けてくれ。この大きな樹《しょくぶつ》は倒れようとしている。」動物たちは、まるでサロンにいるようにして、笑います。「イ・カイ・トンベ！（ソレハ倒レナクテハナラナカッタノサ）」マニは毛のない牛に飛びかかり、角のある犬を鋤のように掴み、幹の前に植え、一本の枝に蛇を結びつけました。「おれは蛇に触れるんだ。」彼は樹《しょくぶつ》を支えるために、その蛇を岩につなぎとめ、毛のない牛を解体し、その皮膚をこの土地の周辺にすっかりまき散らし、歌いました。「バカラ・レテ、バカラ・レテ」、その樹《しょくぶつ》は直立したまま、雲のなかに直に入りこみ、あたりの水源の水すべてをそこに集めたのです、イダさん。」

それで最後に、私はヴォークランのほうへ行き、海の中で何かが変わったのかを見なくてはなりませんでした。

このようにして私はパルトー船長に会いました。私たちは夕方、家の前で、砂浜のうえに立ったまま、話し合いました。彼は私を〈フォール＝ド＝フランスの女《フォワヤレーズ》〉と呼びましたが、侮蔑のニュアンスはありませんでした。サント＝アンヌのぱちぱち跳ねる避暑客と私を取り違えることもありませんでした。」

「私にとって、それはひとつの謎だね。二人の道に迷った若者を前に、私はまったくぼう然とするばかりだった。最初の若者は、海を通りたいと言った。私は自分の言い値を、そのまま言った。漁師の舟を維持するのは大変なことだからね。セント＝ルシア島で一晩過ごせば、その分、漁ができずに損となる。漁はたくさん稼がせてはくれない、これははっきり認めなくてはならない。魚はプランクトンの道にしたがって、アフリカに行ってしまった。知っていたか、〈フォール＝ド＝フランスの女〉よ。しかしとにかく一晩は一晩だ。値段について合意ができれば、私は説明なんか求めない。アングレ岬で会う約束をした。アンス・バアムから出発したいと、彼は自信満々で言った。アンス・バアムは油断のならない海流がいっぱいで、アンス・バアムから行くというなら、自分は行かないということになる。夕方六時から九時まで、私はじっとアングレ岬で待っていた。それから帰ると、友人たち、仲間たちがみな私を祝福してくれた。パルトー船長、あんたは夜、漁に出るのかね。自分が何をしたいのかわからない若者たちの混乱について、私はずっと考えている。」

「翌日、別の若者が来た。道、雨、太陽による乾燥で、同じようにくたびれ果てていた。この二人に出会うように、私の運命はあらかじめ決まっていたのだ。動機が同じかどうかはわからなかった。騒乱の噂は私たちのところにまで届いていた。それにしても、こんなことが繰り返されると、どうして想像できただろう。私がここにいるのは自分の船を漕ぐためで、通行人に問いかけるためではない。この若者は、まるで損傷した船荷のように、自分をマランデュールに運んでくれと頼んできた。マランデュールでは、岩が波間に浮いている。それを説明したが、若者は澄みきった眼で、私を貫くように見ていた。

彼は言った。「ご存じでしょう。私の後にも、別の人たちがくるはずです。」私は答えた。「他の誰が？他の何が？」彼は私を相変わらず漠然と見ていた。彼は言った。「考えを変えてくださるなら、私は〈池の小屋《カーズ・レタン》〉に行くでしょう。」まるで正気の人が、そのあたりに一人の旅人を探しに行くかのようだった。私たちはしばらく、銅像のように立っていた。結局、彼は、行くとも行かないとも決心しないまま、背を向けた。彼は手に金を持っていて、自分は確かに行けることを示していた。私はそれをほしがらなかった。パルトー船長はクロイソス〔リュディア王国の王、富める者の同義語〕ではないが、約束はきちんと守る。」

「私の考えでは、彼らは海と格闘していたのだと思う。海峡を見くびることはできない。海が人を運んでくれると思いがちだが、実際には海は人をじっとうかがっている。彼らは遠くの境界線を見ていたが、雲が走っていて、地平線にセント＝ルシア島は見えなかった。人は未知のものを前にすると後ずさりする。残念なことだ、一人ずつ、問題なく、運んであげることができたのに。今ごろ、彼らは向こうの島のココナッツの木の下ですっかりくつろいでいただろうに。今日、あなたが言うことによれば、そのうちの一人が消え、その亡骸は大地の中の見知らぬ流れのなかをさまよっている。最初にやってきた、もう一人の若者はフランスの牢屋に入れられ、影になった中庭、懲戒用の宿舎、太陽がずっと見えない場所で、終わりのない舞踏を舞いながら、自分の戦いをつづけている。このあたりでは、誰もが彼のことを話している。誰もがすでに彼のことを忘れはじめている。どう思う、〈フォール＝ド＝フランスの女〉よ？」

　パルトー船長、はっきり言って、それがはっきり聞きとれたただ一つの結論です！　この一件の教訓は、フェリシテ・ビヤンヴニュによって口にされました。フェリシテが彼の名前で、ビヤンヴニュが彼の姓です。今日、もはやあだ名を示すことが考えられないことがあります。覚えておいででしょう、フェリシテは兵士でした。彼は尋ねました、何であれとにかく何かを明らかにすることなど、どうしてできるのだろう。彼のいうことはもっともでした。二つの爆弾が、おたがいを相殺しました。町にあらわれ、人びとのうわさのなかで広がった人が、もはや取り戻せない未知のなかでざわめいていた人を抹消しました。マルニーの事件は、マニの暗さをもっとも奥深いところに押し込めました。マニは自分の孤独の果ての果てまで行きました。フォール＝ド＝フランスにふたたび行き、そのまま立ち止まらずに騒乱を横切り、兵舎に入る手立てを探しました。サント＝テレーズで沸騰している群衆のなかに溶けこんでいったとしても、彼を襲撃する勇気のある追跡者などひとりもいなかったでしょう。彼は歩きつづけました。トレネルには人気がなく、パヴェにも人気がなく、団結した群衆が町の出口で沸きたっていました。マルニーが両手を挙げた後、警告もないまま撃たれた場所です。マニはこの人気のない場所に、一人で入っていきましたが、それは単に自分がまだ試さなくてはならないと考えていたためです。彼はそこで、永遠に姿を消しました。戸籍を掘りおこしたり、家族のために探し求めたり、権威筋に手紙を書いたり、請願書を出したりすることはできるでしょう。それでも少しずつ沈黙が積み重なっていき、時が少しずつ蝕んでいきます。時間が流れ、大混乱も美しいものとなっていきます。

二人の名前が選ばれたのは偶然だったのでしょうか、それとも私たちのために寄せ集められた姓の無秩序な蓄えのなかで、ずいぶん昔から、ある種の人びとにとって、同じ種族に属することが決定されていたのでしょうか。私にはわかりませんが、彼ら二人はそうした人びとでした。おそらく掛け値なしの必然性によって、あだ名と戸籍の名前、公に語られる言葉と霊感を受けた呼び方が合流し、混ざりあう場所がどこかに存在するのです。

マリー・スラ、お母さん、私はこれをあなたに捧げます。私たちが気にすることもなく自分たちの手で散り散りにしたすべてのものを、私たちが自分の身体に集めることを恐れているすべてのものを、あなたは頭の中で、ぎゅっとひとつにまとめていたからです。あなたを大地のあまりに奥深くまでに運びさり、そのためにあなたがまるで私たちから遠く離れた亡命者のように思える、そんなすべてをあなたは頭の中に凝縮していた。でも私はあなたに言いたい、ミセア、あなたと一緒に降りてゆくことはできません。それは私にとってあまりに遠くから来たもので、自分が行けるのはほんのすぐそば、手を差しのべればそこにある、ごく近くのところだけなのです。私はあなたに、自分の話をよくしました。書く必要はありません。やり方を変える必要はありません。そうしてほしいならマチウがいます、あるいはその友人、私たちの友人、きれいな字を書く代書人がいます。他のしるしにわずらわされずに、誰かが歌う必要があるのです。少しずつ、私はバス＝ポワントに北上しました。

そんなことならすでに知っていたと、あなたは言うでしょう。あの人は兵士と同じ目をしている、同じように穏やかな声をしていて、見かけほど知恵遅れではない、そう彼女が私たちに気づかせてくれた時から。――それでもまず、彼はもはや兵士ではなかったし、さいわいなことに、永遠に兵舎に戻ることはありません。次に、彼はあなたが思うほど、あるいは私が語るほど、若造でもありませんでした。彼の兵役は揉めごとだらけでした。彼の書類が紛失し、召集することが忘れられ、田舎にどれほどながい間静かに過ごしていたことか。それも憲兵が彼を逮捕しにやってくるまでのことです。ひとは法律を知っているものとみなされます。彼は犯罪者、あるいはほとんど犯罪者として、兵役に就きました。あまりに滑稽で、思いがけないといった様子なので、人びとは彼をばかだと言いました。おわかりでしょう、私は三十歳、若い青年の後を追ったりはしません。彼の肌はサポジラの実のようになめらかで、彼が十五歳なのか三十歳なのかわからなかったでしょう。私の考えでは、どちらかと言えば三十歳です。子どもの様子をしていることがとても自然に見えるとき、それは男が年齢にふさわしい経験を重ねたということなのです。

こうして私はバス＝ポワントに北上しました。私は住民の反乱、そして十九世紀に関する研究を準備していました。あまりにたくさんあるので、調べる気持ちを失うほどです。どうしてこの種族が、反乱、鎮圧、反乱、鎮圧、国外追放、死刑執行を生き延びることができたのでしょうか。彼らに敬意を表するために、私は彼らの名前を頭のなかにめぐらせています。ジャン＝バール・マルティーヌ、エリゼ・アルク＝アン＝シエル、ジャン＝バティスト・アグリコール、ジャン＝フィリップ・シリアク、レアンドル・リュセット、ラブリックと呼ばれたサロモン、ヤコブと呼ばれたジャン＝バティスト・シモン。彼らは役人であり、例えば一八三三年、ル・ロランのグラン・タンスの役人たちでした。名前をもつ者、ムラート、解放ニグロ。入植者自身、デサルという人物が、自分の書き物のなかで彼らについて語っています。裁判記録に一度も登録されたことのない者たちの調査をしようなどと思ってはいけません。彼らは畑のニグロたちで、略式裁判で処刑される者たちであり、その数が数えきれず、無数にあるからです。

ある午後、アジュパ＝ブイヨンから来て、バス＝ポワントにむかう平地のちょうど手前にある、回り道の回り道でしかないようなこの道の曲がり角で、私は七本のライチの木を見つけました。道の右側に分岐してゆく土の道のうえに、ふるいにかけられた影が射していて、黄色い花をつけた火炎樹を際立たせていました。道の片側には、プジョーの幌付きトラック四〇三のガレージ、別の側――その奥に――フェリシテの家がありました。遠くに、ライチの木々。私はそれらの姿を認めたのです、おわかりでしょうか。

ごく自然に、フェリシテ・ビヤンヴニュが私の前に出てきました。まるで私の訪問を待っていたかのように。ただちに、別の言葉、別の話し方が私の頭にやってきました。それぞれの言葉が儀式であり、時が言葉のあいだを通り抜け、私はこの場所の言葉のなかに入りました。家の中で、家族の父親はその印象を強めました。彼の声は川のようにしなやかで、その微笑みは、アルマの泉の周辺にまき散らされた光のように輝いていました。

——お嬢さん、ビヤンヴニュ《ビヤンヴニュ》家にようこそ。あなたが来てくださったことは家の名誉です。おわかりでしょうか、アニー＝マリーが強調したように、花咲くように話す人がいまでもいるのです。私は何も無理をせず、ただひたすら変化のなかで満ち足りていました。この水のような光のなかで、私は身体をひるがえし、いたるところで揺らめいて、空気のなか、葉っぱのうえに散り散りになっては、ひと塊にまとまりました。フェリシテはただひたすら、私にライチの木を見せました。残念なことに、それは実をつける年ではなく、大きな木は、自分たちが作る影のなかで眉をしかめているようで、六本の木は円形となり、もっと低い七番目の木を取り囲んでいました。

私たちは、相変わらず同じおごそかな言葉を話しながら、近所の人びとを表敬訪問しました。イダは遠慮がちな自然さをもった婚約者という様子でした。かなり遠い山《モルヌ》の上に住む、一人の年老いた農夫が、石膏製の光輝く噴水を買い、電気のない彼の小屋の前に据えつけました。訪問販売員が、こんな追い剥ぎじみたことをするなんてありえないと、私は怒り狂いました。こうした売り子が島に上陸し、あらゆるものを荒廃させ、テレビを買う日を見越してヴィデオ・レコーダーを買わせるのです。まず電気が通らなければ、テレビもないというのに。フェリシテは、私のひどい怒りを穏やかに笑いました。「あの老人はこれで満足しているのさ。自分は電気をもつに値するだろうと感じているのだから。」私はすぐに気を落ちつけました。抗議を維持する理由がないからです。

この男、あるいはこの若者フェリシテは、私にめまいを覚えさせました。いまや彼の話し方に慣れ、かなりうまくその調子に合わせられます、そう、何も考えなくても、そういうことは自然にできてしまうのです。困難のなかで、極貧のなかで、何かが保存されていることを私は見てとりました。それは何かしら妥協しないもの、熱いものです。学ぶことができないし、伝達することもできず、それでも生き延びてきたものです。フェリシテの妹イディルをご覧なさい、彼女はあまりに穏やかなので、目で追うことがためらわれます。ごく優しい気持ちから、彼女の頬にキスをするとき、私は自分の頬を彼女の頬にかすかに触れさせるだけで、彼女を抱きしめることは怖くてできません。散歩に行くとき、彼女は私の手を取ります、私はあまり速く歩く気になれません。若いほら吹きたちが輪になっていますが、彼らが彼女に出会うと、重々しく挨拶してきます。マルティニックで、いまや一九七九年という年だというのに。私は慣れました、私は穏やかさのなかを漂いました。それでもフェリシテは、信じられない人です。あるいは、とても深く信じる危険をおかすことのできる人です。

穏やかな子どもの物腰をした男、一人の道に迷った者、二年間、兵舎での生活に耐えるだけの強さはあったが、そこでは孤独であっただけでなく、自分に本当はどのような価値があるのか自分しか知らない人でもありました。この戦いは最初から失敗だと見積もるやいなや、無益な戦いに陥ることはやめようと相当頑固たる態度を取りました。どんな状況でも要約できる十分な知力があり、自分の田舎に残ることを決断する十分な明晰さがあり、そこで大地の耕作を再開しよう、その収穫をあらかじめ交渉しておこう、野菜、マンゴー、ライチのためにできるかぎりの販路を見つけようと考えていました——彼は熟慮された緩やかさで相手を包みこみ、どこに足を踏みいれるかを注意し、ハイビスカスを見せるために身体を動かします。ハイビスカスに出会ったのは、本当に数年ぶりのことで、ダリアにも、モクレンにも、ゲッカコウにも何年も出会ったことがありませんでした。

こうして私は、この物語から離れるつもりですが、マニの運命から何かを得たただ一人の人間であることを恥じています。私の教訓は終わりです。でも、羞恥心は長続きしません。マニの言葉が、昨日のことのように聞こえてきます。「イダ、あなたは私の妹だ。」彼ではなく、真実が、私には怖かった。それも彼のために、彼が頭のうえにためこみ、けっして振りはらうことができなかった重荷のせいで。喜びがあふれると、私は自分を地上に連れ戻してくれるパトリス、そしてオドノのことを考えます。マニのことを考えます。彼の身体をこの世に甦らせられるひとは誰もいません、ただ一人の男も、ただ一人の女も。彼の名前は裁判所の記録簿には記されていません。祖母はどこにいるのでしょうか。国家が支給するわずかな年金をもって、おそらくはフランスにいるのでしょう。彼女を非難できる人などいるでしょうか。どんなにひどい苦痛を感じていても、小さな譲歩を受け入れることはできるものです。〈水夫たちの子〉、彼はいったい何を明らかにしたのでしょうか、誰にたいして、またなぜ。どういう結果になったのかは、私の父マチウしか総括できないでしょう。

私がいる場所から、フェリシテ・ビヤンヴニュが、パイナップルの黄金の畑が、遠くで、脱皮直後の蛇の皮のように輝いているのをしずかに見つめています。不幸という考えが、どうしてこの瞬間、私をつらぬくのか、私には理解できません。パイナップルは、扱いが難しく、ただ入植者だけが、車庫にいなかったり、輸入＝輸出にたずさわっていなかったり、スーパー〈プリズニック〉やホテルにいなかったりする時に、ようやく育てることができるものです。フェリシテは、大きなライチの木を見ていました。私は彼が、ほとんどむきだしのまま考えている言葉を耳にします。「来年、運が良ければ、私たちは収穫できるだろう。」私は身体をぴんと張って、元気を取り戻します。「イダ、君が砂糖工場に行かされることはないだろう。その年を過ぎてしまったのだから。」その時、彼はゆっくり私にもたれかかりました。もっとも美しい音楽を奏でようなどと思わないまま、私の名前を二重にして呼び、すっかり結びついた私に言うのです。ちょうどカイミットの実が、カイミットの乳を滴りおとすように。「イダ＝イダ、私はあなたをとてもとても愛しています。」

マチウ

　ガニは自分の夢をタニに伝え、タニはその夢をユードクシーに報告し、ユードクシーは夜の集いでそれを語る。夢は場所を変えるにつれ、年を経るにつれて、美しくなる。「ガニは地面に横たわっていた。大地が奥深く揺れているのを感じた。大地に耳をすませ、大きな樹《しょくぶつ》がのぼってくる音を聞いた。樹《しょくぶつ》の声が彼に言った。彼は答えた。彼は言った。「あなたがマホガニーなのかどうか、私にはわかりません。あなたの場所は、私が眠っている場所にあるようです、あなたの葉は、大地の洞窟のなかでふくらんでいきます。あなたは勇者のように大きくなり、私は騎士のようにあなたを助けます。」その時、彼は受肉した幽霊たちを目にする。毛のない牛、角のある犬、長い蛇。それらは彼の周りに円を描く。幽霊たちは、樹《しょくぶつ》の成長をさまたげるために叫びだす。ガニは悪霊を殺す言葉を歌う。戦いはその後十六年続いた。闇が島をおおった。ガニは盲目になり、声を失ったが、幽霊たちは彼の力を確信していた。そこで彼は樹《しょくぶつ》が、そこで大地の殻に穴をうがち、恐れを知らずにのぼってゆくのを感じた。」

　その夢はガニのものだったのか、それとも忘却から救いだすために言葉を次々に引き継いだ、確固とした語り部たちの連なりから来るのだろうか。私は物語の、中立的で、短く、機械的な調子に気がついた。それは夢というより報告である。それについてじっくり考えると、物語の語ることに感染し、自分が本の登場人物になったような気持ちになった。私の友人である年代記作者は、らせん状に降りてゆき、私たちが生きている混沌とした時のなかで、可能なかぎりもっとも深いところに到達しようとした。(私たちのうちの誰も夢みたことのない)ガニの夢を出発点として、いまや私にはこう思えるのだ、友情とはまさしくこうしたものだった、ひとつの夢想を守ろうと、つねに連帯していることだったのだ、と。友情とはかつてそういうものだった。もっと古い時代にさかのぼり、私たちのうちの最初の者たちをマランデュールに吐きだした最初の船にまでさかのぼればさかのぼるほど、私たちはますます世界をより深く知るようになる。全＝世界を。その時私たちは、動かないまま、あるいは国から国へと動きながら、肌では触れることのできない何かを発明したのだが、その何かこそ、今日、旅と呼ばれているものなのだ。おそらく私たちは粘土や花崗岩の上、砂の上、ねばつく泥の上に残された痕跡を探していたにちがいない。雷のようにとどろきながら上っていこうとする木を通して、大理石、大地、赤みを帯びた森の三つの彫像のあいだ、牛、犬、蛇の彫像のあいだに、痕跡を探していたのだ。地面に触り、傷痕を見分けようとしながら。さらに原初の動物たちをなだめるための魔法も探しながら。あるいは私たちのことばをあらゆる風に結びつけようとしながら。あるいは私たちの不運をオディベールのように炸裂させながら。それは私たちのなかでは、探査への好みからではなく、別の島、別のアカジュの木、あらゆるところから私たちを縁取っている海に親しむ喜びからなのだ。大西洋とカリブ海と同じほど異なっていて、同じほど頑固で似たもの同士である海に。星々が、木々のもとで親しげに消えてゆき、再び姿を現し、その外はといえば永遠しかない、そんな一個の巨大な島。こんなふうに夢みながら世界に旅立つとき、土の赤みも、植物の張りつめた緑も見捨てられることはない。ひとは哲学者になるのだ。

というのも、こういう言い方ができるとすれば、旅について、〈植物《プランテーション》〉に根ざした人びとは、そのいくぶんかを知っているからだ。あの大いなる旅の船以来、すべての人がそうとは感じないまま、あるいはできるだけ早く忘れようとしながら、未知のものに立ち向かってきた。アメリカ大陸への海上の道で（アメリカ大陸とはいったい何なのだろうか？）、想像もできない地獄のなか、吐瀉物、むきだしの肉体、サラバンドを踊る蚤、倒れ込んだ死者たち、うずくまった病人たち、ほとんどその三分の一も入らないような空間に詰めこまれた二百人（そして三百年にわたって、およそ何千万もの人びとがそのようにして運ばれた）、そんな状況で、ひとは甲板に吹く風の赤い陶酔、地平線にのぼる黒い太陽、波の上にはりついた空のまぶしさを何度も見つめた。そんなふうにしてひとは三度も、未知と対決したのだ。

最初は、この船の腹のなかに落ちこんだとき。あなたがたの詩学では、船に腹などありはしない、船はむさぼり食ったりしないし、船とはなによりも大空に向かうものだ。この船の腹は、ひとを溶かし、ひとが叫び声をあげる非＝世界へと投げだす。というのも、この船は母胎、深淵＝母胎だからだ。人びとの騒がしい叫びを生みだすもの。人びとの一体感を生みだすものでもある。激しい恐怖のうちにただ一人でいるとき、ひとはすでに、まだ知らない誰かと、その未知のものを共有しているのだから。この丸い船、とても深い船は、あなたの母であり、あなたを追放するものだ。死者も、執行猶予中の生者もおなじほど孕んだ恐るべきもの。

第二の未知は、海の深淵だ。フリゲート艦が規則に反してニグロの船を追跡しはじめると、もっとも単純なやり方は、船縁から、鉄球につながれた船荷を投げ捨てて、船を軽くすることだ。それは水底に記された航跡のしるしであり、それがコート・ドールからリーワード諸島までつづいている。大西洋の輝きの上を通るあらゆる船は、藻が生えているのと同じほど明白に、この最下層のよどみ、まだほとんど錆びていない鉄球で句読点を打たれたこの深みを連想させる。

しかし、メドゥーサにもっともよく似た深淵の顔は、奴隷船の船首前方の遠くに投げだされた、雲なのか、雨なのか、霧なのか、それとも安心させる火の煙なのかわからない、青いざわめきではないだろうか。船の両側から、流れの岸辺が消滅した。では、この中心のない流れとはいったい何なのか。この船は、非＝世界の境界で、永遠にただよいつづけ、そこにはどんな祖先もやってこないというのだろうか。

深淵からふたたび浮上した者たちは、選ばれたことを自慢したりはしなかった。彼らはただ単に関係を生きた。深淵を忘却するにつれ、また彼らの記憶が強化されるにつれ、彼らが開拓するようになった関係を生きたのだ。それゆえプランテーションの人びとは、発見の必要性に付きまとわれてはいなかったが、関係を実践する才能があった。私たちはそこにとどまっている、私たちはマホガニーがステップ、スペインの連峰、ツンドラ地帯、大都会の壮大な広場、熱帯のアンデス山脈、あるいはサマルカンドに生えているさまを想像する。それから私がごくわずかの間体現していたこの本の登場人物、野望をもったり怠惰でいたりするとき、誰もがそうするように瞑想に浸っていた人物は、人類の未来に飛びこんでゆく――その未来とは、自分自身の過去のもっとも地下深くに横たわるものからもたらされるものだ。

生まれつき、あるいは好奇心から（人びとを論じる、あるいは判断するさまざまな理論にしたがえば）、発見者であるとみなされてきた人びとがいるが、その同じ場所に、やはり生まれつき、自分の周囲のことで満足しなくてはならないと言われている人びとがいるように思われる。周囲のことで満足せざるを得ない人びとは、自分の生活条件や、自分たちの技術水準に強いられでもしない限り変わらないだろうし、そもそもその水準では、他人の国々を侮辱しにいく自由をもつことなどできない。未来の人類の無意識（あるいは単純化して言えば、私たちが連続して生きつづけることを維持してくれるもの）は、このような〈発見者〉と発見される者に、すぐにでも分割されるおそれがあると言えるだろう。私たちがここでは、〈運ばれてきた者〉であることを考えに入れなくても、だ。旅がすばらしいものだと認めることで、旅からその横暴な動機を取り除くことで、危険に備えるべきだろう。秘儀伝授、神秘主義、個人的あるいは集団的欲動、傲慢な興味、他の人びとが普通とどまっている場所に行くという貴族的な快楽。旅は、発見者たちの偉大さがどのようなものであったとしても、人間たちがいまや身を投じてしまった関係というものの序幕である。苦痛、不安、抵抗などの、重荷は確かに減少していない。しかし、幻想や学者ぶった態度を持たないまま、誰もが旅を夢みることができるのだ。

風景が次々に繰りひろげられるなかで、全＝世界を夢みること——風景が対照的だったり、調和していたりすることで統一性がうまれ、ひとつの国が構成される。石、木々、参加する人びと、競いあう道の矛盾のなかに降りていき、ふたたび上ってゆくこと。人びとが馴染んでいるこうしたものの意味を、もったいぶって探すのではなく、自由に通い、触れることのできるそうした場所を、自分自身のなかに見つけること。

これはドゥランが教えてくれたことだ、ドゥランはどんなことであれ、知らずにいるように見られたくない人物だ。「ドゥラン、ドストエフスキーを知っているか」と尋ねてみるがいい。——すぐに、まばたきさえするまもなく、ドゥランはあなたに叫ぶだろう。「ドストエフスキーだって？　知らないどころじゃないよ。ドストエフスキーならよく知っている。ラ・ロゼットの曲がり角の後ろにある二本のバシニャックの木の下のほうに住んでいるよ。あいつは年老いた悪魔さ。サイコロ賭博をしにいくために、俺から二フランせびりとる奴さ、文句を言うと、そのたびにあいつは俺の母親の、先祖の、同世代の仲間の悪口を叫びはじめるのだ！」ばかなことを聞いたあなた自身が、ぼう然とするしかない。それに加えて、ドゥランはおそらくそこでモンテーニュに、さらにクロワ＝ミッションの警句好きな隣人の女にも会っていて、あなたにこんな結論を言うだろう。「どうだい、友よ、俺はいろいろ見てきたのさ。」

ひとつの国から別の国へ通りすぎてゆくように（私たちはまず国々を、風景の実体とみなすのだが）、人びとがひとつの風景から別の風景へと通りすぎてゆく――そんなふうに想像してみよう。私たちに連続性を教えてくれる、感じとれないような抜け道を通ってそうするのだ。例えば、メクネスからエルフ、マロックへ、人はアトラス山の青々とした支脈を通ってゆくが、そこではヒマラヤスギの森が所々であなたを伝説に浸らせる。そこでは霧のなかに収穫や農作業のための建物が隠れていて、ますます細くなる下り坂を降りてゆくと――峠の単調な冷たさを通りすぎた後で――、小さくなった石、濃くなった埃、白くなってゆくくたびれた緑の装飾についに到達し、ついにはざらざらした最初の砂原に張りだした平らな棕櫚の林にたどり着く。その砂原は、世界の孤独な屋根のうえに、砂丘を拡げることになる、火山岩の黄金に輝く粉末を告げている。

そこで、何でも聞いてくるドゥランが、あなたを呼びとめるかもしれない。あなたはぎざぎざした塔のある灰色の泥の宮殿、よれよれのロバ、誰も連れずに通り過ぎるラクダを見逃したのだ！　それから彼は穏やかに、エルフの棕櫚林に入ったところの最初の右側の道にある、彼の友人のパン屋に挨拶することを考えたか、と尋ねるかもしれない。

――偶然のせいか、運命のせいか、私たちは忘れてしまった、ドゥランのドゥランよ！

そして、アトラス山への道をふたたびたどりながら、ひとは時々、畑のなかに置かれた石塚が次々に現れるのを眼にする。七つか、おそらく九つの平たい石が、ピラミッドのように積みあげられている。羊の重々しい群れがその番をしている。道しるべだろうか？　測量士の目印？　石による記号？　誰も答えてはくれない。

――なんだって、なんだって！　誰も教えてくれないだろう！　それは秘密の道だ、その痕を壊してはいけない。闇のなかの薄暗いランプの列を、ドゥランは見た。よく見れば、火を点した竹が見えるだろう！

例えば、空間と時間を交換してみてはどうだろう。闇のなか、まばゆい雪明かりと街灯の輝きのもと、身体をこごえさせるあの冷たい砂漠の広がる、すべてが正反対の町、サンクト＝ペテルブルクの通りをでっち挙げてみてはどうだろう。そうしてスペードのクイーン、あるいはプーシキンのまったく別の登場人物、どんな町にもいるこの種の検事が乗る四輪馬車が、次の十字路に姿をあらわすのを待つのだ。こうした人物は、世紀を超えて、この人物の生きる変化そのものによって、保護されている——あるいはドストエフスキーの小説の人物が酔っ払ってつまずくさまを待ってみる——その人物に特別な霊性がそなわっていることは、ドゥランにとって明白なことだ。

こうした時間あるいは空間の横断は、変化を正当化し、絶え間ない変化を生みだすことになる。横断がなかったとすれば、とどまるものには、持続する価値などない。島国は、他の島がなければ存在しないのだ。大地としての島は、他の惑星がなければ存在しないだろう。

ガニの夢は、私たちが知らないうちに、私たちの通路となった。倒れる木の夢を見れば、あなたの頭は叫びだすだろう。叫びはじめるとき、大地のなかで猛然とふくらむ火山の成長を感じるだろう。叫びおわるとき、マランデュールから遠く離れた、〈池の小屋《カーズ・レタン》〉の最後の隠れ家に閉じ籠もったマニが現れるだろう。

かつての管理人のように、あるいは管理人の後にやってきて、管理人が見守っていたマルニーのように、マニもまた海を横断しようという思いに駆られた。ためらいのせいか、運命のせいか、彼らのうちの誰も海の側を決然と選びはしなかった。マニはすでに、あの〈池の小屋《カーズ・レタン》〉の最後の廃屋の虜となっていた。もし行く勇気があるなら、そこで神秘と対面するだろうと言われた場所だ。五日前から、彼は自分が追いつめられていることを知っていた。彼が「二番目の男を打ち倒した」後、専門家たちの静かな追跡がおこなわれていた。彼の顔は知られていたので、もはや日の光の下では大した活動ができるとは期待できなかった。すべては夜の闇の中でなされなければならない。マルニーが逃走し、みなが混乱に陥り、革命騒ぎがいまにも起こりそうな状況では、彼らにしても、もうひとつの大事件を引き起こすわけにはいかなかった。彼らは沈黙のうちに決着をつけることを選んだ。マニは隠れ家のほうに向かい、小屋の入口にある草をなでた。

自分があれほどながい間探し求めていたことに、ついに到達したように彼には思えた。つまり完璧な廃墟、埃、見捨てられた状態、あるいは単に孤独に到達したのだ。この点について、山の支脈に張りだした五番目の小屋は、他のすべての小屋を集約するものだった。柄付き大鉋《かんな》、鋤《すき》、手挽きのこぎりなど、ガニが選んで研いだ道具が、そこには隠されていた。だが、道具は語らない。それは廃墟を修復せず、競って崩壊へとむかわせていた。マニは深淵に跳びこむように、小屋に跳びこんだ。彼が見出したものは、何より廃墟だったのだ。土が細長い流れとなって流れている、崩れた壁に背をもたせて座った。冷たい破片が、シャツと皮膚のあいだに落ちてきた。穴の開いた屋根には、底知れぬ闇と、うっすらとした灰色の光が格子状に広がっていた。

その宿泊地を、私は想像してみる。マニはそこに行き、一晩過ごしたことがわかっている。フォール＝ド＝フランス周辺の空き屋となった部屋に滞在したのは、この夜を見越しての訓練だったのだ。

おそらく、彼は自分の漂流を、マルニーの漂流と並行させて考えていたのだろう。隠れ家も、武器ももたない踊り。そこには、あらかじめ調整されたものなど何もなかった。純然たる挑戦としての、逃亡奴隷の潜伏であって、明確な見通しも、状態の維持も、勝利もなかった。大地が姿を変えないまま動いたことを確かめるために、大地のなかを横断すること。マホガニーの方に感謝の念を送ったが、その遠くの葉叢は、この近づきがたい若者、たった一人で、知られないまま、死のうとしている若者を、その影でかくまってくれていた。人びとが遠くから連れてきて、牢獄のゾンビに変えようとしたもう一人の有名な若者もかくまっていた。

マニは、南に下りながら、自分の痕跡をかき乱す手段を見つけた。まず、公的に行動をともにするようになったマルニーの悲劇的な痕跡を、彼は追った。女たちがこの男のために置いた食べ物を、おもしろがって盗んだ。女たちは自分の鎧戸の背後、あるいは半開きになった扉の背後からうかがっていて、マルニーの姿を想像し、彼には知るよしもない威光をそこにまとわせた。翌日、女たちは自慢げに言うだろう。「マルニーが来た、私の作った食事を食べた。」どんな調理法、食材なのか、並べ方はどうだったのかを、女たちは細々と言うだろう。誰もが知っている漂流は、ありそうもないもうひとつの漂流によってかき乱され、若い女たち、年老いた祖母たちに誤った熱狂を抱かせた。「おれたちは二重の存在だ。一方はさかんに噂され、もう一方は誰も知らない。」農業労働者たちが、こうして彼がフォール＝ド＝フランスの牢屋から脱獄してきたと信じて、彼に救いの手を伸ばした。セント＝ルシアの砂糖キビ刈り、季節労働で呼ばれ、実習生のなかに押し込められた労働者たちが、海を渡り、自分たちのもとに避難する資金を彼に差しだした。彼らは同じクレオール語を話したが、マニは彼らと英語で話すように努めた。いろいろな言葉を使う試みを一緒にしながら笑いあった。彼はまた、アンヌ＝マリーの術策を突きとめたが、そのおかげで自分の痕跡をさらに秘匿することができるようになった。

だが彼は、マルニーの通った後から離れた。沈黙の追跡者たちは、二つの道筋から選ばなければならなくなった。闇はさまようものであり、闇は自分自身のなかに逃れてゆく。

結局、ずっと前から予想できたように、彼はマホガニーと出会った。「あなたは聖なる秘密をもっているにちがいない」と、彼は考えた。木の周辺に入りこむことはできなかった。ねじれながら高く張りだした根はやぶに覆われていて、先に進むことができなかったのだ。木は、枝を張りだし、つるにびっしり覆われた土台そのものとなっていた。それはただひとつの重さによって、あらゆる恩寵を捨て去って上ってゆく、四角い塊だった。「必要となったら、これは良い隠れ家になるだろう。」田舎のこの場所には、光がまったく差しこまなかった。蛍は休み、星は雲に隠されていた。夜の香りは乾いていた。「準備された食事を、たっぷり食べてもかまわないだろう。」フォール＝ド＝フランス周辺の家々の窓は遠かった。「欠けているのは、敵《ヘビ》だけだな」と、彼は考えた。

　彼はこの塊の重さを自分と一緒に持ちさろうとした。この塊は、彼とともに、廃墟となった小屋のなかにのみこまれそうになっている、彼にはそう思われた。いまや、この神秘に立ち向かわなくてはならない。マニは眠り、目覚め、再び眠った。彼の身体は、板、箱、土、ねじれた木、擦りきれた袋などのあらゆる床に慣れていて、この隠れ家まで彼がひきずってきた木の葉の塊と一体となっていた。再び夢が彼をとらえた。彼は跳び上がって起きた。「これはマホガニーだ」と、彼は考えた。彼は木がつくりだすあらゆる影、破片のすすり泣きにすっかり身を委ね、どこまでも続く石となり、抵抗する林となり、気がつくと朝の五時半になっていた。

　この横断を、私は想像してみる。ただ思い描くだけだ。〈池の小屋《カーズ・レタン》〉を去ってから、このトレネルの砂漠に入るときまで、マニに話しかける者は一人もいなかった。この時期を除けば、すべてを再構成することができた。小屋で過ごした夜、町への電撃的な帰還、兵舎へ向かったこと。彼がそこに向かう姿を人びとは見た。知り合いに呼び止められても、彼は振り向かずに通り過ぎた。彼はあの放棄された小屋の秘密を抱えていたが、そこでは荒廃によって、神秘が高まり、維持されていた。

　私はミセアに再会した。周囲の土地と同様に、彼女は変わらないまま、変貌していた。彼女の外観について聞いていたことを、私はしっかり確かめた。経験した数々の不幸のせいで、永遠に若さのうちに固定されたのだ。その若さは確かに硬直し、脅かされたものだが、それでも時の攻撃に、粘り強く抗うものだった。あふれだす感情のなすがままにならないために、私たちにはしっかりとした辛抱と抑制が必要だった。それは私たちの関係の本来の性質にはふくまれないものだと思われた。私たちは言葉を選び、月並みなことだけを言った。その点で私たちの間には同意ができている、私はそう確信していた。この出会いのために私たちがどのような心構えをしていたとしても、またどのようにふるまおうと決めていたとしても、私たちは最初からほとんど滑稽に見えるまでもったいぶっていて、私たちにとってはどうでも良い言葉を話すことに同意していた。奇妙なことに、私たちは自分たちの娘イダについてはほとんど話さなかったが、それはたがいに彼女について特別な考えを抱いていたからだろう。ラファエルや他の友人たちと一緒に私たちが《歌＝魔法》と呼んでいたもの、世界ではいたる所で「詩」と名づけられていたものを練習していた時代のことを話すと私たちはいくぶん活気づいた。「日々の事柄、同僚たち、楽しみ、他のどんなことでも歌ってみせる才能は」と、ミセアが言った。「私たちにはまったくなかったわね。」「そんなことで苦労する必要があるのかしら」と、彼女は言った。「いたる所で同じようなものじゃない。いたる所で同じセレナーデが聞こえてくるだけよ。」

私たちはおたがいに、ひからびた、感情をもたない亡霊のように思われた、知り、見識をもっているとうぬぼれた、滑稽なほど偏狭な亡霊である。そのことも、私は確信していた。それでも私たちは、島全体を動揺させている、困難なストライキのことを話した。希望の道は開きそうにない。少しずつ、私たちは本当に何ものかを共有するようになった。何ものかを。私たちは、私たち自身の横断を準備しているのだ。誰にとってもきわめて危険な状況について、たとえ周囲にいるすべての人が、ほどほどに信頼できるとしても、考え方を交換することは難しい。というのも、あまりに多くの歳月が必要だったものを、誰もがただひとつの言葉で、唯一の決まり文句で要約しようとするのだが、それは毎回、つねに先送りにされる可能性の、ありえない連なりのなかでしぼんでゆくだけなのだ。私たちは、不屈の魂で闘いつづける人びとのことを話した。やむを得ず、私たちは再び管理人について、マニについて話した。付き合っていたのは彼女だけだが、とにかく二人ともよく知っている人物だったからだ。

やがて、相変わらずおたがいに了解したまま、私たちは黙りこんだ。私たちの会話はある時、どうしても麻痺したような膠着状態におちいってしまう。こんなふうに過去を振り返り、数々の思い出をひとつひとつ並べ、装われた嘆きを寄せ集めても、結局、さまざまな結論を引きだし、動きを止め、自分たちの熱を冷ます振りをしているだけのように思えた。「私たちは元闘士というわけではないわ」と、ミセアが笑いながら言った。ずいぶん昔から、彼女が笑うのを見るのはこれが初めてだった。どうしてかはわからないが、私たちは自分たちの子どものこと、パトリス、オドノという、ミセアの死んでしまった子どもたち、ふたたび田舎者になったと言われている、私たちの娘イダのことを話し合っていた。

あまりに重くのしかかる伝説のもとを、私たちは去り、古い《歌＝魔法》を意図的に放棄し、誰もがそうするように、世間話をささやきはじめた。私たちを支えている力、マリー・スラに何があっても生きようとさせる力が何であるのか、突きとめようと試みるのを束の間やめることを私たちは選んだ。「あのマニは」と、ミセアは言った。「逆さ立ちをしてそこから入ってきたけど、あの時彼は玄関の階段を上り、頭を下にして、私に本物の挨拶を送ってくれたの。」

あきらめること、この言葉には耐えがたい重さがある。それは終わりのないただ一つの吐息のようなものだ。この後につづくのは、私の作者の註釈でしかありえない。作者に席をゆずることにしよう、彼にまかせるのだ。

註釈する者

書かれた痕跡を守っている人によって定着される真実はあるのだろうか、ないのだろうか。つぶやきは書かれた文字のなかに消えてゆく。声高く言われた音と、ページのうえに記された言葉のあいだで、ひそかな戦いが繰りひろげられている。そして書かれたものが勝つ。私たちはそこに、身動きもせず、物悲しく、悟った顔をしてとどまっている。

この物語に署名した者は、物語を朗唱した者の打ち明け話の周辺に、進んでこの物語を打ちたてた。朗唱した者は、書くという束縛を諦め、彼が言うには、文学者としての経歴を諦めて、自分の探究をより深め、おそらくより心地よいものとすることに専念した。それを文書化する許可は決定的に認めてもらったものの、それでも作者はその朗読者の言葉に何ごとかを付けくわえ、所どころゆがめてしまったし、作者自身の物事に対する意見を混ぜ込んでいる。

したがって、マチウであった人物が、そこから距離を置いた人間となり、さらには作者それ自身になろうとするこの競争はますます熱狂的なものとなり、結局彼に反対するすべての者こそが勝者となる。最後には、情報提供者も作者も、おたがいのうちに自分を認めることができなくなるだろう。そして注意深い読者もまた、少なくともめまいを覚えないことには、両者を区別することはできないだろう。

カレンダーでは確定できない日付の余白に、知りえる事柄すべてを解明しようと願う虚しい試みは脇に置いて、さまざまな告白を横領したり、思い出話にもどったりしないまま、物語られ、書き写された出来事の塊のなかで、朗唱する者も年代記作者も求めはしなかったある真実が、いまやあふれんばかりになっていることを、作者は強調しなくてはならない。歌われ、あるいは拍子を取って、時の根底がうかびあがってきているのだ。歴史を解明しなければならないというこわばりは、さまざまな物語の快楽に席を譲ることになる。不確かな書き方が最後に堅固なものとなったとしても、結局はいたる所で設計図の素描をしているにすぎない。そこから何が現れるのかを――何としてでも――見抜かなくてはならない。

例えば、蛇と乳兄弟だった子どもは、死が自分を打ち負かすのを感じるずいぶん前に、死がどういうものであるのかを悟った。そこで彼はプランテーションの境界を押しやることを決意し、実際それはしばらく後に消滅することになるのだが、その身振りは何より自由を得るためのものだった。彼はそれ以前、自由がなくても、苦しむことなどなかったというのに。その同じ場所で、管理人が、弱さに駆りたてられ、頭と胃を赤く、黒い火で養った後、身を滅ぼした。それはまた、マニが、そこにある力がわだかまっていることなど考えもしないまま、ぐるぐる回った場所でもあった。

ユードクシーは、ユードクシーの子孫である。このあたりでは、まわり、方向を変え、ユードクシーという名の女とともに始まるものの底の底まで乾ききった流れから逃れたものはいなかった。ユードクシーは、ロングエ家のどのような者よりも古い女であり（ロングエは、彼らのなかの誰よりも先にこの国に到着したものである）、私たちが知っているユードクシーという名の女たちはすべて情け容赦なく甦った者にすぎない。それはオドノと呼ばれる人物によってようやく終わりを告げる――それが比類のない系統ではなかったとしても――、だが本当に彼が存在したのかどうか、私たちには確かめるための時間がほとんどなかった。

三本の黒檀の木は、同時にアカジュの木でもあり、時には――十分に理由のある錯誤によって――アカシアともなるのだが、どうしてそうなるのかは誰にも理解できない。マホガニーだけが、その形を変えながら、いつまでも存続しつづけた。

風の交差点で、数々のつぶやき声が書かれた記号にまとわりつき、その記号は悲痛な行列となって木の実や羊皮紙のうえに並んでいる。形のほうが優勢なのだ。しかし話しているもの、それはこうした声の終わりなき反響である。

これこそ、書く人が汲み尽くそうとする源泉である。つまり、言葉を話す人がしばしば説いた意図を、妥協せずに受け入れることが重要であり、書く人はその意図を極限にまで押しすすめるのだ。正確さ、あるいは明晰さという贅沢のために、彼がほとんど何も継承できなかったこのテクストに、難語辞典を付けくわえることにしよう（書かれたものには、反響や風が欠けているのだから、用語解説を必要とするのだ）。

アノリ　緑と黄色の小さなトカゲ、きわめて日常的な生き物。

咳の＝痛み＝に　魔力があると言われている薬草。

カブルエ　砂糖キビ用の荷車。

カコ　カカオ。「ショコラはどうやって作るのですか？――ドゥロ・ショ・アン・チュ・カコ（かかい、おニオ湯ヲソソギナサイ。）」

カラウ　ラフカディオ・ハーンがルイジアナであれほど味わうのを楽しんだハーブティー（« Gumbo Zhebs »）。

カサヴ　キャッサヴァのガレット、乾燥して固いものと、柔らかいものがある。

ショピーヌ　半リットル。四分の一リットルは「ロキーユ」、八分の一は「ミュス」。

クイ　島の品種となったひょうたん。

ココメルロ　砂糖キビの果汁は、最終的には蒸留されタフィア酒となるが、その途上で数々の変身を遂げる。ココメルロはそのひとつ。

ダシーヌ　フリュイ＝ヤ＝パンよりも素早く調理されるこの芋を、すでにご存じのことだろう。キャベツより甘く、サツマイモよりしっかりした味である。

ラギア　舞踏による格闘。おそらくこのおかげで、実際に戦闘状態に入る可能性が追い払われるのだろう。

三五年（あなたもご存じの理由で有名な年）　もちろんこれが、フランス併合三百年記念──一六三五年──一九三五年──であることを、誰もが知っている。公式の年代記では《合併》と呼ばれている。

ラタン・ラベ＝ア　デラベ・ラタン＝ア　ラテン語が怪しくなり、司祭が何とかラテン語を再開しようと奮闘すること。

マブヤ　半透明で不格好なヤモリ。脚には吸盤がついている。

ダミエの親方　舞踏による格闘のもうひとつ形態であるダミエでもっとも強い者。

マンジェ＝クリ　むっとする、しつこい匂いのするツル植物。その赤く黄色い果実は、とてもおいしいことがある。

パラ　コブウシの脇腹にのぼってゆく、ねっとりとした植物。

パテンポ　酸っぱいと同時にとろりとしたスープと同じように、もっとも簡単で、もっとも洗練された食べ物。あらゆる種類の野菜と羊の臓物を使う。

プリヴェ　タフィア・バー。

ラード　さまざまな布きれを、無頓着のまぜあわせたもの。編んだ紐。

ラジエ　さまざまな草が無頓着に入り混じったもの。草むら。

ティティリ　生まれたばかりの魚の大群。稚魚？——おたまじゃくしで売られる。ニンニク入りのシチューでも、揚げてもおいしい。

トロマン　芋の粉をお湯に入れた、素朴なポトフ。煮込むとその白さが透明になってゆく。子どもの食べ物で、かつては、労働者を元気づける最後の支えとなったこともある。

進んで食事関係の言葉を選んだが、これらの語彙は私たちが作りつつある著作物のなかに収められるだろう。これはまだほんの見本で、不完全なものだ——たまたま目にした読者なら、いらいらしてこの覚書を増補しようとするかもしれない。私なら、例えば次のものを挙げる（ラム酒にするともっとも果実味のでるマンゴーであるバシニャックは除いておくことにしよう）。

シャドロン　白いウニをオーブンで調理したものの名前。意味が広がり、この動物の総称となった。

クッシュクッシュ　*couchecouche* どういう綴りにすれば良いのだろう？　クスクス coushcoush？　ククス couscousse？　アメリカ合衆国バトン＝ルージュの近く、ケイジャンのレストランのメニューで初めて見つけた。とても繊細でとろけるような、私の知っている野菜と同じものでなかったらどうしようかと迷い、その料理をどうしても注文できなかった。

ゴミエ　すでに何度も注意を促したが、これはアンティル諸島の漁民が乗る、非常に早い小舟である。

グラン・パンティング　大いに気取り、儀式のように言われる不満の言葉。マリー・スラはこの言葉で戯れ、《ティパンティング》という形を作ったが、これは彼女にとって、まったく無価値な人間を指している。《パンティング》は、ごく単純に、頭のいかれた人を意味する。

私たちの註釈は、このように無限につづいてゆく。いったい何の役に立つのか。私たちは、自分たちの言葉に、こうした他の言葉を振りかけ、こうすれば自分たちの言葉も受け容れられるだろうと考えている。すべての人に理解されたいという願いによって、私たちはこの綿密さに導かれたのだ。次のものを追加して、終わることにしよう。

ボスコ　おそらくここでの意味は、大いに無頓着な様子をして、粗野で、率直な人を意味する。

ゴルボ　とどまった人であると同時に、降りていった人。これは矛盾しない。侮蔑の論理によれば、山《モルヌ》にとどまった人は、街に降りてきた時でさえ、つねにとどまった人のままである。

わずかに実践しただけの、無造作なものにすぎないが、これは難解さも輝きも、誰もが理解する共通する言葉を、けっして放棄しなかったことを暗黙のうちに意味している。

再浮上

柔らかく、薄い緑色の葉に触れると、まるで硫黄に変わった様子で震えていた。葉は指の上に赤茶色の花粉を残し、それをこすると、ねばねばした血のようなものになった。手が葉を遠ざけ、この深淵の奥底を探しもとめた。なかば栗色の、堂々たるアノリ・トカゲが、艶《つや》のある銀色の薄い茎にそって逃げていき、そのせいで茎が折れた。アノリは空間のなか、視界の彼方に完全に消えていった。深い淵の入口では、二つ目の緑の層がぶあつく広がっていた。もはやほのかに暗いのではなく、闇が次々に押し寄せて波状模様となっていた。手はその緑の層を巧みに感知した。それは攻撃的に切りつけてくる密集した層で、繁茂しながら隠れ家を守っていた。黄金の身振り、暗紅色の身振りが、この記念碑的な隠れ家のなかでかすかな姿を見せていた。落日の灰色のざわめきが、その場に煌々と輝く燠火を灯らせ、その小さな偉大さが目をくらませた。「この隠れ家を守るために、まだどれほどの層を、おまえたちは積みあげようというのだろう」と彼女は苔に問うた。これほどまでにありふれた穴、ほとんど見えない穴のほうに、彼女は自分の頭がひっくり返ってのみこまれてゆくのを感じた。竜巻に巻きこまれたようなめまいのせいで、彼女はぐらぐら揺れた。手が、見知らぬものとなって、勝手に闇の奥底へ深く入っていき、ひどく貧弱な開口部の、ささやかな内壁に伸びていった。いまや手は、入れるかぎりの空間全体を満たし、指は何かを、茎、あるいは枝、あるいは根を握りしめ、慎重に触っていた。手首は、緑のオパール、赤い血、黒い消し炭に次々に変わってゆくこの腕輪に取り囲まれているように思われた。引きつける力があったが、その力は自分の内側にある、制御できない力であり、すぐ近くにあって、どこまでも伸びてゆく、輪郭の定かではない錯乱のほうへ引き寄せていった。彼女は動かないまま、そこに飛びこんでいった。偉大な人びとの声が彼女には聞こえた。「穴の中に、けっして手を入れてはいけない。敵《ヘビ》がそのなかで眠っているかもしれない。」彼女は笑った。この穴は、本当に小さい。いや、いや、本当は大きすぎる。さらにのぞきこむために、彼女は前方に身体を投げだした。まるで無限の薄暗がりに向けた、光の雷撃のように。彼女は指のあいだ、筒状にした手の真ん中のくぼみに、引き伸ばされた植物をもっていた。それは眩い月明かりのなかで鍛えられた巨大な木だった。「ついに、私はあなたを手にしている」と、倒れないためにしがみつきながら、彼女は考えた。際限のない友情が、彼女をこの樹《しょくぶつ》に結びつけていた。彼女はこのごく小さな幹を引っ張りはじめた。それは頑固なまでにしなやかで、触ってもほとんど感じとれない毛が、その幹に沿って下りていたが、継ぎ目のところは紫色で、先端は褐色になっていた。彼女はますます強く引いてみた。樹《しょくぶつ》は抵抗したが、何かが奥のほうで動いていた。彼女は指を遠ざけ、注意深く見つめてみた。めまいはなくなり、はっきりとした驚きに置き換わった。樹《しょくぶつ》に落ちかかる光は、彼女の指に濾過されたかのように、どこから来たものでもなかった。幹は細かい根の織りなす網となって続いていき、それが栗色の輝きを見せながら競うように駆けめぐり、土にしっかり食いこんだ岩を完全に包みこんでいた。彼女は樹《しょくぶつ》の抵抗に挑戦するために、ふたたび引っ張りはじめた。

その時、彼女の手は根に絡めとられた小さな石を引っぱりだしたが、それはゆっくりと持続した動きのなかで行われ、その動きは彼女のうちに満足感を引き起こしもした。すべてを指の間にぶらさげると、それは揺れるヨーヨーのようで、その彗星の先端では、灰色の土の粒子が揺れうごいていた。このようにして、普通通りに生活し、みなと同じように働き、訪ねたい人のもとを訪ねながら、これほどまでに長く暮らして以来初めて、彼女は我に返ったのだ。半透明となり、降りてくる木陰のような、思いがけない重さをもった者となって。散り散りになったものの上に、ついに実在するもととなって。根元から引き抜いたごく小さなものが、手の中に残っていた。彼女がめまいの奥底から生まれたこと、そしてすでにあまりに知られている、ほっとさせる重さを連れてきたことを証明するものだった。「ついに、あなたを根から引き抜いた」と彼女は言った。「でもあなたがどこでも再び芽を出すことを、私は知っている。そのうちわかるわ。」その石と、紫色になった茎を、彼女は遠くに投げだし、細かく砕かれた丸い空洞の痕跡を残した、ごく小さな穴から遠ざかったが、そこにはこのあまり石らしくない石が、葉っぱと苔に囲まれ、隠れていた。空気の中には牧草の軽やかさがあり、それが彼女にとっては、まったく新しい密度と対照をなしていた。石炭オーヴンの香りが、心の中まで浸透してきて、それが焼けた匂いがただようままに、鼓動しているように思われた。サヴァンナにはベチベルソウがいっぱいに繁茂していて、畑の下り坂を通る風が持ちあげた銀色の細長い帯となってたなびいていた。「遠くまで、本当に遠くまで来てしまった。もう帰らなくては。」マンジェ＝ラパンのつる草が、乾期のなかで濃い褐色となっていた。つる草は近くの畑の外れで、根よりも頑固なその枝を交錯させていた。水のとくとく流れる音が、誰かが好きなだけ水を飲みほすヒョウタンの立てる音のように、沈黙の伴奏をしていた。車の立てる薄い、黄色い埃が、足元で伸び縮みしていた。遠くの方では、道が赤い空のなかに落ちていき、そこに思いきり広がっている雲と出会い、風の姿を描きだし、酔った馬のようにふらついていた。「さあ、行こう」と、マリー・スラは考え、いつもかならずするように、皮肉を言った。「リズムも、選ばれた言葉も、もうこれでおしまい。私はどうやら家に帰りつつあるようだわ。」

マチウによる受難曲《パッション》

寝ずの番をしてきた数多くの人びとに引き継がれ、守られてきたこの夢だけにぶらさがり、どれほどの年月を過ごしてからなのか、私はついにラファエル・タルガンと再会した。かつて私たちは彼のことを、天使、あるいはケルビムの名であるタエルという名前で呼んでいたが、少なからぬ人がそれに驚いていた。しかし、それはラファエルと、タルガンを巧みに縮めた呼び名である。タエルは大天使ではないものの、少なくとも善良な心と大いなる勇気をもっているとみなは考えていた。ヴァレリーが死に、犬たちが犠牲となったあの蹂躙の日以来、彼が姿を消したことをご記憶だろう。彼は全＝世界に避難し、レザルド川という水源を忘れた。他の場所は、私たちが最初にいた環境と悲劇的なまでに似ていることによって、あるいは快い、自分の土地への郷愁を掻きたてることによって、最初にいた環境をむしろ強固なものとする。それでも他の場所は、子ども時代、青春期が私たちに植えつけたもの、もはや取り戻すことのできない行為から生まれたかけがえのないものを、私たちから取り除いてしまう。いつでも人は埋め合わせをするものだ。誰もが平穏さのうちに縮こまり、はっきりとした記憶をいつでも準備されている気晴らしと取り替えるからこそ、悲しくなるのだ。タエルは、普通の若者の狂気の沙汰をかつて超えたことがあったが、まったく変わっていなかった。

　遠くにまで行く木々は、自分たちのいた泉、滝、おそらくはもっとも奥深く隠された苔の記憶を携えている。ラファエルと出会うと、彼はすぐ私に、レザルド川がブランシュ川と合流する地点に戻ったかと尋ねた。そこで私たちはある日、蛇が三角形の頭で水に触れているのを見たことがあったが、蛇は私たちの身体がぶらさがっているほんの五メートルほどの所を通り過ぎた。それから彼は夢みるように、別の質問をした。

　――私たちの三人目はどうしているのだろう？

　彼は数多くの物語を書き、古い伝説の擁護にこだわりつづけ、全＝世界について註釈した。名前が入植者サングリを逆にしたものであったために〔グリッサンのこと〕、彼は自分には義務があると信じていた。幸いなことに、あくまでも義務であり、使命とは言わなかった。私は彼に言葉を書く機会をあたえた、彼は語彙集を作成した。註釈を依頼すると、彼は好きなだけ長く言い換えてみせた。

　――彼の言うとおりだ、とラファエルは言った。晴れ間のあいだ、彼は落ち着かない。大いなる不可解な苦悩のほうが、彼には好ましいのだ。

　その時はじめて私は気がついた、ラファエル・タルガンがどれほど穏やかな諦念に沈みこんでいたのかを。いいや、それは償いのない満足感だった。ラファエルがいてくれなければ、私がぐるぐるまわってきたこの物語は完成しないし、終わらせることなどできないだろう。彼は私たちと同じほど若いのに、ロングエの飼い馴らせない雄鶏の狩りをして、選挙の日、ル・ラマンタンの通りで勝利を歌い、私たちが集団で引き起こしたただ一つの身振りをたった一人で実行したのではなかったか。

　ラファエルは何ひとつ変わっていなかった。運命に呼び寄せられた子ども、呪われた管理人、道に迷った若者に関するあらゆることについて、彼はこれまでにないほど精通していた。「丸々とした火炎樹や、大きなレイシの木については、「言うまでもない」と彼は言った。年齢にふさわしい人物となっていることに、私は満足した。痩せた体型を維持していたが、その痩身は亀裂に近いものではなく、すぐにも丸みを帯びそうだが、それがいつも抑えられているといった様子である。「野生の雄鶏の蹴爪《けづめ》を、今でも掴まえることができるよ！」

しばしば会ってみると、その物腰には放心した様子のあることが見てとれた。決定的に悲しみに沈んでいるからではなく、押し寄せてくるどのような喜びも、結局彼は感じないだろうと思われた。彼の身体が、そのような趣向、つまり無頓着、快楽、安楽といった気分の起こる可能性を押し返しているかのようだった。彼が泣き言や瞑想のうちにぐずぐずとどまる質《たち》ではないことを私は知っていた。若い頃の思い出、とりわけ管理人ガランと一緒に乗っていた小舟がひっくり返り、管理人が水面に現れることがなかった時の思い出がよみがえることがあるのだろうと私は考えるにいたった。

——そうではない、と（私が口にしなかった質問に答えながら）彼が言った。世界という壁に身をもたせかけていたのだ。そうしていると、跡が残る。

彼が何を言おうとしているのかを、私は見抜いていた。だが、もっと詳しい説明に、私は興味があった。その後につづく言葉は、私が解きほぐしたとうぬぼれていた脈絡に、おそらくかなうものとなるだろう。ひとつの話は、織物のようにつながっていて、織物もまた話のようにつながっている。

——あまりに苦しみすぎた、と彼は言った。あまりに多くの不幸が数珠つなぎになっていて、あまり多くの虐殺、あまりに多くの貧困があった。毎日、ますます悪くなっていった。人びとはそこに、見物人としているだけだった。新聞を開くことができず、ニュースを聞くことができなかった。そうしたなかで、私たちは何とかやってきた。普通、人はやり過ごす。ある日、立ちどまる。私は立ちどまった、身体が麻痺していた。それはあまりにありふれたことなので、誰もが私をあざ笑った。誰もがそれを口にした。誰もが同時に、同じ考えを抱いていた。いたる所で同じ分析がなされ、実に多様な素材をもとに、同じ綜合が試みられた。でも私に言わせれば、月並みなことが十分に研究されていない、紋切り型を十分に集め、そのなかに何があるのかを探していない。自分のいる片隅に、他のものから守られているとき、いったい何を知ることができるだろう。あなたが使う紋切り型は、他の場所で暮らしている、他の紋切り型と出会うことはない。これもまた、ありふれたことだ。対抗手段を打つ代わりに、私は月並みであることを決意した。後に引かないつもりで、そう努力しつづけた。

穏やかな、優しい、とげとげしさとはまったく無縁の調子で、彼は言った。新たに現れ、いまや伝染病のおどろくべき速度で広がっている。病気を自分はわずらっている。つまり、世界的な病気すべてと同じように、何に触れても生じ、伝染によってあらゆる場所に広がってゆく病い、世界をわずらうという病いだ。彼は、感染しているとは言わなかった。わずらっているほうが、もっと深刻なことであり、どれほど消耗しているのかわからないまま、ひとはすっかり摩耗することになる。それは長い時間、ひとを身動きできなくさせる。「だから私は、全＝世界の病いをわずらっているのだ。」

――私はグアドループの友人の理論を採用した、と彼は言った。彼は、昔はよくいた、文学の教育を受けた医者だ。彼の主張によれば、それぞれの男、それぞれの女は、一定量の快楽をもっていて、その量は決定的に割りあてられている。若い時にその快楽のすべてを使い果たすと、年を取ったときにそれなしですませることができる。そういう人は熱狂的な人、大胆な人だ。慎重な人の場合、快楽を節約して、もっと長くつづくようにする。間延びした快楽でも、快楽であることに変わりはない。あなたが節約家、吝嗇家であるなら、あなたは爆発する前に、可能な限り待つようにするだろう。自分の限度がちっぽけなものであることを、ひそかに知っているからだ。世界をわずらう、つまり世界を割りあてられているとはどういうことか、これがその有様だ、それは熟慮から愚かさに移行するということさ、と彼は締めくくった。

ラファエル・タルガンは、私の物語の始まりではごく小さな存在だったが、あらゆる物語が世界の空気の中に拡大し、おそらくそのなかに溶けこみ、時に別の物語の筋を強固なものとし、遠い別の場所に現れつつあるいま、私たちには確かな存在感を発揮していた。相関関係を打ちたてるために、私は彼に再会することを待ち望んでいた。彼は、散り散りになった現在であり、過去の濃密で恵み深い闇を方向づけてくれる。感傷的、知的に私たちの教育と呼ばれているものがあたえる教訓を信用するなら、彼はどのような耐えがたい力によってか、私たちの名において、決着をつける行為を実行し、意味深い不安に耐えるように指名されたように思われる。しかし、実際には彼は、どのような不安にも苦しんでいなかった。彼が話していた類の割あては、どのような苦痛も生みださず、どのような制限ももたらすことがない。それは単に、マランデュールの下り坂であり、いったん下れば二度と上ることがないというだけの話なのだ。

私は予測していた。もしある日、私が何かを書きはじめるなら、つまり立派な話し手である私たちの誰にでも訪れる、書きたいという不条理な欲望でいっぱいになったなら、私はまずラファエルの現在を、つまり、おそらく二度と戻らないと考えながら、彼が島を去ってから、世界をどのようにさすらったのかを語るだろう、と。

彼には告げないようにした、このありそうもない探究を待つあいだ、私たちはマホガニーの下で会う約束をした。世界を駆けめぐるのはすばらしいことだが、木陰に戻ってくるのは不確かなことだった。樹《しょくぶつ》は、水浸しになって閉じられた傘のように、太陽の光をいっぱいに受けながら大地に深くもぐりこんでいるように思えた。葉っぱは、萎れた顔を反らせながら、周囲に長々と伸びていた。周辺は開けていて、乾燥し、足元で乾いた音を立てた。

「どうしたのだろう」、とラファエルは言った。「マホガニーは私たちが来るはずだということを知らなかったのだろうか。」

焼けるような空気が、私たちの目元に上ってきた。永遠の穏やかな熱が、打ちひしがれた葉から発散されていて、円形状に広がっていき、遠くで山《モルヌ》にぶつかり、見えない〈ペルーのピラミッド〉に靄をかけていた。一人の男が、道々、乾いた枝のくぐもった音を立てながら、サヴァンナを通って進んできた。彼は私たちのところまで巧みにジグザグに進んできた。それは、かつてないほど彷徨に身を委ねた、ドゥランだった。二人の相棒がいなかったら、彼だと思いつくこともできなかった。彼は斜から近づいてきて、立ちどまり、この樹《しょくぶつ》を見つめた。

「ホ？」

「ホ！」

「調子はどうだい？」

「まったくピンとしている。」

「シラシエは？」

「牢屋さ。」

「メデリュスは？」

「頭がおかしくなっている。」

「ドゥラン、お前は？」

「煙さ。」

「相変わらずバプティスト派か。」

「再洗礼派《アナバプティスト》のほうだ。」

「何を知っている？」

「マチウは科学者、タエルは漕ぎだした船なら何でも好きだ。私は知っている。私はここを通ってきた。この樹《しょくぶつ》と付き合いがあるのだ。見たところ、お二人もそのようだね。」

　私たちもまたそうだった。通りがかりではあったが。出ていこうと、残っていようと、私たちはマホガニーに戻ってくる。数多くの紋切り型がそこに根を張っている。それは旅せず、ひたすら待っている。

「人から聞いたことだけど」、とドゥランが歌うように言った。「あなたはミセア夫人とはもう会っていないのですか。」

「そう、ドゥラン、もう二十年以上になるね。」

「悲しいことですね！　昨日のことだと思っていたのに！　人生はすぐに過ぎ去りますね。何か書いていらっしゃるとうかがいましたが。」

「いや、いや、それは私たちではない。私たちの友人の作家の話だ。」

「確かに知っています。ドゥランはすべてを知っていて、すべてを見ています。お二人とも、遠くまで行ったと聞いています。何があったのですか。」

「何でもないよ」、とラファエルは言った。「どこにいっても同じオペラだ。男たちが歌い、女たちが答える。頭がおかしくなりそうだ。」

「オディベールの奴め」、とドゥランは言った。「女の話はしないでください。私は再洗礼派に改宗したのです。交際はやめました。」

　彼はあたりを見渡し、片足で身体の釣り合いを取りながら、遠くを不安そうに見つめるふりをした。彼が女と付き合っていることを、私たちはよく知っていた。

　ドゥランと私たちは気まずい思いをしていた。彼はマホガニーと、私たちと同種の交流をしているわけではない。彼がやって来るのはごく普通のことで、気楽なことだった。ラファエルと私は、もっと練りあげられた意図をもっていて、あまり直接的ではない関係、何かを舞台に上らせようという隠された意志をもっていた。何を言えばいいのか私たちにはわからず、それはドゥランにとっては耐えがたいことだった。それでも私たちと別れるとき、一方に彼が、他方に私たちがいることで、昔のお別れの儀式をごく自発的に思い出した。それはこの午後を締めくくる最良のやり方だった。

「漂流している《デリヴエ》？」

「漂流している《デリヴエ》。」

「さまよっている《ディヴァゲ》？」

「ひっくり返っている《シャヴィレ》！」

マホガニーが、私たちの出発を見守っていた。しかし、私たちが少し遠くからうかがっていると、ドゥランが大きく回り道をした後で、ゆっくりとこの樹《しょくぶつ》のほうに戻ってきていた。

女、等々について彼が言い返した言葉によって、ユードクシーがかつて瞑想の夜、数え上げていた女たちの行列のことを私は思い出した。彼女はおそらくそのことを隣人たち、あるいは物語のために集まっていた人びとの輪に伝えていた。その行列に、力を維持し、生き延びることを可能にした別のあらゆる女たち、十分な活力を掻き集め、木々と牧草地を守ってきた女たちがその後加わっていた。管理人を探すために、はっきりと言わないまま、野原に旅立った女たち。マオが森の境で彼女たちをぶったとき、彼女たちの誰も驚いたり拒んだりする素振りはまったく見せなかった。管理人と同じように、彼女たちにも体裁を取り繕っている暇などなかった。マルニーの人影を見て、憲兵と兵隊がすべて集結した部隊に対して、彼がたった一人で立ち向かったというただそのためだけに、自分たちの窓の扉を細めに開いた女たち。タニとアドリーヌに調理した料理を差しだし、この二人に活力を維持する力をあたえた女たち。しかしもっとも強烈で、もっとも頑固な女たちは、相変わらず〈情熱《パッシオン》＝受難〉という名前だった。そこには名前の備蓄の秘密があった。ライオンのようにずる賢く、強情で気難しい女であろうと、優美なつる植物のように意地悪な女であろうと、どうしようもない頑固さのなかに優しさと善良さを持ちあわせている女であろうと、砂糖キビの女であろうと、サロンの気取り屋の女であろうと、どうしようもなく愚かな偏見で損なわれている女であろうと、もっとも絶望的な大義に身を捧げる女であろうと、とにかく彼女たちの物語を、この上なく熱烈に物語ることを私は夢みる。またしても、書くべき一冊の本。ミセアはこのあだ名を高々と掲げるだろう。蛇に吸われることに身動きもせずに耐え、不毛な子どもの来たるべき人生を守ろうとしたジェザベルもまた。

島に北から接近するとき、飛行機はプレ山の乱気流で震える。まだ、防御用のガラス窓が設置されていなかったのだ。カリブの沿岸に沿って進み、大西洋に出て、フォール＝ド＝フランスの位置でぐるりと回りこむと、ますます薄く、暗くなる、植生の深々とした緑色が、まるで震えながら突進する飛行機を支えているように思えるだろう。それこそが、逃亡奴隷たちの住まいなのだ。

おそらく、風に吹かれるサヴァンナの大きな広がりが見えるだろう。銀色に光る細長い草の帯は、リズムのあるうねりとなって横たわり、茂みにぶつかり、ただちにその疾走を再開する。この流動する格子縞の余白に、散乱する建造物、小さな小屋が、ある場所を取り囲んでいるのだが、飛行機がちょうど地面の高さ、あるいはほとんどすれすれの高さにきたとき、不寝番をしている大きな木のその静かな広がりを見分けることができるだろう。

あまりに湿気が多いように思える熱さにぼっとなった旅行客は、おそらく同じ日の夕方、この場所に身を落ちつけるだろう。アビタシオン《ラ・デリヴェ》のあった場所に、趣味の良いホテルが建設された。母屋は入植者《コロン》の家の中に設置され、ニグロの小屋が孤立した部屋として整備され、その快適さは、かつてのプランテーションがもっていた性質と相容れない。ボイラー、風車の輪、砂糖キビの圧搾機が、点々と芸術的に置かれている。かつての時代の日常生活について、その細部を教えてくれる美しい掲示板が設置されている。この場所の地図、砂糖とラム酒製造のさまざまな段階を要約する図があり、今世紀初めまでの生産の数字を調べることもできる。孤独がとりわけ好きな顧客のために、領地周辺部から遠く離れたところに、バンガロー様式に整備された五軒の小屋が準備されている。そこに行くためのジープが自由に使える。この特別な小屋の一群は、〈池の小屋《カーズ・レタン》〉と名づけられている。この設備のなかでもっとも評価の高い部屋は、支脈のなかに一番奥深くまで入った部屋だ。そこの眺めはすばらしく、完璧な沈黙に包まれている。マホガニーがそのすべてを見張っている。

マホガニーは尊者のゆったりした様子、長老にふさわしい善良さをもっている。四年が経ち、ラファエルはふたたび世界のどこかにある、自分の壁に背をもたせかけている。彼は幻滅してここに戻ってくる前に、誰かが自分の物語を語ってくれるのを待っている。ミセアと私は、時おりこの樹《しょくぶつ》の周辺の空気を吸いにいく。樹《しょくぶつ》は、周囲の騒ぎに、少しも気を悪くしていなかった。きらきら輝く、その木陰をたっぷり差しだし、まるでホテルのダンスホールの薄暗がりを切り子面でまばゆく照らしだす、回転する反射鏡のようだった。午後の澄んだ光のなかで、マホガニーは伸び伸びとしていた。樹《しょくぶつ》は待っている、とミセアは言った。

そこから遠くないところに——国はあまりにも小さい——バラタとル・モルヌ゠ルージュのあいだの道が、ずっと昔と同じほど深々と入りこんでいた。森の空き地は荒廃していたが、それでも野生の百合は消えていなかった。風に持ちあげられる百合たちの言葉は、いつまでも続く文字となっていて、解読するに値する。

しっかり目覚めたままでいるか、あるいはむしろ周囲の影に満たされるままになるがいい。おそらく時代遅れの、原始的な石炭オーヴンの匂いを嗅ぐことができるかもしれない。身震いしながら変わらずにいるプランテーションが、あなたの元を訪れるのだ。

原初の力に私が訴えかけているなどと結論づけないでほしい。そんなことになったら、私は無邪気か、さもなければ嘲弄していることになるだろう。しかしその力が、そこに、押し広げることのできない時の襞のなかに埋もれていないとは言わないでほしい――そんなことは誰にもわからないではないか――。数多くの戦い、疲労、絶望、あるいはより悪いことに精神の混乱、さらに悪いことに、そよ風がふくだけですっかり根絶されるわずかな安心、そうしたものをマホガニーの根元に運んでみるがいい。そうすればマホガニーはあなたを伝説のうちに招きいれ、現実のもっとも正確な調査目録を差しだすだろう。

私の記す日付が揺れうごくからといって、非難しないでほしい。「マニの生と死について――とあなたは私に言うだろう――、しつこく話すのはかまわないが、周囲の人間は彼の苦悩をまったく聞いたことがないのだから、それをマルニーのような公の人物と比較するのは少々やり過ぎではないだろうか。マルニーのほうは、どんなわずかな動作でも、この辺りの人の知らないことはないというのに。この人物に関しては、あなたがきわめて漠然と言及する事件は、オドノの死よりだいぶ前の時代に遡ることを誰もが知っている。ずいぶん時代が隔たっているのだから、これらの事実がひたすらつづいてきたとしても、数多くの人物たち（ミセア、イダ、アンヌ＝マリー、パルトー司祭、他の人々）について、信頼できる比較をすることなど本当にできるのだろうか。結局、その間違いは、あなたの友人である作家のせいであり、彼は暦を間違えたのだと主張することになるのではないか。しかし、彼が書いたのは、あなたが求めたからだ。証人、それは確かにあなたなのだ。頑張りなさい、わが兄弟よ！」――私の日付を非難しないでほしい。それは連続性を強調するためのものだ、それは横断があったことを浮き彫りにしているのだ。

ラファエルは、決定的に行ってしまったので、私はほっとしている。手紙を書きあう約束をしたが、何もしないことを私たちは知っていた。時が私たちの巡りあいの間に深い穴を穿つままにしておいたのだ。それを埋めようとしても、何になるだろうか。私たちが再会するとき、それはまるで別れた日から一日しか経っていないかのようになるだろう。

「日付はすぐに死んでしまう」とラファエルは私に言っていた。「その束の間の論理を、私たちは気に掛けはしない。私たちは、石蹴り遊びの線のようにして、日付と日付のあいだで戯れることもできるだろう。日付が役立つのは、その程度のことだ。つまり、隠された配列を発見すること。その後で、日付は消えてゆく。重要な日付は、来たるべき日付なのだ。」

しかし配列もまた、消えてはやって来る。常軌を逸した私たちの祖先、滑稽な遍歴の騎士、サヴァンナのなかに消え、私たちが忘れ果てた騎士たちと、私たちが縁を切ることはないだろう。現在は、彼らの無害になった言葉とともに、絶えず増大しつづけている。あなたはその言葉で頭をいっぱいにしている。大渦潮のなかに巻きこまれてしまったのだ。

ロメが私に保証してくれた。「この牛は、自分の先祖を知っている。ありふれた動物のように、この牛をつなぐ杭はどこにでも打てるというわけではない。近くにあるあらゆる口に、その乳を飲ませて失うことはできない。――それにしても管理人ときたら、本当に真剣なやつだった!」

私たちは彼ら、ロメと管理人のように、自分たちの隠れ場所、食糧、ダンスのことに、いつも気を配っている。遠かろうが、とても近かろうが、とにかく遠回りの道を通るように注意しているのだ。デカンの国が、ここまで来た。〈ペルーのピラミッド〉には、パカラ芋が植えられている。沸騰状態は高まっている。
時々、私たちは痕跡を見失う。時々、それは二手に分かれる。多くの場合、痕跡は植物の茂みのなかに消えていき、私たちはそこに自分の身体を、精神よりも堅固なものとしながら、すべり込ませることになる。

このようにして、私は声の混ざりあった物語の曲線を駆け抜けた。この物語を、私は自分の作者、伝記作家に捧げることにしよう。彼がそこに、自分のやり方を認めることはないだろう。おそらく彼は、いつもの長口舌のなかに、この物語を挿入するかもしれず、幾分なりと明晰に話せるのはこの私のおかげということになるかもしれないが、それは錯覚にすぎない。支離滅裂な話への序文として、彼はこの物語を使うかもしれない。好きにすればいい。それは灰、風にさらされる焼き畑にすぎない。私たちが知っている人びとの傍らで、彼が私のために作りだした堅苦しい人物の殻から、私は自分を引き抜くことにした。こうして今度は私がそのお返しに、作家を自分の探究の遠い対象とすることにしよう。私たちの漂流と未来を書きとめるつもりなら、私たちは仕事をおたがいに分担する必要があるだろう。私たちの言葉は、互いに結びつけばつくほど価値が出て来るものなのだから。考察の対象となり、モデル、あるいは口実とみなされた一方が、今度はもう一方を形づくろうとするとき、書くことは奇妙なものとなるだろう。この行き来は、私たちの気分に対応している。未来の星のあいだ、独特の声が無限に引き継がれていくなかで、自分たちがどのような場を占めるのかが、そこに示されている。だから私は、単に自分の年代記作者を困惑させるために、自分の物語を語ったとは思わない。ずっとそのように言いつづけていたとしても、彼が私にあたえた人物像から、自分が身を引いたとも思わない。私たちは一緒に、このマホガニー、世界中の数多くの国々で、別の木となって増殖してゆくマホガニーに思いをめぐらせた。確かに、私たちは書くことより、突風のなかで叫ぶことのほうを好んでいる。それは私たちの快楽であり、私たちの正義だ。しかし私は、適切かどうかは定かではないこの記号を用いて、厳格で嫉妬深い風にむかってまくしたてることもできたことを、固定することを望んだ。そうすることで、私は不安を抱き、問いかけることもまた虚しいものであることを知った。だから私はこの時の滑走を、封印することにしよう。その滑走は、自分をずいぶん高く持ちあげてくれたと私は意識しているが、それもただ、息を継いで逃れる術もないまま、私がそこに投げこまれたという理由でそうなっただけなのだ。こうしてはっきりしてきたのは、私のなかにあるこの人物ということになるのだが、その人物は未来にむかってさらに強化され、堅固になってゆく。確かに私の名前は、マチウ・ベリューズだ。秘められた木々の世界に書きこまれた物語の法則にしたがって、私はなおしばらく生きるだろう。

年表

ガニ

1785　ユードクシー、エジェジップが夫婦生活に入る
1815　ガニの誕生
1830　エジェジップが視力を失いはじめる
1831　ガニの逃亡と死
1831　リベルテ・ロングエがアンヌ・ベリューズに殺害される

マオ

1935　マチウ青年が、パパ・ロングエと出会う
1936　マオの逃亡
1943　マオの死
1944　ロングエの演説
1945　パパ・ロングエの死

マニ

1976　オドノとマニの出会い
1978　オドノの死
1978　マニの逃亡と死
1979　マリー・スラが正気に戻る
1979　イダ・ベリューズが幸福になる

訳者あとがき

本書はÉdouard Glissant, *Mahagony*, Éditions du Seuil, 1987; réédition, Gallimard, 1997の全訳である。最終版であるガリマール社版を底本とした。カリブ海にあるフランス語圏マルティニック島の作家エドゥアール・グリッサン（一九二八―二〇一一）の小説第五作目である。

小説の題名は、そのまま音を記せば『マアゴニー』となる。本文では、「マホガニー」mahoganyという普通の言葉が使われていて、題名に見られる特別な綴りは一度も使われていない。題名は木の名前のうちに、« ma »（私の）と、« agonie »（最期、苦悩）という言葉を織りこんだ造語なのだ。日本語訳では、この言葉の実質的な意味である「マホガニー」を題名とし、綴り字から聞きとれる言葉を副題として付すことにした。

グリッサンの発表する小説は、すべて密接に関係し合っている。すべてはマルティニックという島の歴史の再構築を目指している。カリブ海小アンティル諸島のこの島は、面積が一一二八平方キロで、一二〇六平方キロの沖縄本島とほぼ同じ大きさである。一六三五年、ピエール・デスナンビュックによってフランスの植民地とされ、一八四八年の奴隷解放令を経て、一九四六年以降、フランス海外県となり、現在に至っている。グリッサンが描こうとするのは、言うまでもなく、このような植民地化の歴史ではなく、この島に生まれ育った人間の血肉となる、まだ語られていない、自分たちが何者であるのかを明らかにするような歴史である。それは文字通り、言葉によって新たに作りださなければ存在しない歴史である。小説第一作『レザルド川』（一九五八）（恒川邦夫訳、現代企画社、二〇〇三年）で、すでに歴史家の役割を負っていたマチウは、自分たちの所有物とはならないこの土地の歴史について、次のように語っている。

我々の民族の歴史は作られなければならない（それがぼくの仕事だ。ぼくは町の古文書をひもといているのだ）。そうやって我々は自分が何者か分かってくる。ぼくはたくさんの書類、夜話、叫び、血の中に自分を発見する！　なぜなら我々の歴史は競売にかけられた事実の束でもないし、現在の我々とは無縁の遺物、縁石のある古井戸（そこから何事もなげに水を汲む）でもないからだ。ぼくが我々の過去の最初の言葉を言うとき、それはぼくの中に息づいている事物の最初の神秘を言うことだ……

（同書、八一―八二頁）

グリッサンは、ヨーロッパ文化への同化でもなく、アフリカへの回帰でもなく、「カリブ海に根を下ろす」ことの重要性を唱え、その後の世代に大きな影響力を及ぼした。『レザルド川』のマチウは、そのためには自分たちの歴史を構築しなければならない、それも血の通わない文書の束を積み重ねた知識としてではなく、現在の自分の生活のうちに確かに感じられる「最初の神秘」として発見しなければならないと述べているのである。では、先祖伝来、自分たちが住み、ひとつの共同体を作ってきたとは言えない土地で、どのようにしてひとつの国の創設を語ることができるのだろうか。グリッサンは新しい小説を書くたびに、そのための新しい方法を作りだしている。『マホガニー』で試みているのは、一本の木のうちに、記録に残らず、目にも見えない人々の歴史を読みとるという手法である。

「一本の木は、そのままひとつの国である」——冒頭近くに記されたこの言葉は、読者をさまざまな夢想に誘うのではないだろうか。木が古来、文学において大きな主題となってきたというだけではない。グリッサンの場合、「国」という言葉に、特別な意味が込められていて、一本のマホガニーをめぐる物語に多彩な色合いをあたえているからだ。現実にはどこにも存在しない国の叙事詩を歌うことこそ、詩、小説、エッセーと異なったジャンルを貫いて、この作家がつねに目指してきたことである。つねに海外の国に従属してきたこの島が、紛れもなくひとつの国であり、そこに文字通り世界中から連行され、あるいは漂流してきた人びとの暮らし、文化、歴史があることを明らかにすることが、グリッサンという詩人の本質的な営みなのだ。

この小説で描かれるマホガニーの苗木は、奴隷制の時代に生まれた一人の子どもの胎盤とともに埋められた。その子どもが逃亡者となり、銃殺され、亡骸が同じマホガニーの木の根元に埋葬される。逃亡が、四肢を切断される危険をともなう行為だった十九世紀初頭、奴隷の少年ガニがどうしてプランテーションから逃げたのか、どのような逃亡生活を送ったのか、誰がその生活を助けたのかが最初の物語となっている。次に、第二次世界大戦前、白人の入植者を撃って逃亡した黒人管理人マオ、最後に、現代(一九七八年)の非行少年マニが、マホガニーの木のもとに逃れてくる物語が語られる。マホガニーは、一種の聖域のようなものとなり、社会でどのような罪を犯しても、その場に避難することで、一時の生が得られる特別な場所となっている。元の社会に二度と戻れなくなる否定の行為が、時を越えて、同じ身振りをしてきたものたちの共同体を作りだすのだ。ガニ、マオ、マニという三人の名前が、すべてマホガニーという木の綴り字にふくまれた名前だということも重要だろう。マホガニーは、目に見えず、何も残さないまま消えてゆくものの、現代にまで継承されているこの身振りによって作られる〈国〉なのである。

しかし、そこにはさまざまな両義性が込められている。そもそもこの小説は、一本のマホガニーの話ではない。マホガニー（*Swietenia macrophylla; Swietenia mahogany*）は、三本の黒檀（*Ebenaceae*）とともにあり、その黒檀の木を島の人間はアカジュ（*Anacardium occidentale; Swietenia mahogany*）と呼んでいる。マルティニックで刊行された百科事典によれば、アカジュは二種類の異なる樹木を指していて、一方ではカシューナッツの実をつける木（ブラジル、トゥピ族が acaju と呼んだ木）、他方ではその幹が船材として使われるマホガニー（トゥピ族が agapu と呼んだ木）を意味する（*Dicitonnaire Encyclopédique des Antilles et de la Guyane*, sous la direction du professeur Jack Corzani, Désormeaux, Fort-de-France, 1992, p.64）。呼び名が似ているために、混同が起こったのではないかと推測されている。マチウのように、島を外から見る目をもつ人間が黒檀と呼ぶ木を、島の人間はアカジュと呼んでいる。一本のマホガニーは、それだけで〈国〉を作っているわけではなく、三本の黒檀の木、または三本のアカジュをしたがえて、逃亡した者たちの聖域を作っている。そして、描かれるものがいくつかの呼び名をもっていて曖昧となるという事情は、この小説では木に限られた話ではない。

例えば、小説の人物たちは、しばしば別の名前をもっている。管理人ボータンは、多くの場合、マオと呼ばれている。名前の由来となったマオは、ある特別な紐、漁師の小舟の中央にあって、他のすべての紐が結ばれている紐を意味している。名前の由来がこのように明かされる場合もあれば、明かされない場合もある。マチウの妻は、マリー・スラともミセアとも呼ばれ、それぞれの名前で呼ばれたとき、この女性のどのような側面が示されているのかは、読者が考えるしかない。ガニの父親のように、物語の進行とともに呼び名の変わる人物もいる。戸籍によって定められた名前とは異なる名前をもつことが、ここではきわめて重要なことのだ。

　しかし、より大きな問題は、何が起こっているのか、何が語られているのかが不透明な場合があるということだろう。他のページを考え合わせて読んでゆくと、何が起こっているのかという点に実は曖昧なところはなく、明確に確定できることが多い。しかし、どの語り手も多かれ少なかれ錯乱し、限られた視点からしか物事を見ることができないために、読者から見てきわめて不透明な感触があるのだ。歴史家であるマチウでさえ、ガニ、マオ、マニのそれぞれの物語について完璧な見通しをあたえてくれるとは言いがたい。何よりマチウは、自分を作りだした作家（グリッサン）から言葉を奪う形で事の顚末を語っていて、出来事を、それが起こった順番に、相互に連関させながら語るという、通常の年代記作者とはほど遠い語り方をしている。グリッサン自身がこの物語の登場人物として登場するために、語りの構図はますます複雑なものとなっている。マチウが「私の作者」、「伝記作者」と呼ぶのは、小説の中に一人の人物として入りこんできたグリッサンなのだ。小説の中で生じる多面的な曖昧さは、グリッサンが彼の叙事詩を語るために意図的に選んだ、ひとつの方法であることは間違いない。時間が過去から未来へ直線的に進まない、そのような叙事詩がここで問題となっているのである。

　唯一揺るぎない真実は、一本のマホガニーと三本のアカジュ、もしくは三本の黒檀の木によって形作られる場所が、時を越えて何かを伝える場所であるということである。それは単に社会を逃れてきた者たちが、最後を迎える場所というだけでなく、土地の人間が逃亡者たちに食事を提供し、生き延びられるように支える場所でもある。自分の犯した《罪》のために死を逃れることはできないが、それまでの間生きることができる場所――グリッサンはそこに「国」としか呼びようのない、ひとつの場の創設を見出している。その場所は《岩＝の＝穴》と呼ばれ、避難所となる廃屋が並ぶ《池の小屋《カーズ・レタン》》が近くにある。この場所から降りたところにある海岸は、マランデュールと呼ばれているが、この地名はマルティニックにはなく、カリブ海のもうひとつのフランス海外県グアドループに見出される。マホガニーを中心とする場所は架空の地名で呼ばれているが、それ以外の地名は、ほとんどが島に実際にある地名であり、地図を参照すると、逃亡者たちが、島を北から南へ、東から西へと、縦横に駆けめぐっていることがわかる。「最初の神秘」が息づく場所は、現実の島には存在しない土地として構築されているのだ。

グリッサンのフォークナー論

架空の土地で起こった出来事を語る、それも信頼できない語り手が語るというこの書法には、フォークナー（一八九七—一九六二）の強い影響が認められる。混乱した語りを多少なりとも整理するために、本に年表を収録することも、『アブサロム、アブサロム！』（一九三六）から想を得たものだろう。グリッサン自身、『フォークナー、ミシシッピ』（一九九六）（中村隆之訳、インスクリプト、二〇一二年）を出版、独自のフォークナー論を展開している。架空の土地ヨクナパトゥファ群ジェファーソンを舞台とする小説群について、グリッサンはある一貫した視点からの読解を提案している。それはフォークナーの小説が、起源をもたない人びとの物語、みずからの正当性を保証する創世神話を見出せない人々の物語だ、というものである。グリッサンによれば、フォークナーの小説において、世界は創造されたものではなく、暴力によって獲得された、あるいは奪われたものであり、始原の時には生々しい亀裂が走っている。そのためこの地に住む人びとにとって、時間はある始まりから直線的に流れてはおらず、こなごなに砕け散っている。これは『マホガニー』という小説を読むために、大いに参考になる解釈ではないだろうか。『フォークナー、ミシシッピ』を短くご紹介しよう。

グリッサンが繰り返し立ちもどるのは、フォークナーが人々の記憶をさかのぼった果てにぽっかりとあいている空白を、小説の語られざる核に据えたという点だ。始まりによそ者の侵入と犯罪しかないところに、どのような建国が可能だというのか。アメリカ南部社会の絶対的な基礎、その否定しがたい源泉をあきらかにする創世神話をどのようにして書くことができるのか。しかし、それはあくまでも問いとしてあるだけで、土地への定着を可能とする起源の不在が啓示される瞬間を、フォークナーはどこまでも引き延ばしていると、グリッサンは指摘する。詐取された土地、奴隷制による圧政に基づく社会は存続できないなどと主張するかわりに、その体制が人々にあたえるゆがみを際限なく描くのだ。そのようにして語られるヨクナパトウファ郡のいくつかの家族の衰退の徴候——近親相姦、錯乱、自殺、彷徨——、そして血統の断絶は、始めにあった、語られない簒奪の歴史と無関係ではない、というのがグリッサンの主張である。

フォークナーの小説には、グリッサンによれば、二つの方向に働く力がせめぎ合っている。ひとつは自らの血統を土地に根づかせ、正統性を打ちたてようとする方向。もうひとつは、「南部共同体の絶対的な土台」（同書、三八頁）などどこにもないという、作品の中核にありながら語られない真実をあらわにする方向。この二つはいずれも、必ずしも意識されないまま、激しい葛藤のなかで繰りひろげられるために、人物たちの行動は絶え間ない挫折としてしか現れない。土地に根づこうとし、それをどのように試みても、正統性の欠如が耐えがたいものとなって犯罪や錯乱に結びつき、家を、共同体を創設しようとする試みが失敗に終わるというのである。グリッサンによれば、創設しようとし、その試みが絶えず挫折する過程、新しい大地の上に何ものかを築こうとする試みが絶えず流産する過程こそ、フォークナーの小説の主題である。あらゆる叙事詩と同様、フォークナーの小説の主人公たちはさまよえる人物である。「決定的に、絶対的にさまよう人であり、場所から場所へと押しだされながら、あの不可能な〈場所〉、家系をおこし、正統性を見出し、血統を永続させることが期待できる〈場所〉に向かおうとする」(同書、一六五頁)。こうしてフォークナーの叙事詩は、「不可能な創設を特徴づけるもの(彷徨、呪い、簒奪、犯罪)」(同書、一七一頁)によって彩られることになる。

帰りつく場所のない叙事詩、それがフォークナーの小説にグリッサンが見出すものである。伝統的な叙事詩が、失われた統一性の回復へとむかうのにたいし、フォークナーの架空の年代記はあらゆる出来事が調和する地点の不在をあきらかにするばかりである。カタルシスをもたらすかわりに、深淵から深淵への彷徨しかない空間が繰り広げられるだけなのだ。そこにこそフォークナーが小説にもたらした革新があるとグリッサンは倦むことなく語っている。それは幾世代にもわたってある土地に居続けるだけでは、その土地に根を下ろすことに結びつかない――そんなマルティニックの現実を描く彼自身の小説への注釈となっているのではないだろうか。

『マホガニー』と『レザルド川』、『第四世紀』

グリッサンの小説はすべて密接に関係していると述べた。手法も、設定も、毎回変わるために、きわめて多様な小説世界という印象をあたえるが、同時に連続性も確かに存在している。『マホガニー』は、一本の木が作りだす空間を語るという他の作品には見られない手法に基づいた小説であり、この本だけで、独立して読むことができる。しかし、他の小説との連関を知っておくと、より味わい深くなる部分があることも確かである。とりわけ関連の深い『レザルド川』(一九五八)、小説第二作『第四世紀』(一九六四)(管啓次郎訳、インスクリプト、二〇一九年)について、『マホガニー』と関わる部分にあくまでも限定する形でご紹介しよう。

『マホガニー』には、途中で三人の少年が、山の語り部であるパパ・ロングエの話を聞きにいく場面がある。二人はマチウと「作者」、もう一人はラファエル・タルガンと呼ばれる人物である。タエルとも呼ばれるこの最後の人物と、歴史家マチウの対話によって、この小説は締めくくられることになる。このタエルとはいったい何者なのか。小説第一作『レザルド川』が、まさしくマチウとタエルの二人を中心に展開される物語である。小説は、内容を簡単に要約できるように書かれていないが、『マホガニー』の最後の場面を理解するために必要な範囲に限れば、次のような物語だと言えるだろう。

一九四五年、島で初めて選挙が実施されようとしている。マチウを中心とする若い活動家たちの集団が、地主党に対抗する自分たちの代表を応援している。彼らは政府から工作員として派遣されたガランの殺害をくわだて、山《モルヌ》の住民タエルにその仕事を託す。ガランは、レザルド川の源泉に家を建て、川のもたらす恵みを住民の手から奪う計画を立てている。ガランが川下りをしながら周辺の土地を調査する手伝いとして、タエルがガランの船に乗り込み、レザルド川の周辺に広がるマルティニックの自然を発見しながら、島の運命について議論を戦わせてゆく。海に臨む三角州に来たところで船は転覆し、ガランは溺れ、タエルは泳いで難を逃れる。この事件でタエルは免訴となり、選挙では若者たちの応援する党が圧勝する。この物語が進むあいだ、マチウとタエルは二人とも、活動家の仲間であるヴァレリーという女性への恋に落ちている。二人は殴り合いの喧嘩などもするのだが、結局タエルがヴァレリーと結婚、マチウはもう一人の仲間であるミセアと結婚することになる。

小説は、ヴァレリーが、結婚の準備のためにタエルの家に行く場面で終わっている。海辺の平地に暮らしていたヴァレリーは、山がそれまでの生活とは異なる環境であることを発見しながら、タエルの家への道を登ってゆく。しかし家に到着すると、タエルに飼われ、選挙をめぐる騒動の間放っておかれた二匹の犬が、ヴァレリーを主人の敵と誤認して襲いかかり、彼女を殺してしまう。『マホガニー』の最後は、こうして島から姿を消したタエルが、三十年以上の歳月を経てマチウと再会する場面なのである。

もうひとつ、『マホガニー』の理解のために重要な作品として、『第四世紀』がある。『レザルド川』

にも副次的人物として登場していた、呪術師であり語り部でもあるパパ・ロングエが、ここでは主役となり、マチウ少年にマルティニックの歴史を語る役目を担っている。この設定は、これ以降のグリッサン作品に共通する原型となるだろう。『レザルド川』では革命的行為が準備される数カ月に記述が集中しているが、この小説では、語られる時間がマルティニックの「四世紀」にわたる歴史そのものへと拡張されている。

叙事詩として再構築されたこの歴史の始まりにあるのは、奴隷船で運ばれてきた二人の黒人が、フォール＝ド＝フランスの港で格闘する場面である。そのうちの一人ベリューズはサングリの地所に、もう一人のロングエはラ・ロッシュの地所に売られ、やがて逃亡する。ベリューズ家の人びとは、西アフリカから連行され、プランテーションの環境に適応した者の一族となり、その最後に位置するのがグリッサンの小説の歴史家マチウ・ベリューズである。それに対して、ロングエ家の人びとはプランテーションから逃れ、山で逃亡奴隷として生きることを選んだ者の一族となる。パパ・ロングエは、逃亡奴隷の末裔なのだ。グリッサンはこの二つの系譜の絡み合いによって現在のマルティニックが熟していったという、過去に埋もれた壮大な時間を予言するような叙事詩をここで語っている。グリッサンにとって、「過去に到達するという不可避の、機械的だとすらいえる試み」(『第四世紀』、管啓次郎訳、インスクリプト、二〇〇四頁)は、何より予見によってなされる。「過ぎたことを予見する」(同書、七二頁)——この書法が、グリッサンにとって、尽きることのない源泉となっているのは、過去を予測することができなければ、あらゆる言葉が涸れてしまうという危機感に迫られているからだ。マチウは次のように独白している。

彼は人びとが(民衆という言葉すら使うにいたらなかった)、本当の子孫をもたず、未来の豊饒もなく、彼らにとって真の終焉である死に閉じこめられたまま、いかにして消えてゆくか涸れてゆくかを感じていた。そしてその理由はというと、ただ単に彼らの言葉もまた盗まれ死んでしまったからなのだ。そうだ。なぜなら世界は、彼らがそれに対して熱心にあるいは受け身であっても耳を傾けているにもかかわらず、彼らの声の不在に対して、聞く耳をもっていなかったから。マチウは叫びたかった、声をあげたかった、ちっぽけな土地の奥底から世界にむかって、禁じられた国々と遠い空間にむかって呼びかけたかった。けれども声そのものが歪められているのだ。

（同書、三四二〜三四三頁）

風、木、太陽しか、記憶のアーカイヴをもたないロングエ家と、その話を聞きとることで、自分たちの現在に意味をあたえてくれる歴史を知ろうとするマチウ・ベリューズの物語は、こうしてグリッサンの小説の途切れることのない源泉となった。グリッサンの小説の力強さは、過去という支えがなければ、現在行うどのような動作にも意味はないが、その過去は事実として確定できる姿をまるでもっていないという認識から来ている。現在を知るためには、痕跡しか残されていない過去を予見し、構築する必要があるのだ。事実としての歴史ではなく、現在に反響する見えない呼びかけとしての歴史には、恣意性に陥る危険がつねに伴うだろう。それゆえ、マチウは日付の確定にこれほどまでにこだわるのだろう。しかし、そのようにして再構成される歴史の姿が一人の作家の思い込みにとどまらないことは、シャモワゾーやコンフィアンという次の世代の作家たちが、現代に残された同じ痕跡を追い求め、それぞれ異なった角度から小説化したこの島の歴史の記述からも理解できる。

『マホガニー』との関係で言えば、他の小説も本作と連関している。この作品で異彩を放っている床屋ドゥランは、第三作『憤死』（一九七五）（星埜守之訳、水声社、二〇二〇年）の主人公の一人である。第四作『痕跡』（一九八一）（中村隆之訳、水声社、二〇一六年）では、マチウの妻マリー・スラ（ミセア）が主人公となっている。またティガンバは、『レザルド川』以来、グリッサンの小説の警察官である。小説と批評が混在し、もはやなんというジャンル名で呼べば良いのかわからない『全＝世界論』（一九九七）（恒川邦夫訳、みすず書房、二〇〇〇年）にも、マチウとマリー・スラが登場し、彼らの子であるパトリスとオドノが亡くなった顛末が、短く語られている。

マルニー事件

『マホガニー』には、現実で起こった事件が取り込まれている。三人目の逃亡者マニは、マルニーという犯罪者の逃避行の後を一時たどるのだ。最後にこの事件について、先に紹介したデゾルモ社の百科事典の関連項目を、要約、引用を交えながらご紹介しよう。

ピエール＝ジュスト・マルニー（一九四二―二〇一一）は不良少年のリーダーで、二十一歳から二年間（一九六三～一九六五）、さまざまな襲撃、車泥棒の罪で、服役。家族と会うための一時的な出所許可が下りると、かつての仲間などに重傷を負わせた後、車を奪うために運転手を射殺して逃走、三日後に再逮捕された。「驚くべきことに、マルニーが収監されたとき、マルティニック住民のかなりの部分が彼を英雄、犠牲者とみなし、抑圧的な《植民地》軍に対する、弱者と圧政に苦しむ人々の反抗を象徴する、ボーリガード〔一八一八―一八九三：米国南北戦争の南軍の軍人〕のような人物とみなした。彼は容易に脱獄し、数日間逃走、新聞に話題を提供し、新聞自体が伝説に糧をあたえることで、この神話は誇張されていった。

セント＝ルシアにたどり着こうと虚しく試みた後、サント＝テレーズで、武器をもっていなかったにもかかわらず、警察隊によって重傷を負わされた。これよって、本物の民衆暴動が引き起こされた。白人警官の一人が惨殺され、彼を密告した食料品店が略奪され、焼かれた……。」
その後マルニーはフランスに移送され、終身刑に処された。その記憶は次第に薄れていき、マルレーヌ・オスピス『マルニーを容赦するな』(Marlène Hospice, *Pas de pitié pour Marny*, Désormeaux, 1984) 等の本が出版されたが、この犯罪事件をマルティニックの抵抗運動の象徴に変貌されることはできなかった。

(*Dicitonnaire Encyclopédique des Antilles et de la Guyane*, *op.cit.*, p.1658)

マニが逃走したのは、小説の年表によれば一九七八年。したがって、グリッサンはこの事件の起こった日時を忠実に再現しているわけではない。しかし、どんな非行や犯罪が原因であったとしても、逃亡はマルティニックの住民を熱狂させるという事実は小説に深く組み込まれている。一九八七年、小説が出版された直後のインタビューで、グリッサンは次のように語っている。「奴隷の逃亡《マロナージュ》は、アンティーユ諸島の文化実践において、本質的な要素です。もはやプランテーションは存在しませんが、反抗という本能的な反応のうちに、それは生き延びています」(Michel Caffier, « Édouard Glissant, romancier : la parole écrite de la Caraïbe », *L'Est républicain*, 27 sept, 1987, p.5, recueilli dans Alain Baudot, *Bibliothèque annotée d'Édouard Glissanti*, GREF, Toronto, 1993, p.523)。グリッサンはさらに、逃亡の物語が小説のすべてではないこと、その物語をいかにして語るのかがそれ以上に問題であると語っている。これまで口承文芸の中で語られてきたことを、どのように書き言葉に移行させることができるかという問題こそ、この小説の大きな課題であったというのである。

奴隷の逃亡《マロナージュ》が、この本全体を覆っているわけではありません。私の最初の関心事は、口承から書かれたものに移行することで、ある共同体がお伽噺を書き言葉にする技術を取得したとき、それがどのようなものとなるのかを表現することでした。この関心は、私にとっては、言語に関する問いかけのもうひとつの問題、つまりフランス語とクレオール語との関係と重なっています。（*Ibid.*）

グリッサンの語っている「移行」は、グリッサン以降のクレオールの作家たちがつねに言及し、課題としてかかげ、ある意味でひとつの紋切り型になったとさえ言えることかもしれない。しかし、現在をより深く生きるために、過去を構築しなくてはならない、そのためには口承で語られてきた物語を書き言葉にずらし、迂回させる必要があるという視点は、実践として見た場合に、いかに新鮮な問題でありつづけているのかを、グリッサンの小説は示している。『マホガニー』には、例えば、祈祷書を読みながら必死に文字を学んだガニの父親が、間違いだらけの綴り字、文の体裁をなしていない言葉で、書く衝動に突き動かされながら、帆の端切れや羊皮紙の記録簿の余白に日記を書きつけている章がある。原文に忠実に訳すためには、日本語自体を間違いだらけの言葉で書き、その上ではっきりとした意味が垣間見えるような訳文にしなくてはならないだろう。口承性と書き言葉、フランス語とクレオール語がせめぎ合うこの独特のテクストを訳すためには、日本語そのものが持つ口承文芸の可能性を掘り起こすところから始めなくてはならない。それは訳者の手に余る作業であり、ここでは何が語られているのかをなるべく明確にする訳文を心がけるしかなかった。グリッサンの「知性の上での奴隷逃亡」（*Ibid.*）を実践する翻訳という課題は先送りとなったが、それでもグリッサンの言葉のうねりのなにがしかが伝わることを願うばかりである。原文はおそろしく難解だが、一本の木をめぐる、他に見られない夢想に魅了される読者は着実に広がっている模様で、これまであったドイツ語訳（一九八九）、ヴェトナム語訳

（一九九九）に加え、今年一月には英訳も出版された。

最後となったが、訳者の疑問点について快くお答えくださったグリッサン研究者中村隆之氏、難航する作業に沈む訳者を励ましながら、本書を見事な本に仕上げてくださった編集者の神社美江氏に、心から感謝申し上げる。

二〇二一年三月

塚本昌則

著者・訳者について——

エドゥアール・グリッサン（Édouard Glissant）　一九二八年、マルティニックのブゾダンに生まれ、二〇一一年、パリに没した。作家。カリブ海文化圏を代表するフランス語の書き手ならびに来たるべき世界を構想した思想家として、没後も依然として世界的注目を浴びている。主な著書に、『レザルド川』（一九五八。現代企画室、二〇〇三）、『第四世紀』（一九六四。インスクリプト、二〇一九）、『ラマンタンの入江』（一九七五。水声社、二〇一九）、『憤死』（一九七五。水声社、二〇二〇）、『痕跡』（一九八一。水声社、二〇一六）、『〈関係〉の詩学』（一九九〇。インスクリプト、二〇〇〇）などがある。

＊

塚本昌則（つかもとまさのり）　一九五九年、秋田県に生まれる。現在、東京大学教授。専攻、フランス近代文学。主な著書に、『目覚めたまま見る夢』（岩波書店、二〇一九）、主な編著に、『ヴァレリーにおける詩と芸術』（共編、水声社、二〇一八）、主な訳書に、シャモワゾー『カリブ海偽典』（紀伊国屋書店、二〇一〇）、ウィリアム・マルクス『文学との訣別』（水声社、二〇一九）などがある。

装幀——宗利淳一

マホガニー――私の最期の時

二〇二一年五月二〇日第一版第一刷印刷　二〇二一年五月三〇日第一版第一刷発行

著者――エドゥアール・グリッサン
訳者――塚本昌則
発行者――鈴木宏
発行所――株式会社水声社
東京都文京区小石川二―七―五　郵便番号一一二―〇〇〇二
電話〇三―三八一八―六〇四〇　FAX〇三―三八一八―二四三七
［編集部］横浜市港北区新吉田東一―七七―一七　郵便番号二二三―〇〇五八
電話〇四五―七一七―五三五六　FAX〇四五―七一七―五三五七
郵便振替〇〇一八〇―四―六五四一〇〇
URL : http://www.suiseisha.net

印刷・製本――精興社

ISBN978-4-8010-0487-0

ある感傷的な小説　アラン・ロブ＝グリエ
　二五〇〇円
もどってきた鏡　アラン・ロブ＝グリエ　二八〇〇円
パッサカリア　ロベール・パンジェ　二〇〇〇円
ステュディオ　フィリップ・ソレルス　二五〇〇円
環　ジャック・ルーボー　四〇〇〇円
パリの片隅を実況中継する試み　ジョルジュ・ペレック
　一八〇〇円
傭兵隊長　ジョルジュ・ペレック　二五〇〇円
眠る男　ジョルジュ・ペレック　二二〇〇円
煙滅　ジョルジュ・ペレック　三二〇〇円
美術愛好家の陳列室　ジョルジュ・ペレック
　一五〇〇円
人生使用法　ジョルジュ・ペレック　五〇〇〇円

家出の道筋　ジョルジュ・ペレック　二五〇〇円
Wあるいは子供の頃の思い出　ジョルジュ・ペレック
　二八〇〇円
ぼくは思い出す　ジョルジュ・ペレック　二八〇〇円
秘められた生　パスカル・キニャール　四八〇〇円
骨の山　アントワーヌ・ヴォロディーヌ　二二〇〇円
1914　ジャン・エシュノーズ　二〇〇〇円
エクリプス　エリック・ファーユ　二五〇〇円
長崎　エリック・ファーユ　一八〇〇円
わたしは灯台守　エリック・ファーユ　二五〇〇円
家族手帳　パトリック・モディアノ　二五〇〇円
地平線　パトリック・モディアノ　一八〇〇円
あなたがこの辺りで迷わないように　パトリック・モディアノ　二〇〇〇円

『失われた時を求めて』殺人事件　アンヌ・ガレタ
　二二〇〇円
デルフィーヌの友情　デルフィーヌ・ド・ヴィガン
　二三〇〇円
モンテスキューの孤独　シャードルト・ジャヴァン
　二八〇〇円
涙の通り路　アブドゥラマン・アリ・ワベリ
　二五〇〇円
トランジット　アブドゥラマン・アリ・ワベリ
　二五〇〇円
バルバラ　アブドゥラマン・アリ・ワベリ
　二〇〇〇円
ハイチ女へのハレルヤ　ルネ・ドゥペストル
　二八〇〇円
赤外線　ナンシー・ヒューストン　二八〇〇円
憤死　エドゥアール・グリッサン　二八〇〇円
草原讃歌　ナンシー・ヒューストン　二八〇〇円
リトル・ボーイ　マリーナ・ペレサグア　二五〇〇円
ポイント・オメガ　ドン・デリーロ　一八〇〇円
沈黙　ドン・デリーロ　二〇〇〇円
暮れなずむ女　ドリス・レッシング　二五〇〇円

生存者の回想　ドリス・レッシング　二二〇〇円
シカスタ　ドリス・レッシング　三八〇〇円
これは小説ではない　デイヴィッド・マークソン
　二八〇〇円
ライオンの皮をまとって　マイケル・オンダーチェ
　二八〇〇円
神の息に吹かれる羽根　シークリット・ヌーネス
　二二〇〇円
ミッツ　シークリット・ヌーネス　一八〇〇円
メルラーナ街の混沌たる殺人事件　カルロ・エミーリ
オ・ガッダ　三五〇〇円
連邦区マドリード　J・J・アルマス・マルセロ
　三五〇〇円
石蹴り遊び　フリオ・コルタサル　四〇〇〇円
モレルの発明　A・ビオイ＝カサーレス　一五〇〇円
テラ・ノストラ　カルロス・フエンテス　六〇〇〇円
古書収集家　グスタボ・ファベロン＝パトリアウ
　二八〇〇円
欠落ある写本　カマル・アブドゥッラ　三〇〇〇円

［価格税別］